碧孚如芳

夜影惊鹊 著

**图书在版编目（CIP）数据**

碧草如芳 /夜影惊鹄著. —重庆：重庆出版社，2009.6
ISBN 978-7-229-00782-9

Ⅰ. 碧… Ⅱ. 夜… Ⅲ. 长篇小说—中国—当代
Ⅳ. I247.5

中国版本图书馆 CIP 数据核字（2009）第 090965 号

**碧草如芳**
BICAO RU FANG

夜影惊鹄 著

出 版 人：罗小卫
责任编辑：邹 禾 肖 飒 刘 蔓
策　　 划：重庆天健卡通动画文化有限责任公司
责任校对：郑 葱
封面设计：冰糖珠子
版式设计：阿库拉姆
插　 图：冥 蝶

重庆出版集团
重庆出版社 出版

重庆长江二路 205 号　邮政编码:400016　http://www.cqph.com
重庆出版集团艺术设计有限公司制版
重庆市开源印务有限公司印刷
重庆出版集团图书发行有限公司发行
E-MAIL:fxchu@cqph.com　电话:023-68809452
全国新华书店经销

开本:787 mm × 1 092 mm　1/16　印张:17.25　字数:262 千
2010 年 2 月第 1 版　2010 年 2 月第 1 次印刷
ISBN 978-7-229-00782-9
定价:23.80 元

如有印装质量问题,请向本集团图书发行有限公司调换:023-68706683

# 目录

# 第一章　黥夜惊

深重的夜幕下，淫雨霏霏，自日间起便未曾止歇过，待入夜后，雨势更长，淅淅沥沥的声音在一片寂静中显得分外清楚，更兼带着几分绵长凄婉，似有人在幽暗中深深叹息。

屋内，素菀听着催人的雨声，心下焦急，再也坐不住了，找出灯笼点上，抓起倚在门边的油纸伞便冲入了雨帘。

一路急行，地上溅起的水花很快打湿了她的鞋袜，只是她一时间也顾不得这许多。算算路程，距离那几株兰花所植的地方也不远了，只希望今夜这雨不要把花打折了才好，否则明日孙姑姑那里恐怕少不了要有一顿皮肉之苦。

又走了片刻，她紧了紧前襟，抬高伞沿，将左手提的灯笼略往外探出，而后借着灯光向四周张望，想借以辨清方向。在这当儿，一阵风夹着几滴雨从脸颊旁刮过，清冷的意味立即渗入肌肤，无缘由地，心里忽生出一种警觉，好似身边某一处的阴暗角落里掩藏着什么。

警惕的目光扫去，只见夜色浓重，视野所及俱是笼在漫无边际的黑暗之中，只能依稀辨出近旁的几株树木的轮廓。周围气氛更是静谧，除了细密的雨珠打在伞上所发出的"哗哗"声响外，一片沉寂。

暗笑自己多心了，她放缓脚步继续前行。可随着距离的拉近，那种不安的感觉重又袭上心头，且越发强烈起来。

正疑惑间，暮地一道黑影自树丛中窜出，只一闪，便已掠至近旁！

要不要动手？素菀心下稍一犹豫，下一刻，冰冷的刀刃就已贴上了脖子，连手中的纸伞也被刀风掀翻在地。

定了定神，她抬眸看向握刀之人，却恰好对上对方探究的目光，禁不住心头一跳。

那人自身形来看是个男子，从头到脚都裹在黑色之中，只露着两只眼珠在外面，于黑暗中亮如点漆，眼神极是冷冽，肩头露出一截长条包袱，亦是用黑布包裹，紧紧缚在身上。

"别动！"男子的声音喑哑，显是刻意压低了的。

素菀听话地一动也不动，心里却寻思起来，这人是谁？怎会于此时出现在这里？这般装束，难道是刺客？！

这么一想，心内便不由叫苦，早知如此，今晚实不该跑出来，拼着明日孙姑姑的一顿打骂也好过落到如今这步田地。若他果真是刺客，不管他挟持自己的目的为何，只怕事后多半会杀人灭口……

她自顾这么想着，却不料那男子也正在懊悔。他藏身于此，见有人过来，以为行迹败露，因灯光太暗，且又隔着雨帘，一时瞧不清来人形貌，来不及细想，只好来个先下手为强，待到出手后，他立即发觉不对，但箭在弦上，不得不发，只得先将人拿下再说。此刻两人面对面，眼见对方只是个小丫头，不过十六七岁的年纪，身量略显单薄，正脸色发白地瞪着自己，心下微微踌躇起来，该如何处置她呢？是否该一刀杀了，以免多生枝节？

素菀见那黑衣人不再说话，眼中的杀气却渐渐凝起，饶她再镇定，也忍不住有几分慌急，脑筋飞转，思忖着脱身之策，可她对对方的身份来历一无所知，匆忙间实在无甚好的主意。

夜雨中，两人皆默不吭声，面对面地静立着。素菀左手中仍提着那盏灯笼，里面的烛火却早已被雨水打灭，油纸伞则歪倒在地，气氛显得沉闷而诡异。

忽然，听得远处似有人声，素菀抬眼望去，只见刚才还漆黑一片的夜色中竟有几点明灭的火光，正缓缓移向这边。

是宫内的侍卫在搜查！素菀立刻将这与眼前之人联想在一起。与此同时，她觉察到他眸光一暗，架在颈上的刀也一动，她暗叫不好，脑中灵光一闪，轻喝道："等等！我能帮你躲过他们！"

刀锋略顿。

"而且，我还能助你安全出宫。"她补充道。

"你？"低沉的嗓音中带上了几分疑惑，一双黑亮的眼饶有兴致地盯着她的脸,目光灼灼,想要从上面寻找出些什么蛛丝马迹。

素菀坦然以对:"你可以不相信我,甚至一刀杀了我,只不过现在宫内的侍卫正在四处搜查,凭你一人之力,又不熟悉宫中环境,要想出去恐怕不易。我劝你最好考虑清楚,反正我已是肉在俎上,还能玩什么花样,你要杀我何必急在这一时呢?"

闻言,那男子沉吟不语,似在思索、权衡。

两人又一次陷入令人窒息的寂静。

素菀面上不露半点焦急之色,只静静地看着他,可心中却是暗恨。随着时间的流逝,她的心都已凉了半截,这才重又听到那低沉的声音命令道:"带路!"同时,颈上的刀子移开了少许。她暗暗松了一口气,知道自己的性命算是暂时保住了。绷紧的神经才稍作平复,立时觉得脖子上一阵刺痛,心知上面已留下了一道血痕。

眼见远处的火光越来越多,距离越来越近,素菀不敢再耽搁,伸手向右边一指。黑衣男子会意,押着她往右面的假山走去,临走将地上的伞拾起,折拢递还给她。

素菀一手接过,暗叹这人心思缜密,要想摆脱他恐非易事。

两人走到假山一角,素菀将遮挡在山石上的草蔓拨开,后面果然露出了一个小小的山洞。

黑衣男子朝洞内望去,然而里面黑乎乎的,什么都看不真切。他推了素菀一下,压低声音说:"你走前面。"

素菀瞥了他一眼,猫着腰先钻了进去。

黑衣男子紧跟其后。为防素菀趁机逃走,他一手架着刀,一手箍着她的手臂。如此一来,两人便挨得颇近,洞内又隔开了雨声,幽静之中对方的呼吸声一下子变得清晰起来。

素菀眉头微蹙,心中恼怒,然只一瞬,她似是忽然意识到了什么,眼中有光芒一闪而过,原来他……难怪……

一念至此,她的唇角不易觉察地轻轻勾起。

山洞内伸手不见五指,曲曲折折,似是极深。两人小心翼翼地走了好一阵子,总算到了出口处。

"这里是沁香园的西北角,离刚才那已经有很长一段距离了。"素菀接收到对方探询的目光,耐心解释说,"从这再往前就是露华宫。"

　　顿了顿,她淡淡地瞄了眼颈下的刀,说道:"你手不酸吗?我一个弱女子,你难道还怕我跑了不成?"语气中带上了几分嘲讽。

　　满意地看到对方思索片刻后终于将刀收回,她接着道:"露华宫地方偏僻,且一直空置,宫内私下传说里面闹鬼,所以平日里无人敢往,想来侍卫一时间还未搜查到那里,你从那边宫墙出去应该较易。"

　　"闹鬼?"黑衣男子微讶,随即不屑地轻哼一声,"继续带路!"

　　素菀颔首,侧身率先出了洞口,往露华宫方向走去。

　　黑衣男子提刀跟在她后面。

　　两人走了约十来步,素菀忽地"噫"了一声,脚下一个踉跄,好像被地上打滑的石头给绊了下,灯笼脱手,身子一歪,眼看着就要跌倒。

　　不过——

　　黑衣男子恰好在她身后,下意识地,他跨前一步,顺势扶住了她的腰。

　　"谢谢!"素菀抬头嫣然一笑。

　　黑衣男子一怔,只觉这笑容无邪而纯真,像清晨的花朵迎着朝阳初绽,清亮的眸子里不染纤尘,如山间的溪涧般明澈——当然如果能忽略她掩在衣袖下的小动作的话。

　　他腰间急扭,方堪避过那疾点而出的双指,但仍不免被指风划开了外衣。

　　素菀原也不指望一招得手,身形略转,右手中的伞借势向前刺出。

　　黑衣男子左掌一格,化去了伞势,右手的刀随即挥出。

　　顷刻间,两人已交手十数招。

　　只见黑暗中一颀长一纤细两条身影交错变幻,身影周围掌力刀气荡开,激得雨丝更显纷乱。

　　一声轻叹,素菀脚下轻点,身子移开数尺,一扬手,伞蓦地张开,银光迸发,伞面上的雨珠顿时化作千万点利芒疾射而出,纷纷扬扬向黑衣男子袭去。

　　见状,黑衣男子急忙提气后退,那一霎眼中掩不住的是惊诧、恼怒,还隐有一丝仓惶。下一刻,他站定,强压下胸口翻滚的气血,抬眼望去,素菀却已消失在夜幕之中。

"阁下受内伤在先,我不想占阁下的便宜,此处往北,宫中防卫较弱,敬请好自为之吧!"少女的声音犹在耳边回响。

他低头朝自己身上看去,黑衣已破损多处,幸好身后的包袱无恙,知刚才静夜中的打斗虽极短暂,却也极凶险,那最后一击,虽然勉强躲过了,却也因此加剧了内伤。

想不到靳国王宫之内的一个小小宫女居然会有这样的眼光与武艺。他暗叹,终于再也抑制不住被牵动的内伤,一口鲜血吐出……

## 第二章　一日计

天光初露。

素菀披衣起身。她原本就没怎么睡着，心里又担着事，窗户刚透进点晨光时，就从浅眠中醒了。

忽听到睡在西铺的绮容轻轻"噫"了一声，素菀以为她醒了，忙走过去，却见她双眉拧作一团，人却犹自昏迷着，伸手探了探额角，似乎比起昨晚又烫了些许。素菀叹了口气，帮她掖好被角，又给她换了条毛巾敷上——看她的病情，只怕熬不了几天了，如今她能做的也不过就是如此。

想着跟自己同住一屋的原本还有两个宫女，三个月前被调到了别的宫院，现今就只剩下了绮容，再往后，也不知会否又有新人进来，不知不觉间居然已经在这宫里呆了一年多了……

见绮容一时半刻间还不致有事，素菀简单梳洗了一下就出了住所。她们住的这个角屋靠近沁香园的东角边，所在的小院统共不过七八间房舍，正堂和里屋住的是几位管事的姑姑们，其他的廊间脚屋住的都是与她一般的粗使宫女，平日专负责给沁香园里的花木进行灌溉培土、除草捉虫、修剪枝叶等等。

出了小院，素菀先跑去查看园里的花木，昨夜这么一耽搁，后来急急返屋，便没再去管这些花花草草。一番检视，所幸花木损折得不是十分厉害，这才略略放心，见天已大亮，便往膳房走去。

按照宫内的规矩，粗使婢女们的一日两餐都是由自己去膳房领取的，只有那些品阶较高的宫女才有底下的小丫头们代领，至于各宫主子们的贴身宫女，因自己宫内多设有小厨房，多半是不用外间膳食的。

膳房里各处的宫女太监们已到了不少，角落里有几人聚拢一处小声交谈着什么,其中有一人眼尖,看到素菀朝这边瞧过来,忙使了个眼神,围着的几人立即散了开去。

虽则如此,素菀仍是听见了不少,练武之人的耳力原就比常人要好一些,况且她本就存了心思打探昨晚的事,因而尽管这几人说话的声音压得低低的,却还是没逃过她的耳朵。

她细细想了番,心下已明白了几分,难怪昨晚沁香园里会这般光景,她脱身回屋不久就有管事太监领着侍卫到院子里来排查,现下看来昨晚宫里闹腾的恐怕还不止沁香园这一处。

偷了东西?会是什么东西,值得这样子劳师动众?先是昨晚几乎把整个王宫给翻了个底朝天,今早一路上又碰到一队队的侍卫来来往往,细细盘查宫人,还要封城家家户户地搜查……

也不知昨晚那人能否顺利逃脱,他……究竟是何身份?想起昨夜笼在一片黑暗中的那一双冷冽黑亮的眼睛,素菀心头仍忍不住微颤。

不再多想,反正也想不出个所以然。

取了早饭,又给绮容端了碗米粥,她便又低着头出了门。在宫内呆得久了,早已养成了这样的习惯,时时提醒自己低头寡言:素菀,你可不能行差踏错一步,你肩上担负的可不仅仅只是你自己的一条性命,还有那成百上千条亡魂的期望,他们可都睁着眼,在天上看着呢!

待她回到小院,端着简易的藤制食盒,刚要踏门进去时,就被人叫住了。扭头一看,是沁香园花木班的管事孙姑姑,正板着脸招手让她过去。

素菀忙快步走到跟前,恭谨地侍立一旁:"姑姑有何吩咐?"

"你还有心思吃饭!我问你,园里的花怎么样了?"孙姑姑四十左右的年纪,黄胖而矮,嗓门却是天生的洪亮,说话颇见威势。

素菀不敢怠慢,连忙答道:"回姑姑,我一早去看过了,大部分花木都还好,只有少数损了点儿枝叶,那两株姑姑特地关照的名贵兰花,因植在背风处,所以情况也尚好,只需略作些调理即可。"

闻言,孙姑姑脸色稍霁:"如此最好,那两株兰花是公主最喜欢的,若出了什么差错,就算要了你的脑袋也担待不起。"

素菀清楚她口中的公主是指当今靳王的小女儿,名涵薇,素喜各种兰花。当今靳王一共育有四子三女,其中二子早夭,长女和次女均已出嫁,现身边只剩下已立储的长子、不满七岁的幼子,以及这个涵薇公主,因是已故王妃嫡出,且又是唯一在阁的女儿,故一向颇受靳王宠爱。沁香园便紧挨着她所居的晴翠宫。

见素菀连连点头称是,一副唯唯诺诺的模样,孙姑姑总算满意了,又训诫了几句,一挥手,放她回去,末了还不忘吩咐她待会儿就去园中收拾,素菀一一应了。

素菀进了自己的角屋,却见绮容已经从昏迷中醒了过来,正挣扎着想爬起来。

"你怎么样了?快躺好……"她急忙大步抢上,扶住她。

绮容勉强地扯开一个笑容,呐呐地说:"还好……就是觉得胸口憋得慌……"

素菀扶她倚着床头坐好,安慰说:"吃点东西就会感觉好些了,我给你带了粥,你先喝点。"说着,欲转身从食盒里端出粥碗。

突然,感觉袖子被人一把拖住了,她回头看去,却是绮容不知道打哪来的力气,从被中探出手来一把揪紧了。

"素菀,你实话跟我说,我的日子是不是不多了?"绮容开口问道,原本黯淡的双眼此刻闪动着异样的光彩。

仿佛被这样的眼神给刺痛了,素菀暗吸了口气,平复了下心神,笑道:"怎么会呢?别尽胡思乱想了,放宽心好好睡一觉、发身汗,一觉醒来就什么事都没有了。孙姑姑那里,你也不必担心,我已帮你告了假了,你现在最紧要的是好生将养着,其他的事届时自会有办法解决的。"

绮容定定地看了她一眼,也不说话,半晌方放脱了手。

素菀心一沉,却又不知道该怎样劝慰才好,只得住了口,专心服侍她喝粥。

绮容今天精神像是不错,素菀喂的粥,她喝下了大半。之后,素菀收起碗匙,扶她重又躺下:"你好好休息吧,我先去园子里把活做好。"

不见她应声,素菀叹了口气,打开门刚准备迈出,身后轻幽的声音传来:"素菀,谢谢你!"

素菀闭上眼,心头一阵发酸。

片刻后,她跨出门口,转身,将门一点一点阖上,当她再转身时,即又恢复了人前低眉顺眼、无悲无喜的模样。

这季节的天气果然是变幻莫测,昨日还是风雨凄凄的,今天就一片春和景明了。

素菀扶住一棵倾歪的树苗,慢慢拨正,又为它培土固根,修除多余的枝蔓,一阵忙碌后,已不觉微微有些汗意。

昂首看了看,只见碧蓝的天空里已开出了太阳,当头照来的阳光更是有些晃眼,她垂下眼睑,转头看向前边树荫底下,那里和她一道过来收拾的几个宫女正在闲谈。

现在午时刚过,才交未时,正是日间人最慵懒的时候,而此时各宫主子刚用过午膳,多在寝宫内小憩,所以花园里也一般没什么人来,宫人要偷懒多会挑在此刻。

素菀又忙活了一会儿,决定也休息一下,便往树下走去。

人群中有个相熟的宫女见她过来,笑着道:"妹妹真勤快,累了吧,这边凉快,快过来休息下。"边说边往一旁站出些许,给她挪了个空位出来。

素菀也笑笑:"多谢晓雯姐姐。"站到了她旁边。

众人又接着笑谈,素菀只是含笑听着,这时那唤作晓雯的宫女轻轻拉了拉她的衣摆问:"绮容怎么样了?"

这一问,众人都听见了,知道此事的纷纷住了口朝素菀看来。

感受到周围人注视的压力,素菀只得含糊地回答:"还躺在床上起不来。"

听得此言,众人不免一阵唏嘘。

晓雯叹道:"绮容也真是倒霉,居然让潘公公给瞧上了,偏又是个性子烈的,唉……咱们这样出身的人,说到底不过就是任人摆弄的物什罢了,过得一天是一天……"

一番话说得在场的人均是感伤不已。她们都是宫中最下等的粗使宫女,因为无财帛可以孝敬管事的姑姑和太监总管,被指派做的多是各种杂役,辛苦不说,最主要的是毫无地位可言,任何人皆可随意打骂、折辱,在主子们和高品阶的宫人眼中,她们的性命卑贱如草芥。

绮容便是一例。蘅阳宫的太监总管潘公公强要与她搞"对食",绮容坚决不从,因此得罪了他,被他在主子面前编派了不是,除掌嘴数十外,还罚在雨中跪足了三个时辰,因此风寒入体,外加愤闷郁结于胸,就此一病不起。

看到众人均噤然不语,素菀垂下头,掩了目光。

长长的宫墙底下，这样的事件件桩桩，或明或暗，不知有多少，此刻众人物伤其类，但过不多久，还会有几人记得"绮容"这个名字？

　　她忍不住心内冷笑，目光中一片冰冷森然。

## 第三章　偶相逢

日影偏西，眼看平凡的一天又将过去了。

大概正值非常时期，今日并无主子妃嫔们到沁香园里游玩赏景，除了几批巡查的侍卫外，中间只有孙姑姑来巡视了一趟，众宫女们乐得如此。按宫中惯例，往常要是有贵人来到园中，她们都得事先避开，万一躲避不及正巧被碰上了，搞不好就会被安上一个冲撞之罪，轻则被责骂数句，重则挨板子、丢性命那也算不得什么稀罕的事。

素菀做完分内的活计后，因为惦记着绮容一个人在屋里，病中乏人照料，匆匆收拾好东西，便和众人告了别，赶着先回小院了。

走了一路，恰好经过昨晚的那个假山，她不自觉地放缓了脚步，向着那边望去。

假山边依旧是一片青树翠蔓，枝影横斜，此时映着苍茫暮色，更显得蒙络摇缀，清幽动人，仿佛昨夜在这发生的一切就像一场梦，一觉醒来，风过无痕。

收回目光，素菀正准备离开，忽然山后传来一阵脚步声，由声音判断还不止一人。

素菀心下稍作计较，四下一张望，便俯身避到一处花丛后。她刚藏好身形，就见两条人影一前一后从假山后转出，由衣着来看，来人应是一男一女，只可惜被花丛的枝叶挡住了视线，看不清两人面容。

不多久，那两人已经走到了素菀藏身的花丛近处。素菀透过层层交叠的枝叶缝隙，向外凝视，只见眼前晃动着一袭翠绿丝织百褶裙，甚是眼熟。

"小妹，你就莫再为难为兄了，父王的脾气你又不是不清楚，他决定了的事谁能劝动。"说话者的声音清润温和，此刻更带有一丝无可奈何，但听在素菀耳中却不啻于一记惊雷。

13

父王？原来是他！当今靳国世子靳涵枫！那和他在一起的应该就是涵薇公主了。素菀曾在沁香园中远远见过她几次，难怪那裙子看着眼熟。

"哥哥，薇儿这不也是没办法了嘛！这几天我一跟父王提到这件事，他就不耐烦，今日更是连我的面都不见，如今要是连你都不帮我，我——我……真是没主意了。"靳涵薇的声音中带着掩不住的焦急与无助。

惊疑中素菀又听到一声清清浅浅的叹息，像是温柔的春风划过水面。"你先忍耐几天，事缓则圆，我会找机会再劝劝父王的，毕竟现在离八月还有三个多月的时间。此事父王亦是两难，否则以他对你的疼爱，也是舍不得的。"

"哥哥，那薇儿的终生幸福就全寄在你身上了，你可一定要说服父王啊！"裙摆微动，素菀看不见靳涵薇的动作，想来该是在敛衽行礼。

"我会尽力的……真是一波未平一波又起，你的事还未曾解决，《千嶂里》又失窃了，父王现在——什么人！"突然靳涵枫一声断喝。

素菀心头一跳，只道自己被发现了，无计可施之下，正想出来跪地认错，这时外边却又出现了第三个声音。

"奴才知罪，奴才不知世子和公主在这里，一时心急赶路，冲撞了世子和公主，奴才下次再也不敢了，求世子和公主饶了奴才这次……"一个尖细发抖的声音传来。原来不过是个正巧路过的宦官，素菀略略安心，听见夹在颤颤抖抖的说话声里的还有"嘣嘣嘣"的磕头声，清晰可闻，显见磕得甚是用力。

"行了，下次走路不要这么横冲直撞，还不快退下！"靳涵薇稍显不耐烦地说道。

"谢谢公主不罚之恩，谢谢世子，奴才这就走，奴才告退！"

一阵慌乱脚步声过后，花丛外一下子安静了下来，好一会儿都不再有声音发出。素菀看不见外边的景况，正自疑惑，靳涵枫清和的声音再次响起，听来轻悠闲适，然掷地有声。

"还不出来吗？花丛后面的那位。"

素菀脸色一白。

一定是刚才吃惊之下露了形迹！她懊恼不已，看来自己还是不够沉得住气啊！踌躇一瞬，她咬了咬下唇，跪下身躯，低头两手撑地，膝行而出——既然已被发现，眼下也唯有面对，先看看情况再作打算。

"奴婢叩见世子、公主。"

"你躲在这里干什么？"靳涵薇眉角微拧，喝问道。

素菀低伏着身子，眼角不期然地瞥到一角白色衣影正立在那绿色裙摆旁。

"回公主，奴婢刚才看到公主与世子经过，这才回避到花丛后面的，后来见公主与世子在此处交谈，奴婢不敢出来，又不知道该怎么办好，只得继续躲着。"

"你是沁香园的？且抬起头来。"靳涵薇道。

"是。"素菀微一迟疑，抬起了头，只是仍垂着目光。

"是你。"靳涵枫的轻语终于让她错愕地朝上方看去。

白衣轻衫，玉冠束发，眼前的男子年约二十三四，面目雅逸，长身而立，若修竹临风，又如明月映水，看着她，黑玉般的眸中蕴着几分笑意。

失措只是一刹那，忆起他的身份，素菀忙又垂下目光，不敢再看。

"我见过你，去年十二月。"靳涵枫仿佛看出她的惊诧，微笑着说。

他还记得，去年冬天初次见到她时的情形。

那一天，刚下过大雪，他从宫中议事回府，路经沁香园，严冬之际，正值寒梅怒放之时，园中景致如画，他不由放缓了脚步，信步而游。不经意间，她就这样闯入了他的眼帘。

乌发秀眉，肤色纯净如雪，淡黄衣影衬着一片银装素裹与枝上红梅，风姿楚楚，恍惚间只觉那素容似水，一不小心便会融进左右空气之中。

那一刻，他觉得心像是被什么轻轻一撞，有什么东西偷偷地潜入进去，又像是一阵清风从窗棂间钻入尘封已久的阁楼，轻轻掀开了桌上一卷泛黄的书册。

他怔立片刻，待想要上前看得更真切些，却见那淡黄衣影缓步轻移，倏忽一下就消失在了树影山石间，只余他满心的怅惘。事后，他也曾想过要去找寻，但宫内女子众多，况且自己身份所限，只得作罢。

一晃数月，政务繁忙，只有偶尔闲暇时会忆及当日那清丽少女，他以为自己已经淡忘了，不想今日居然能在此处意外再见。他一眼就将眼前之人与记忆中的人影重叠，猛然意识到自己实是早已将其深深镂刻进脑海。

"世子好记性。"素菀实在记不起去年十二月里什么时候见过这位世子殿下，但既不能询问，更不好反驳，只得如此含糊应答。

瞧着素菀的样子，靳涵枫便知道她对自己并无印象，眼中情绪一瞬而过，也不

15

知是失落还是自嘲，最后重又变成春风般的和煦。

靳涵薇一直留意着靳涵枫的神色，转头细看素菀一眼，突然带着几分笑意问道："起来回话吧，你叫什么名字？"

素菀起身恭声道："回公主，奴婢叫素菀，是沁香园花木班的宫女。"

靳涵薇似是满意地点点头，又瞟了眼一旁的靳涵枫，见到后者脸色已然平静无波，唇角微微含笑，一如既往的温润亲切，她不由有几分失望。

见眼前二人不再见疑，素菀小心翼翼地询问："不知公主和世子还有何吩咐吗？"

靳涵薇挥挥手，有点意兴索然："这里没你的事了，你先下去吧！"

"是，奴婢告退。"素菀躬身准备退下。

"等等！"

靳涵枫忽出声叫住她，素菀连忙站定。

"刚才无论你听到了什么，都不许传扬出去，否则后果你该知晓！"

"奴婢明白。"素菀点头称是。

"行了，你可以走了。"靳涵枫微一摆手。

"谢世子、公主，奴婢告退。"

直到离得远了，她方才重重地吁了一口气，真是运交华盖，短短十二个时辰之内，居然在同一个地方连栽了两次，还好都是有惊无险，看来自己以后行事得更加小心谨慎才是，只不过，这回也不算全无收获……《千嶂里》？原来昨晚被盗的是它，那就难怪了。

斜阳下，花丛旁，靳涵枫仍是负手而立，凝笑看着素菀离去的方向。

碧草剑芳

## 第四章　绮梦遥

一连几日，绮容都是高烧不退，人也整天整夜昏昏沉沉的，水米不进，好不容易灌下去的药亦是随即便呕了出来，眼看着是不行了。素菀虽然早有心理准备，但事到临头，仍不免有几分伤感。

到底是还不够心冷如铁啊，她自嘲地暗叹。

然而这一晚绮容的精神却是出奇的好，自傍晚醒后就一直拉着素菀的手，絮絮叨叨地说着自己入宫以前的事。

素菀情知她这是回光返照，一旦燃尽这最后的生命之火，眼前这个绮年玉貌的少女便会如枯萎的鲜花般凋零。她很想阻止她说话，想让她保留几分精力，但经不住她眼中流转的哀求，终是依了她，坐在床头耐心地听着。

"素菀，你知道吗？我现在心里不知道有多快活，因为我终于可以离开这里了，我恨透了这个鬼地方！你说人死后魂魄会不会不灭？我好想回我的家乡啊……"绮容的目光迷离地视着前方，仿佛依稀看到了家乡后山的那一片青松翠竹，还有，那一个人。

素菀没有应声，微微出了神，模糊地想着自己的家乡不知道已变成了怎么一副模样，还有自己的家，那里是否依旧是一片断瓦残垣？

等她回过神来，却见绮容正陷在回忆中，怔怔地看着虚空，缓缓地叙说着往事。

"……我就是在那里遇到晟哥哥的，那一年我才七岁，他也刚满十二。我见到他时，他已经病得很重了，蜷缩在街角，身上只穿着一件单衣，根本挡不住冬天的寒风……我求爹爹把他带回家，又请了大夫来给他看病，经过三个多月他才逐渐复原，病好后他又在我家住了一些日子。我们天天在一起，去山上看日落，去竹林掘竹笋，他还教我认字读书……直到那一天，他对我说他要走了，我哭闹着不肯，拉着他不放，最后他答应我，等他做完了要做的事，他一定会回来找我的，让我等着他……"说到这里，绮容苍白的脸上浮起一丝红晕。

"那他后来回来了吗？"素菀忍不住问道。

绮容摇了摇头"第二年我就跟随父母离开了那里。素菀，你说他会不会已经忘记我了？"想到这一点，绮容的呼吸一下子变得急促了起来。

"不会的，他不会忘记你的。"素菀柔声安慰她。

"但，他如果真的回去找我岂不是要扑个空？我不想走的，可是……可是打仗了，爹妈只好带着我逃难，再后来……连爹妈都去世了，我又被卖到了宫里面……"

又是兵祸！素菀闭眼轻叹，片刻后才又睁开："你的晟哥哥既然答应了你，就一定会一直找下去，直到找到你为止。"

"但如今他再也不可能找到我了……"绮容苦笑一声，眼中渐渐盈满水汽。

素菀亦是心下恻然，觉察到她拉着自己的手轻轻颤着，于是反手紧紧握住了，嘴唇动了动，几次想张口，却不知说什么好，只得静默以对。

隔了半晌，绮容似是忽然记起什么，挣扎着从颈上取下一块小小的半月形玉佩，托在掌中愣愣地盯视了好久，仿佛那块玉佩下一瞬就会消失了一般。

这应该是她家人留给她的吧！素菀猜测着，也不去打扰她。

忽然，绮容像是下定了决心似的，把玉佩递给了素菀。

素菀没有伸手去接，只是有些疑惑地看着她。

绮容解释道："这是晟哥哥临走时送给我的，我一直带在身上，如今，送给你。"

素菀连忙推辞："这怎么行呢！如此重要的东西怎么可以给我，你快快收回去！"

绮容抬了手，硬将玉佩塞入素菀手中。素菀欲将玉佩推回去，却又不敢使力，生怕伤了她。绮容嘴角努力想要扯出一个笑容，却引得一阵咳嗽："素菀，咳……你要是不收，等我去后，还不等运出宫门……这东西……怕……怕早半途落到了哪个不干不净的人手上，还不如给了你……万一以后你有机会出宫，又遇到了我的晟哥哥的话，你记得告诉他……就说——就说绮容一直念着他……"

绮容的说话声越来越弱，素菀心头一恸，莫名的悲切泛起，再也压抑不住，满满地充盈在胸中。这种近乎窒息的疼痛是如此的熟悉，那般沉重，仿似终其一生都无法摆脱，使她不禁又想起了当年那满天的火光与满地的鲜血……她哽咽着点头："你放心,我一定会帮你找到他,把这句话带给他。"

绮容脸色一松,就此阖上了双目,执着玉佩的手轻轻垂落在素菀的掌中。

昏暗的小屋内,烛光如豆,一个灯花爆响,灯火摇曳晃动着,等轻微的响动过后,一切重又归于寂静……

绮容死后第二日午间,安乐堂[1]方派人来将尸体抬走,但至于接下来他们会怎么处理就不是素菀所能知晓的了。

原历代宫中旧例,宫嫔以下的宫人生病无医,死无所葬,尸体焚烧后尸灰填入枯井,后经本朝开国皇后大力革新,废除旧制,于宫中设立安乐堂,专职收敛死去的宫人,而后埋骨于郊外坟地,既定,又下令各分封的诸侯国王宫仿照新制而行。

但现今本朝传国已历三百多年,中间几经变故,王域中帝位早已形同虚设,各诸侯国纷纷自立,相互间割据混战不休。适值乱世,这一条规定也就贯彻得不甚彻底了。

当几个杂役内监搓着手、拉长脸进了小院时,素菀早将绮容的东西都收拾停当了——其实也就是几身衣服和一些杂物罢了。她把东西一并打成包袱,放在绮容的头边。

"有劳两位公公了。"见那几个小太监有意蘑菇着不动手抬人,她一边赔笑,一边将几两碎银塞进他们手中。

有银子到手,几人的脸色顿时好了许多:"姐姐客气了,难为姐姐伴了尸体一夜。"这才慢吞吞地用草席裹了绮容的尸身,抬了出去。

素菀将他们送出院门,目送着他们往安乐堂方向走去,远远瞧见有人在偷偷掂量着那包袱,她嘴角轻翘,空灵的眸中已清冷得不见一丝暖意。

转身回到屋里,西铺上面空荡荡的,整个屋子也是空荡荡的。

又剩下她一个人了……

素菀心里没缘由地一阵绞痛。

至少绮容临走那一刻是安详而幸福的,满怀着过去的美好回忆,和对她的晟哥哥的深切想念……也不知自己此生有无机会完成对她的承诺。

素菀拿出绮容留给她的半月形玉佩,无意识地翻看着,突然她发现玉佩背后镌刻着一个小小的"晟"字,但这并不是让她惊异的地方,在玉上刻有姓或名这样的事很多见，并无任何特殊之处，特殊之处在于"晟"字左下方那一缕红丝，若隐若现，不细看绝不易发觉。

素菀走到窗前，举臂将玉佩迎着阳光一照，将内力缓缓送入，果然——

青白的玉石一下子变得剔透晶莹，似一泓碧水流动，玉中的那一缕红丝立时清晰可辨，光华流转间，更犹如活物一般在那一泓碧水中蜿蜒游动。

这是产于苍岐山顶深潭之底的凤吟血玉！据说乃是聚九阳之精、敛九渊之气所化，世所罕见，自己也只是幼年时在书上读到过相应的描述。这样的东西怎么会出现在一个普通的小宫女身上！？

绮容说是她的晟哥哥所赠。晟哥哥？能拥有凤吟血玉的人，他究竟又是何等身份？

素菀思索半天，完全是茫然无头绪。当年看书不过是信手翻阅，且相隔时间久远，书中相关的内容早已忘却了大半，实在是记不起这凤吟血玉世间一共有几块，其主人是何人，甚或书中根本就未曾提到过这一点。

越想回忆越是头疼，她只得作罢，小心地将玉佩贴身藏好。


注释：

【1】安乐堂——《明宫史》载：在金鳌玉桥西、棂星门迤北羊房夹道(今名养蜂夹道)，内有安乐堂，宫人得了病，或是年老了，要和有罪的人一样，发到这里，靠自己的生命力延续时日，或者等死。因是架空文，故本文只是借用这个名称，将其指代宫中为宫人敛尸之所。

## 第五章　露华泠

新栽的花苗初放,娉娉袅袅,随风轻舞,新条淡绿,瓷瓣如莹玉,琼蕊暖生烟。花香阵阵,虽不浓郁,却别有一股清新之气萦绕在空气中,经久不散。

靳涵薇初见此花,便已心中欢喜,待闻得花香,更是精神一振,一扫连日来胸中郁闷之气。

"这花是你负责照料的? "她头也不抬地问侍立一旁的素菀,视线仍胶结在兰花上,舍不得移开片刻。

"是。"素菀垂手低眉,声音静平无波。

靳涵薇又恋恋不舍地看了好一会儿,终于从花上移开眼,目光一转,转到了素菀身上。

"是你? "她轻轻"噫"了一声,似有几分惊讶,显然已经认出了她,"我记得你,你是那天的小宫女,叫素——什么的……"

"素菀,回公主,奴婢叫素菀。"见靳涵薇皱眉思索,素菀低声出言提醒。

"对! "靳涵薇轻轻额首,又赞许地看了她一眼,"没想到你于植兰一道还颇为内行,这两株素心兰栽培不易,居然不仅让你种活了,还开得如此可人。"

素菀恭顺地回道:"公主过奖了,奴婢粗鄙之人,只会侍弄这些罢了。"

靳涵薇细细地打量了她一番,转头打发了其他跟随的宫女,沉吟着缓步向前走去,却用眼神示意素菀跟着:"嗯,那你跟我说说种植兰花需要注意些什么吧! "

素菀似是微微一讶:"是,奴婢遵命。"连忙亦步亦趋地跟在靳涵薇左后方,隔了两步远的距离,恭谨地道,"回公主的话,种兰花有五要诀:一是选土,要用疏松透气、既保湿又不渍水的腐殖土,以选用配制的腐叶土为宜,若有老橄榄树朽木屑,加三份至四份沙质壤土合成更佳;二是位置,应选多朝日、避夕阳、迎南凉、挡北寒的场所,气为兰之命,切忌通风不良,兰需散光,不可阳光直晒,炎夏要遮荫;三是浇水,宜小水湿润根系,微雾滋润茎叶,不干不湿,干湿适宜,并做到'夏秋不过干,冬春不过湿',同时忌梅雨、暴雨侵袭;四是用肥,若培土供肥不足,可在花前施以'促花肥'和在花后施以'坐月肥',以弥补开花的消耗,若要生长茂盛,则可视长势施'催长肥';五是治虫,育兰不可少除虫,惜叶犹如惜玉环,尤在夏季盛发期之前,可视具体虫害种类喷洒各类除虫药液……"

素菀一气讲了好多,边讲边偷偷注意观察靳涵薇的脸色,只见靳涵薇初时听得津津有味,还时不时地点头回应,但过不多久却有些神情恹恹,看上去思绪明显转移至了别处,怔怔出神的样子倒像是在思索着什么忧烦的事情一样。

素菀住了口,不再出声打扰她,只静静地跟在她后面,目不斜视,正好盯着靳涵薇身后拖曳着的一条绯红披帛。

密柔的草地隐没了两人的脚步声,只有和风拂过树梢,间或着发出细碎的"沙沙"声响,空气中弥漫着一股淡淡的木叶清香,御苑内四下一片静幽悄然。远处有一两个宫人望见公主经过,亦都早早避了开去。

在这样的环境中,原该是心境平和的,但素菀的心却不由自控地越跳越快,胸腔内像是有什么东西在左右冲突着,挣扎着想要跳出来。

看着靳涵薇的背影,那条绯色的披帛渐渐在眼前渲染成一片通红。

她也姓靳!

脑中嗡嗡回响的只是这一句。

手心里汗水不住渗出,连呼吸都有些急促起来。

狠狠地一握拳,指甲尖深陷掌心,带出一缕疼痛,人却因此一下清醒过来。

时机未到,小不忍则乱大谋,今日姑且放过你一次,待到该偿还时、该报应时,你们一个都休想逃脱!

压下心潮后,素菀方才留意到身处之地,她与靳涵薇两人各怀心事,一路漫无目地地走着,不知不觉间早出了沁香园,竟入了露华宫范围,正取道往其西院而去。

她心中一惊,再顾不上许多,立即出声提醒当前先行的靳涵薇:"公主!"

靳涵薇茫然无觉,仍是径直往前走去,素菀无奈,只得紧跟数步,又连呼数声。

终于,靳涵薇止步回头,眼中依是带着几分懵懂。

"公主，时辰已晚。"素菀轻语。

如蝶翼的眼睫轻轻一扇，靳涵薇终于醒过神来，她四下一张望，脸色稍变，显然也已意识到这里是何处。

冷眼看着她的每个表情变化，素菀唇角不易觉察地轻勾一下，眸内深晦如海。

也在那一刻，靳涵薇心中想起了一件事。

露华宫西院，传言那里为宫中阴气集聚之地，每至夜幕降临之后，就会有冤魂恶鬼出来游荡索魂……

她扭头看向西方，但见暮霭冥冥，西山之上，最后一寸红日刚刚隐没了身影，只余半轮昏黄的光晕，挣扎着射出最后一道余光，将地上景物的影子拖得很长，晦暗而惨淡。

回首看着自己昏淡的影子，靳涵薇眉头轻挑，脚下不自禁地靠近了素菀一步。"那个，素菀，时候确是不早了——"

话未说完，"噗"的一声脆响，一团黑影从院中的矮树丛中飞出，与此同时，素菀觉得手臂上一紧，转头一看，却是叫靳涵薇一把给扯住了。

瞧着靳涵薇那副紧张兮兮的样子，素菀心中好笑，她早已看出那不过是只斑鸠而已。

"公主，那是只斑鸠。"

靳涵薇这时也已看清了那团黑影，有点不好意思地放开手，一双美目犹自滴溜溜地盯着那重重树影，交臂搓了搓，摸到衣袖之下已起了一堆鸡皮疙瘩。

她又朝素菀挨近了几寸，强笑两声道："其实本宫胆子没那么小，只因这几天一直未休息好，致使精神有些疲惫。"

素菀颔首，温顺地说："是，既然公主累了，那奴婢陪公主回去吧！"

靳涵薇忙不迭地点头："好，那我们快走吧！"说罢匆匆转身离开。

走了好一阵子，才算离得远些了。

因为走得甚急，靳涵薇头上的珠钗发饰都有些歪斜了，发髻也松散了不少，脸上红扑扑的，倒是别有一番风情——当然这只是素菀个人的想法，例如孙姑姑就绝不是这样想的。

孙姑姑恰陪着靳涵薇的随侍宫女在寻找两人，撞见公主如此模样，脸都白了，一半是惊的，另一半则是气的。

23

惊的是公主不知遇到何事,万一有个什么是非长短,这在场的人包括自个在内,恐怕没一个能逃脱得了干系。

气的是素菀这丫头也不知是怎么伺候主子的,居然让公主沦为这副模样!看待会儿本姑姑怎么整治你!

她当着靳涵薇的面,不好发作,只狠狠瞪了素菀几眼。

靳涵薇碰见众人心里一宽,忍不住就要喜形于色,而后突然意识到自己的样子实在是有失公主的仪态,堪堪将展到一半的笑容收回,怎料急切之间,一下挫到了脸上的肌肉,紧接着便是一记冷哼。

几个靳涵薇的宫女忙围了上来,其中一个冲到素菀跟前,指着就骂:"你找死哪!居然敢把公主拐到这边来,安的是什么心!"

靳涵薇咧了咧嘴想说什么,可是一时间说不出话来,只得摆摆手示意此事与素菀无关。

她周围的宫女却误会了她的意思:"公主是要回宫吗?世子殿下来了,正在宫里候着呢!"

闻得此言,靳涵薇心中一喜:哥哥来了,多半托他的那件事有结果了。心切间,连礼仪都顾不上了,急匆匆地就往晴翠宫跑去。

见状,宫女们忙紧随而去。刚刚骂素菀的宫女临走不忘撂下一句:"孙姑姑,我们公主大人有大量,不和这贱婢一般见识,但您是宫里的老人家了,怎么管教底下的人,总该心里有数吧!"

孙姑姑连声称是,待人走远后,先是朝地上啐了一口,随即两眼冒火地瞪向素菀。

素菀暗呼倒霉。

又是一场无妄之灾。孙姑姑是沁香园的花木班管事,在宫中资历虽长,但论权势地位,如何能比得过公主身边的贴身宫女,刚被个晚辈这样当面奚落了一通,却又不能吭声,正压了满肚子的火没处发,自己这回真是免不了要挨一顿好罚了。

## 第六章　夜离宫

晴翠宫中，"哗啷"一声脆响传出。

盯着一地碎瓷，靳涵薇目光怔然，喃喃道："难道事情真的已成定局？"

靳涵枫低声一叹，语气中带着失落和疲惫："现在婚期已定，求亲的使者也返程回边国复命了，边、靳两国联姻之事已是天下皆知，再无转圜，父王这次动作如此迅速，怕也是让自己再无后悔余地——"

靳涵薇霍然抬头："哥哥，你现在还想要为父王说好话吗！平日里说什么疼我爱我，到最后还不是将我当作他皇图霸业的棋子！"

"薇儿，你怎么可以这么说父王！"靳涵枫厉声喝道。

静默一瞬，看着她发白的脸颊、眼中的悲色，他心中一疼，重又缓下声来劝道："父王这次真的是迫于无奈，边国国势日盛，一旦它与北澹结盟，合兵来犯，则靳国危矣！所以我们必须处理好和它的关系，这次边王派使者求亲，若我们拒绝，触怒他不说，更会予其借口兴兵——"

"行了，哥哥！"靳涵薇站起身，冷冷地打断他，"军国大事我是不懂，可我很清楚，在你们男子心中，国家、天下永远是排在最前面的。"

"薇儿……"

靳涵枫还待再说，靳涵薇却凄然一笑，背过身："但你们可能永远都不会去想，这一切得需要多少女子的泪水来成全！"

停顿片刻，似乎不胜疲惫，她轻声逐客："对不起，哥哥，我累了，想一个人好好安静下。"

"噢，那……你……早点休息。"

靳涵枫不放心地看看她单薄的背影，嚅了嚅嘴唇，想再说些什么，却终究只是

25

默然转身离去。

未曾回头，靳涵薇的脸上无悲无喜，没有表情。

多日的辗转忧思，这样的结果不早在预料之中？心存万一之幸到头来不过是自欺欺人而已。

看着地上那四分五裂的茶盏，她的眉间渐渐升起一股坚决。

疏星残月，夜色阴沉，一片乌云卷过，更掩去了大半的月色，自墨色天幕而下，一片暗沉沉的，冷风袭过，更觉凄神寒骨。

素菀左手掌灯，右手提铃[1]，正步徐行。四周都是黑压压的，使人觉得偌大的王宫此刻似是空无一人，一路上连值夜的侍卫和太监都不曾见着半个。

怎么回事？

素菀愈走愈是惊疑，总不可能今夜所有巡值御苑的人全跑去偷懒了吧！

前方的路更加偏僻，夜色也更加阴暗森然起来，像是黑暗中有一个巨人正张着大口等待吞噬一切，这么一想，就算素菀再胆大，也不自禁的心里有些慌慌，脚步越走越缓，呼吸越放越轻。

口中的唱号声也渐渐停了，如此情景下，再要高唱，那简直像是在招魂！

穿过一道月牙门，前面就是宫墙了，她望着那道高宏的蜿蜒如长蛇的墙壁，喟然一叹，心头五味杂陈。视线飘移，却猛然看到一抹人影，正站在墙下，对着墙壁又是摇头又是顿足的。

素菀定睛望去，恰好那人也转头朝她这边看来，借着一点黯淡的月光，素菀一下看清了她的脸。

怎么会是她？

素菀惊异莫名，实在无法将眼前的人与眼前的事联系一处。一个公主，独自一人，一身紧衣窄服，肩上背着个硕大无比的包袱，半夜三更跑到偏僻的宫墙下，手中还提着一条状似飞索的长绳，看样子似乎是想要翻墙？这……这唱的是哪一出啊！

同一时间，靳涵薇也发现了刚刚还漆黑一片的月牙门下这时候居然闪动着灯火的光亮，亦是一惊。

待看清来人，她一咬唇，抬起玉手朝素菀招了一下，见素菀呆滞着没反应，她一跺脚,又连招了好几下。

素菀醒神,忙小跑过去,小心着措词:"公……主,你……"

还不等她问完,靳涵薇就打断了她,笑靥如花:"素菀,你会不会爬墙?"

"啊?爬——爬墙?"素菀一愣。

"嗯。"靳涵薇点头,"本宫带了绳索,可是不会用,方才好不容易上到一半就摔下来了。你只要能爬上去,然后再拉本宫上去,本宫就赏你一百两……,呃,不,两百两!"

素菀觉得头顶似有一群黑鸦飞过,小心地确认:"公主你这是要出宫吗?可是……"

"没什么可是的,你只说帮不帮吧?"眼看利诱不成,靳涵薇唬起了脸。

"奴婢……奴婢……"素菀无计可施,只好苦着脸,跪倒在地,"公主,您就是借奴婢十个胆子,奴婢也不敢放您出宫啊,这要是让靳王知道了,奴婢就是有十个脑袋也不够砍的。"

靳涵薇挠挠头,看上去和白天那个高贵典雅的公主完全是两个人似的:"你不说我不说,谁会知道!等等,你倒是提醒本宫了,你若是跑去告密,那岂不是会让你坏了大事,嗯……既然已经撞上了,为了不让你有所妨碍,本宫只好——"她故意拖长了尾音不说下去,偷觑着素菀的脸色。

素菀心里一声冷笑,面色忽明忽暗,这位公主想干什么?杀人灭口吗?短短时间内脑中已经转过了七八个念头,藏于衣袖中的手慢慢捏起一个剑诀。

靳涵薇觉得玩够了,轻声笑道:"本宫只好——拉你跟我一块走!"说着伸手拉素菀起身,完全不晓得自己刚刚在鬼门关口打了个转。

"什么?!公主这是要奴婢也偷偷出宫?"素菀放松手指,语带惊讶地问。

靳涵薇颇为自得地笑:"这样你就不用担心受罚,我也不必担心你去告密,实在是一举三得!"一高兴,连自称都换过了。

"三得?"

"是啊,一路上还有人可以服侍我!"发觉自己说漏嘴了,靳涵薇忙改口,"呃,我是说你我二人可以互相照顾,一路相伴着游山玩水,这不是一得嘛!"

素菀此刻已经彻底无语,但还是不甘心地最后问:"公主就肯定奴婢一定能爬上墙去?"

靳涵薇又是嘻嘻一笑："你们在花园里做事的，经常需上树下树，我想爬墙跟爬树差得也不是很多……更何况我带了好些攀爬工具，有飞爪、攀索、结绳，还有……哎，我也叫不上名字，反正都是好东西！"

突然记起一事，素菀询问道："那今晚这一路上的侍卫也是公主您调开的？"

"我哪有这权力调动侍卫，"靳涵薇摇头，皱眉想了想，忽恍然大悟，"肯定是我哥哥，他明着不好帮，就使了暗招。"

素菀心惊，还好刚才没动手，保不定这附近就有什么人在暗中监视着呢！靳涵枫既然能放心掩护靳涵薇出宫，肯定有所准备，绝不可能让她孤身流落在外。可是，靳涵薇究竟是为了什么要逃离王宫呢？

是夜，东宫之中靳涵枫听到了手下暗使的回禀。

"公子，涵薇公主已经安全出宫了，不过中间出了点岔子，她不是一个人走的，而是带了一个小宫女一同离开。"

"宫女？"靳涵枫挑眉。

"是，属下已查明，那名宫女名唤素菀，身份并无可疑。"

"素菀？"靳涵枫长眉扬起，"知道了，你先下去吧，一路跟着，非到必要时候不可暴露形迹！"

"是。"

暗影退下后，房中只剩靳涵枫一人，静坐良久，眼中若有所思。

注释：

【1】提铃——明朝宫女们有"提铃"和"板著"之罚。"提铃"指受罚宫女每夜自明宫乾清宫门到日精门、月华门，然后回到乾清宫前。徐行正步，风雨无阻，高唱天下太平，声缓而长，与铃声相应。本文引用此概念。

卷

二

## 第七章　江湖远

靳国化城南郊。

一间普通到不能再普通的街边小铺中，本来就不甚宽敞的店堂被挤得满满当当的，店主正里里外外地忙进忙出，额上已渗出了汗，却依旧笑得合不拢嘴，一眼瞟到门口又有人进来了，忙不迭地迎上前去。

真不知道今天是什么好日子，难得生意这么的好！

他热情招呼："客官，请进请进，里头还有空处！"却在看清来人的一刻，呆立当场。

来人一共有两个，立在左手边是个十六七岁的少年，一身紫色镶边锦袍，一头乌发高高束起，容貌俊美非常，竟比一般的女孩子还要精致得多，满身洋溢着一股清贵之气。右手边的少年看上去年纪与前者相仿，身穿一件普通的淡黄布衫，长相虽不像前者那么令人惊艳，然亦是十分的清秀脱俗，尤其是一双清亮的眸子，如玉石般晶莹剔透，又如天湖水般澄澈空明，只不过脸上挂着一副凝重沉思的表情，与他的年纪殊不相符。

两人一踏进店门，原本喧闹的店堂立时安静下来，满座的食客都看直了眼，再也移不开目光，尽皆生出了自惭形秽之感。

这样的人物实在是生平仅见。

黄衣少年淡淡地扫了他们一眼，众人只觉像被一桶冷水当头淋下，感觉那一眼一直看到了自己心底，忙低了头不敢再看。

店主被那目光一扫忍不住打了个寒颤，方才如梦初醒："呃，两位请进！"引着两人往店内左侧角落的一处空位走去，一边走一边犹自纳闷，怎么刚才被这个少年郎看了一眼，会产生一种被看透了的感觉？

所谓空位不过是一张临时加的桌子罢了,半边桌面上还摊放着许多碟碗瓶罐。

店主手脚麻利地收拾了一下,见紫衣少年皱起了眉,忙赔笑道:"两位客官不要介意,小店今天不知道为什么来了那么多人,就请两位将就一下。"

紫衣少年张了张嘴便要发作,忽又想到什么强忍了下来,不耐烦地甩甩衣袖:"弄几个好点的菜上来,要快,我们还等着赶路!"

知道两人是贵主,得罪不起,店主捣蒜般地点头,应声退下。

见再没旁人,紫衣少年这才重重地坐下,揉着脚抱怨:"走了一整晚加一上午,累死我了,我还从来没有走过这么远的路呢!"

黄衣少年想了想说:"等进了化城,雇一辆马车代步就会好得多了。"

偷眼瞄瞄周围,紫衣少年凑过脑袋,压低了声音说:"现在这时辰父王肯定已经知道我逃婚的事了,进城会不会不安全?"

原来这两个少年正是前一晚偷逃出宫的公主靳涵薇和宫女素菀,为方便赶路,此时两人皆已改作男装打扮。

一路上,素菀已从靳涵薇处旁敲侧击地将前因后果打听了个清楚。原来靳王打算与边国联姻,将靳涵薇许配给了边国世子,并且可巧那边国世子据说脑子有些问题,靳涵薇不同意沦为政治婚姻的牺牲品,因此与靳王闹僵了,百般计策全无用处之下只得采用逃婚一途,没想到紧要关头时让自己给撞上了……

像是不习惯和靳涵薇靠得这么近,素菀不易察觉地向旁边移过一点,与她拉开些距离,也压低了声音说:"那请公主在此处等我,奴婢一人进城应该不会引人注意,等取了马车,就回来与公主会合。"

靳涵薇思索片刻后点点头,但终究有几分不放心:"你不会扔下我,自己跑了吧?"

素菀拈起一双筷子,暗忖这个公主虽然看起来有点不经世事,却是一点也不笨。她苦笑道:"奴婢私自出宫已是死罪,跟着公主的话,有世子暗中照拂,说不定还有一线生机,否则岂不是自寻死路?再说,奴婢无亲无故的,能跑哪去?"

靳涵薇消了心事,笑了笑说:"我只不过随口说说罢了。那个,以后你直接叫我名字吧,也别动不动就自称奴婢,免得让别人听到,识破了我俩的身份。"

"这如何使得呢!"素菀惶恐地摆手。

顿时两人的说话声又高了起来,引得店内其他食客频频注视。

素菀侧头想了下，采取了一个折中的办法："要不就称呼'小姐'好了？"

见无法说服素菀，靳涵薇无奈点头。

过不多久，饭菜送上。吃饭过程中，素菀又数次或明或暗地刺探靳涵薇，想知道靳涵枫究竟有无派人暗中跟从，有否联系之法等，但见靳涵薇确实毫不知情，不像作伪，她只得作罢，另想主意。

一定要设法回宫！

心内细细盘算开来，千辛万苦潜伏宫中，那般忍辱负重，绝不能因为一个意外而使一切努力付诸流水！但要回宫就必须得和靳涵薇一起回去，否则即便回去了也不过是落得一个身首异处的下场，那样的话，就得想办法避开靳涵枫的耳目，以免被他所阻……如果仅是这样倒也还容易办到，难就难在不能让靳涵薇以及靳涵枫等人怀疑自己，若是让人知道是自己在背后设计这一切，会背上一个"背主"的罪名不说，更会影响那多年来的筹谋！而且，还得找准时机，不然协助公主出逃加私自离宫一样是杀头重罪。

匆匆饭毕，不敢多耽搁，素菀即刻动身进了化城。

化城不大，但它北靠靳国首府益城，扼着交通要道，不少南来北往的商旅路经此地，因而城内百业俱兴，看去颇为繁华，一片安定富足的景象。

此时正值四月暮春时节，春机盎然，连街上行人的步履都仿佛带着几分喜意，街角巷尾还有不少卖花姑娘挎着花篮在吆喝，伴随着她们甜美的嗓音，一缕缕似有若无的花香在空气中弥漫开来。

看到如斯景象，素菀心中诸般滋味涌上，似欣喜又似苦涩。看到靳王治下百姓能够如此安居乐业，她是该高兴的，但……往事历历，那般深重的刻骨怨毒无时无刻不在啃噬着她的心，实已是恨重难返！

叹了口气，她摇了摇头，将杂念摒除，待向路人问明了方向后，一路穿街过巷向城内唯一的一家车马行走去。

可本以为很容易就可以办成的事，却在来到车马行后出了点意外。

"实在抱歉，本行的最后几辆马车都在今早被租走了。"掌柜捋捋半白的胡须，摊手道。

"这么巧？"素菀着急起来，没有车子代步，她是无妨，但靳涵薇怕是坚持不了多久，到时候倒霉的恐怕还是自己。

她不甘心地又问了一遍："一辆都不剩了吗？破一点的也没关系。"

掌柜摇头："没有了。"

素菀拖着脚步，一步三叹，这下该如何是好？追兵不多久就会到来，如果现在就被抓回去的话，靳王雷霆之怒下，靳涵薇姑且不论，自己协助公主出逃的罪名是无论如何也逃不掉的。

她朝着门口又迈出几步，思忖着如果实在没办法就只能去哪个大户人家那里"借"上一辆了。

素菀啊素菀，你怎么会沦落到这个地步！

正摇头哀叹不已，却见一个车夫模样的人踏进门来，向着掌柜说："掌柜的，车子已经收拾好了。"

车子？素菀顺着他进来的方向望去，只见大门外一辆装备妥当的马车正安安稳稳地停靠路边，车头套着的白马看去精神抖擞，前蹄正优哉哉地轻打着节拍。

她诧异地看向掌柜："你不是说没车了吗？"

掌柜抬了抬目光，解释道："这辆马车是一早就有人订下了的，说好今日来取，只不过一直到这时候也还没来。"

"既然还没来取，那能否租给我？我可以多出一倍的价钱。"素菀生出了一线希望。

"那怎么行！"掌柜皱起了眉，感觉受了羞辱似的，连连摆手，一张老脸也涨红了些许，"虽说商人重利，却也讲究一个'信'字，人家付了定金，我如何能另租他人！"

"老丈讲得对，是我莽撞了，对不起。"难掩失望，素菀刚亮了几分的眸光重又黯淡下去。

听了素菀的道歉，掌柜缓了脸色，也放软口气建议说："少年人，你要是急着用车，不妨等那车的雇主来了后与他商量一下，看他是否愿意转让——呶，他来了！"话音骤高，抬手向着门外一指。

素菀转头望去，入目处一个身材颀长、气宇出众的年轻男子缓步走来。

想不到会在这样的地方碰到如此出彩的人物，素菀感叹，就是看上去太深沉了些。

五官如刀削斧刻般棱角分明,双眉英挺,宽额薄唇,黑亮的双眸咋看去似透着浓浓暖意,但细看之下却又发现,那是一种近乎冰冷的温暖——灿阳之下隐着的是沉在最深底的阴影与寒意。

其实以俊朗秀逸而言,他并不如靳涵枫,但却有一种独特的气质,令人在第一眼间便为其风采所折。若说靳涵枫温润清雅如三月春风,那眼前之人则是像六月骄阳般熠熠生辉。

素菀暗赞之下,却有种莫名的触动,那是一种模糊的熟悉感,恍惚地觉着心里有一个影子与眼前的人重叠在一起,但又隐隐约约地看不分明。

同一刻,那男子也看到了素菀,微微一愣,脚下亦稍顿了一下。

素菀思索片刻,实在想不起曾在哪里见过这人,若是见过,这样的人定然是印象深刻,可若说未曾见过,那又如何解释这种熟悉感呢?

想来想去,一时无解,她只得作罢。考虑到正事要紧,她不再迟疑,见那男子已走到近旁,忙迎上前去,抱拳施礼,指了指马车,笑问道:"这位公子,打个商量,能否将这辆马车转租给我?"

那男子停下脚步,视线从她的脸上掠过,眼内闪过难以察觉的思量,嘴边却含笑回答:"这个……在下也急着用车前去宁国……嗯,不知阁下要去哪里?如果是一路,阁下又不介意的话,我们可以同坐一车。"

"宁国?"素菀犹豫起来,她与靳涵薇并无具体的目的地,去宁国也无不可,只是想到要和一个陌生男子长路同车,多少有点不妥,可眼下也没有其他办法,要是再找不到交通工具,自己难不成真的要去做一回窃马贼吗?

沉默了好一会儿,权衡利弊之下,素菀终于点头:"我也正打算前往宁国。不知道公子是否介意再多带一人?我是与我家……少爷一起的,他正在城郊客店中等着。"

她不是一个人出来的?男子幽深的眸中锐光一闪而逝,唇角却依是含着笑:"能多一人结伴而行,在下求之不得。"

"如此就叨扰公子了。"素菀拱手作谢,有几分庆幸自己与靳涵薇均是作男装打扮,现在天气还不算热,一路上小心一点,应该不会出什么问题,待挨到下一站,再换辆车即可。

男子欠身回礼:"阁下不必客气,我叫时泓,'泓澄渊澥[1]'之'泓',还未请教阁下高姓雅名？"

"呃，我叫……舒浣。"素菀感觉嗓子发涩，几疑那声音不是从自己口中发出的。已经有多久，不曾记起这个姓氏了？这天下，可还有人知晓自己的真实姓名？甫出口，居然连自己都觉得生疏。

注释：

【1】泓澄渊澈。——《文选·左思·吴都赋》

郊外，小客店旁。

靳涵薇偷偷觑了眼正在马车前整理行装的时泓，扯了扯素菀的衣袖，将她拖到一旁，低声问："这个时泓究竟是何人？你以前认识他？可不可靠啊？"

素菀也朝车那边斜睨一眼："他？方才在车马行恰巧碰到的，不知道是什么身份来历，多半是个有钱人家的公子哥，至于可不可靠——"回过头，耸耸肩，老实交待，"我也不知道。"

"不知道？！"靳涵薇瞪圆了眼睛，"那你怎么就把他一起带过来了呢？"

"小姐，我这不也是没办法嘛！"素菀苦着脸说，"车马行里的车子全租出去了，一时之间实在找不到车，只有他有车又不介意我们搭车……要是小姐你不愿意跟他同行，那我再想想其他办法？"

"现在还有什么办法可想！父——亲大人派的人快追来了，再不赶快走的话，就走不了了……唉，看他一表人才的，应该不至于有什么恶心吧？"靳涵薇轻轻一叹，也不知是在询问素菀，还是在说服自己。

素菀不置可否地淡淡一笑，目光却落在时泓身上，清亮的眸中若有所思。

马车前，时泓已经整理好路上要用的物什，正将东西一一放入车厢内，做完这一切，他整了整衣衫，转身，抬眸，却看到素菀正目不转睛地看着他，不由微愣一下，随即很自然地洒然一笑。

素菀亦是若无其事地点头致意。

这一路上，有此人同行，倒也不错，至少不会太无趣……两人相视而笑，轻淡而意味深长。

一个笑得暖如春日和风，一个笑得清如山涧兰溪。

收拾停当，三人便登上马车。

马车颇大，车厢内很是宽敞舒适，左右两边与对门正中均是二尺宽的横榻，过道中间备有张小小的可折叠的几案。时泓坐在中间的榻上，素菀和靳涵薇则各据一边。

靳涵薇第一次离京，又是偷逃出来的，心中说不出的兴奋，时不时地掀起窗帘窥探车外，立时就把方才的小小不快和疑虑抛诸脑后。

驾车的白马脚程颇快，车马行派出的车夫亦是行家里手，车子一路都行得甚是稳当，很快就出了城，驶上官道。虽说是官道，但毕竟不同于盛世景象，京郊还好些，待走得远些，便可发现因连年天灾战乱，各地道路废弛，路上杂草丛生，已与一般的荒郊野道无甚区别。

东张西望了半日，靳涵薇终于倦了，时泓待客周到，执起小几上的茶壶，一边为靳涵薇倒茶，一边仿如漫不经心地开口问道："靳兄，不知南下宁国所为何事？"

簌簌轻响，素菀将窗上的竹帘略微掀开了一些，望着窗外，似是在欣赏沿途风光。

靳涵薇看了素菀一眼，不紧不慢地拿起茶杯，放至口边，略略沾唇，笑答："听说宁国山明水秀，景色优美，人物风流，所以想去开开眼界。"

时泓微微点头，也不追问，放下壶浅浅而笑。

"那不知时兄为何去宁国呢？"这次换过靳涵薇来询问。

时泓嘴角逸出一丝苦笑："实不相瞒，在下此次去宁国是想借机躲开家里人。"

这话一出，倒让靳涵薇一愣，好奇地问道："哦，敢问时兄为何要躲开家里人？"

目光轻轻滑过窗口和挽帘专心赏景的人，时泓轻叹道："唉，一言难尽，家父自小便给在下定下了一门亲事，这次更命尽快完婚，但在下深觉婚姻乃人生大事，必得择一可心之人，所以不愿盲从，又因家父逼迫得紧，于是只得躲出家门了。"

靳涵薇恍然，心起惺惺相惜之感："原来你也——"她正想说"原来你也跟我一样是逃婚出来的"，却不料猛地"哗噻"一记重响，打断了她的话。

转头看去，却是素菀把窗上的竹帘给扯落了下来。

素菀抱歉地朝时泓笑笑："不好意思，我刚刚看见林中一头野猪在追一只小白兔，一时间替那只小白兔着急，手下用力过度，不料却把帘子给扯了下来。我这就把它重新挂好。"

"有野猪？快让我看看。"靳涵薇顿时来了兴致，噌地跳起身来，绕过几案，挨上素菀的横榻，趴到窗口处，瞪大眼张望着。窗外远处确有一片林木，树林荫翳，茫然无际，只是她找了半天也没发现什么野猪、小白兔的。

"野猪在哪啊？"她嘀咕起来，又探出身子继续搜看。

"可能跑远了吧！"素菀头也不回地答道，眼睛依是看着时泓，脸上也仍挂着清怡的笑容。

时泓亦是目不斜视，眸光锁紧在素菀身上，片刻后，他展颜一笑，笑得无比温柔亲切："野猪吗？嗯，可能是跑远了。"

靳涵薇丧气地缩回头："唉，还以为能看见野猪呢！咦，你们怎么了？"她终于发现眼前的情形好像有点不大对劲，这两人互视着，一个浅笑嫣然，一个目蕴风流，但车厢内的空气却为何好像闷闷的、沉沉的，且有一股寒意涌动在周围。

终于——

素菀转头抬手，将手中竹帘重又挂上窗钩。

时泓执壶注水，拈起小几上的瓷杯，轻抿一口。

感到周围压力暮地骤减，靳涵薇迷惑地看看素菀，又看看时泓，两人神态如常，仿佛刚才什么事都没发生过。

那刚才的一切，难道只是自己的错觉？她不解地皱了皱眉头。

正在靳涵薇茫然思索之际，忽然听到车门外车夫高唤一声"吁"，紧接着，伴着马儿的一记长嘶，马车重重一个颠簸，猛地停了下来。

急切间稳住身子，靳涵薇讶道："怎么了？"看向车内另外两人。

素菀瞅了一眼窗外，秀眉微微一蹙，伸手阖上窗户，放落竹帘。

"看来我们遇上点麻烦了。"时泓淡淡开口，手中瓷杯轻轻扣落桌面，"两位请在车内稍坐，我先出去看看。"起身开了车门，俯身走出车厢。

靳涵薇惊疑不定地看着素菀，后者移坐到她边上，将另一扇窗户也关上，缓缓摇头，示意她稍安勿躁。

此刻车门已被时泓反手关上，靳涵薇没办法，只有竖起耳朵，静听着外面的声响，凭空猜测起来。

"公子！"车夫哑着声唤道，声音里透着几分惶然焦急。

"不知几位朋友拦住在下的马车有何贵干？"时泓的声音却依旧是平静和缓的，或许在场的人当中只有素菀听出了那隐在温和表相深处的金戈之音。

"废话少说！"一道粗犷狂躁的声音传来，夹着金属交碰声，"识相的快快将车马和财物留下，否则你盗爷我的刀子可不长眼！"

拦路抢劫？

靳涵薇心头一震。朗朗乾坤，天子脚下，居然有人拦路抢劫！而且一劫就劫到了她这个公主头上！

怒火冲起，忍不住便要跳出马车发作一番，好在素菀早就留意着她的脸色，一看不对劲，立马一把扯住她，捂住她的嘴，压低了声音在她耳边提醒道："奴婢大胆，求小姐息怒，现在我们出门在外，不比家里……"当然还有一句是没出口的——出了宫，你还以为自己是公主不成，这会儿出去，除了添乱，你还能干什么！

靳涵薇眨眨眼，终于意识到今非昔日，失去了可依傍的地位权势，自己如今亦不过是个一般的平头百姓而已，而且还是个手无缚鸡之力的弱女子！

心头又是一跳，这回却不是怒，而是十成十的惊与怕了！

车门外陆续又传来时泓与匪徒的交涉声："诸位不过就是求财，钱财身外物，在下绝不吝惜，但在下与在下的朋友却还要赶路，所以恳请诸位行个方便，把这辆车留给我们……"

靳涵薇气结，自己再不谙世事也知与虎谋皮作何解，亏这位大公子现在仍是一副慢条斯理的样子，依旧在侃侃而谈。

果然……

"哈哈哈——"众匪徒一阵大笑过后，最先那个粗犷的声音再次响起，"你这公子哥居然敢跟本盗爷讨价还价起来！休再啰嗦！快把你那朋友叫出来！"

素菀见事无可避，时泓能与他们蘑菇这么久，想必是不愿意动手，也罢，不妨出去看看，她想借机试探，亦想看看这桩有趣的案子该如何了结！

略一沉吟，她推开车门，步下马车。靳涵薇见她下车，不敢一人留在车厢，也紧跟着她下了车。

二

两人出得车门便看见前方道路上站着一溜人,均是粗衣短打,对着马车呈半围之势,居中一个大汉浓眉圆眼,相貌粗豪,手中提着把长刀,显是这一伙人的头领。

目光穿过人群,素菀留意到他们身后的路面上还横着一根绊马索。

"咦,怎么拦路抢劫的强盗不都是黑巾蒙面的吗?"耳边靳涵薇自言自语地嘀咕道。素菀迅速瞥了她一眼,回看时泓,只见他神色淡定地站立一旁,好像眼下并非身处荒郊野外、群匪环伺之地,而是在自家庭院闲看花开花谢。

注意到素菀的注视,时泓抱歉地一拱手:"时某无能,连累两位了。"

素菀淡淡回道:"时公子勿需自责,天有不测之风云,说不定反倒是我与少爷有此一劫,拖累了公子呢!"

"那……我们怎么办啊?"靳涵薇凑过来惴惴地问一句。

……

时泓与素菀均是默然,前方的劫匪听到了这一问,却是哄笑起来。他们方才初见素菀和靳涵薇,料不到车内出来的居然是这样两个翩翩少年,一时间都有些愣神,这时反应过来,原来这两个和开始那个一样,也是"绣花枕头一包草",真是可惜了这等好相貌!纷纷懊责起来,比起这仨呆瓜,咱可聪明能干得多了,就是咱爹妈咋没把咱生得这般俊呢!

众人笑得大声,靳涵薇脸上一红,偏又发作不得,心中又是气,又是恼,又是急,又是惧。

那提长刀的粗豪汉子清了清嗓子,众劫匪立即安静下来。他圆眼一瞪,冷冷的目光扫过时泓等三人,骂道:"哪里来的这么多废话!都已经是板上肉了,还不快把身上的值钱东西都拿出来!"

"是肉在砧板!"靳涵薇小小声地更正,不禁犯了难,她离宫时确实卷携了不少金银首饰出来,但在第一天给素菀看过后,她就说这些东西绝对不能使用,也不可让其他人看到。那些金锭首饰上都有着制印,明眼人一看就知是从宫中出来的,一旦露白,后患无穷,现两人路上花用的盘缠还是素菀拆下两支珠钗上的珍珠去换来的银两。

那粗豪汉子耳朵倒也尖,听到了靳涵薇的更正,狠狠盯了她一眼,又瞟了瞟时泓和素菀,不紧不慢地加了一句:"还有,把身上的衣服脱下来,小的们,咱们今个儿也穿穿他们有钱公子的衣服！"后半句却是对身边其他劫匪说的。

群匪轰然叫好。

平静无波的表情终于出现了一丝晃动，素菀的眉头渐渐敛起，眼中，光芒一闪而过。

时泓闻言亦是眉角微皱，灿阳般的眸中带出了一点冷意。

而靳涵薇则但愿自己听错了。

"还不脱！你盗爷可没工夫陪——"话未过半，声音戛然而止。

靳涵薇惊愕无比地瞪视着那粗豪汉子胸口的黑羽箭，箭尾兀自颤动。

时泓迅速转头朝旁边的密林看去，却只捕捉到一抹倏忽远遁的暗影。

"快上车！"素菀一声轻喝，拉过靳涵薇率先跳上马车。时泓醒起，拉起一旁的车夫紧跟着跳上车。

匪首已死，绊马索也被另一支黑羽箭射断了，此时不走，更待何时！

重重地扬鞭一抽，白马立刻飞起四蹄。待其余劫匪从呆愣中回过神时，马车早已绝尘而去。

萧二

## 第九章　依稀痛

"好险！"靳涵薇拍着胸口喘息待定。

是好险……

这次素菀由衷同意，目光扫过时泓，嘴角荡开一抹几不可见的笑意——靳涵枫果然派人一路跟着……

"不知刚刚救了我们的是何人？"时泓亦是一副不胜感慨的模样，至于其间有几分真、有几分假就难以知晓了。

"是啊，会是谁帮了我们？"靳涵薇也恰好想到这一点，疑惑之余更多的是惊叹，"那箭法可真准啊！才一眨眼的工夫……啧啧……真是厉害！"

"可惜没看清楚恩人的样貌，这份恩情也不知将来有无机会报答。"时泓悠悠然叹了口气，"靳兄弟也没有看清吗？

靳涵薇摇了摇头，她当时整个人都惊呆了，哪里还会去留意出手相助的人长什么样。事实上，她连那人的人影都没看到，一闭眼，脑中闪现的便只有那疾如电闪的两箭。

"大概是江湖中的侠士，路见不平。"素菀突然出声，"高人行事，自然不留形迹。"

"或许是吧！"时泓从善如流，点头雅笑，不复多言。

这个话题就此结束。

马车继续南行，一路都再无事情发生。日间，几人坐在车内，或闲聊或闭目休息；到了晚间，就寻一家客栈投宿。如此这般，一晃数日过去。

素菀原打算到了下一站便另租马车，跟时泓分道扬镳。但一则时泓殷殷留客，二则更重要的是，靳涵薇因那日之事受了点惊吓，认为路上多一人结伴便多一分安全,况且这几天她们与时泓相处得也颇为融洽,觉得此人言谈举止间均是君子之风,于是让她不用再另找车子了。

君子之风?素菀嘴角微微抽搐,心底默叹,这个公主真够善变的,一开始还担心人家不安好心,这才不过几天,就觉得他可靠、好相处了?

可叹归叹,她还是得听命办事,后又转念一想,好吧,不分就不分,一起走也有一起走的好处,正好看看那个姓时的葫芦里究竟卖的什么药!

故而几人仍是同车共行。

这样又行得数日,一行人已渐渐临近靳国边境,再往南一日路程便是靳宁交界之地。

这一天,日近薄暮,行了整日,车内几人都有些困意泛起,不再闲谈,或坐或倚,闭目休息,唯余"滴滴嗒"的马蹄声在古道上悠悠回荡。

当晚马车驶进了一处小镇,几人就在镇上找了家干净的小客栈,吩咐店小二准备好饭菜与热水送进房间,然后各人吃了饭、洗了澡便都早早地休息了。

原打算明日早起赶路出关,可事有不顺,第二天他们却不得不在此停留下来,原来是车夫病倒了。时泓为他把了脉,说道只是吃坏了肚子,服两帖药再休息几天便不碍事了。

素菀一直默默地看着他把脉开方,末了才似笑非笑地说:"想不到时公子还精通岐黄之术。"

时泓搁下笔,抬眸看她,俊脸上温文一笑:"在下不过是略通皮毛罢了。"

"时公子谦虚了。"怎么试探都没反应,素菀撇撇嘴,决定不再理他,回转身对靳涵薇说道,"这些天急着赶路,少爷你也累了,不如乘此机会好好休息一下,或者在这镇上四处逛逛,散散心也行。"

靳涵薇高兴地点头。

她第一次出远门,赶了这么久的路,虽有马车代步,但或多或少总有些身困体乏,就盼着可以好好休息几天。再加上她原就是打算出来游山玩水的,然而出宫十余天,一天到晚除了赶路就是赶路,结果到目前为止一处山也没游过、一处水也没玩过,早已是憋闷得慌了,休息够了再到处逛逛实在不错!想着这里已临近边界,即使逗留时间久一点,应该也没什么大问题吧!

兰二

翌晨，素菀洗漱完后，照例先去了靳涵薇的房间唤她起床。

靳涵薇所住的是小客栈中最好的一间客房，素菀轻轻拍门，不料门居然未曾上闩，一拍之下即开了一条缝。

素菀推门而入，只见屋内晨光已铺满一地，靠墙的雕花木床上，轻罗纱帐低垂，帐中安睡的人影依稀可见。

她轻步过去，抬手将纱帐挑开，便见靳涵薇趴睡在半边被面上，长长的乌发披散开来，迤逦于枕畔床头，身上的白色丝质单衣颇有些凌乱，散开的领口处隐隐可见那细白柔嫩的肌肤，再往下看去，一条长腿横亘过整张床面，玉白的纤足已堪堪伸到了床沿处。

如此慵懒绮艳的旖旎风情，若换作男子在此，怕早已是神思意动起来，可落在素菀眼内，只剩摇头叹气，特别当瞧见她脸上竟带着一丝甜笑时，更是心内苦笑。

"小姐，起床了。"挂起纱帐，素菀轻轻推了她一下。

手脚一摆，靳涵薇翻了个身，却依是闭着眼，嚅嚅嘴，含糊不清地呢喃："再让我多睡一会儿嘛！"

素菀温言劝说："小姐昨晚不是想要四处逛逛吗？不起床怎么去逛呢？"

靳涵薇揉揉眼，终于坐起身，美目仍旧半眯半睁着，四肢一伸，意犹未尽地长长展了个懒腰："春困睡迟日高挂……"

素菀掩唇，一时忍不住笑出了声。

听得笑声，靳涵薇侧头睨了她一眼，一眼之下却是怔了怔："很少看见你这样笑呢！"

素菀愣了一瞬，问："这样笑？我平时难道不是这样笑的吗？"

靳涵薇抿唇摇了下头，又皱眉想了想，方答道："我说不上来，总觉得哪里不太一样……嗯，我还是比较喜欢看你刚才那样的笑容。"

素菀轻应了一声，转身移步到衣架前，拿起挂在上面的衣服，借这个动作掩去脸上的一抹凄色。

能够真心开怀地笑，不为他，也不再将笑容当作一种伪装、一副面具，仅仅是因着纯粹的欢喜与快乐，如此这般，自己又如何不想？可这对于其他人来说或许是十分容易的一件事，对己而言，却是何其之难！

往事历历，那深埋心底的哀与悲、痛与仇、怨与恨，抹不平、销不去、更忘不掉！

靳涵薇能在睡梦中犹自笑靥如花，而自己却是醒时梦里依稀都是痛！

　　放下手中的梳子，抬眸细细地打量着镜中的人影，又帮她扶了扶发冠，素菀方满意地点头："好了。"

　　"可算好了，没想到梳个男儿髻也是恁的麻烦！"靳涵薇从椅上站起来，晃晃发酸的脖子。

　　"可不是，以前哪里梳过这男子的发髻？"素菀应声道。她会梳各式宫中女子发式，可这男子发髻出宫前倒还真没学过。

　　靳涵薇将紫色外衣披上，夸张地旋了个圈，回身一甩长袖，又装模作样地走了几步，故作正经地问素菀："舒长随，你看本少如何？"

　　素菀忍住笑，也正色答道："丰神如玉，气度荣华，好一个浊世翩翩佳公子！"

　　"那等下你我出去后，是否有美人对本公子倾心？"靳涵薇眨眨眼，眼内已然聚满笑意。

　　"那还用说，少爷如此俊美绝伦，所到之处，必是令女子爱煞、男子妒煞。"

　　再也绷不住了，靳涵薇扯着袖子遮住脸，前俯后仰地大笑起来。

　　素菀看着她，也待掩嘴而笑，忽忆起早先的对话，感怀身世，心头冷意又起。

　　一切都已收拾好，两人打开房门，准备先到前堂去用早餐，而后去四处游览一番，才踏出门，"吱呀"声起，左近一间厢房的门也同时开启，一人缓步走出。

　　"时兄也起了？"靳涵薇微笑着打招呼。

　　"嗯。"时泓点头致意，"两位早，昨夜睡得可好？"

　　"还不错，时兄这是要去用早餐吗？"靳涵薇先答再问。

　　"嗯，两位也是？那不如一起？"时泓笑着问，目光却越过靳涵薇瞟向了站在她身后的素菀。

　　素菀平日里也不太多说话，三人同车时，她总是那静静聆听的一个，但即使她不说话，时泓也常能从她的眼神中捕捉到那内敛的锋芒，然而，此刻的她虽依旧是静容如水，可目光怏怏，竟是难得的无精打采。

　　她这是怎么了？时泓不动声色地继续与靳涵薇寒暄，心里慢慢凝起疑惑。

　　三人走进前堂，里头已零星坐着几人，便选了张靠窗的桌子坐下，点了早点

兰　二

后，一边看着窗外的风景，一边品茗静候。

忽然门口一阵喧闹声，将三人的注意力引了过去。侧头一看，是店小二正在驱赶门口聚拢的乞丐。但见那些乞丐有老有少，有男有女，皆是面带菜色，衣着褴褛，满身的风尘，人数竟有十数人之多。

"怎么会有这么多的乞丐？"靳涵薇皱眉询问。

时泓张嘴待答，这时旁边桌子有人插嘴道："楚西大旱，这些都是从那里逃难至此的难民。"

靳涵薇转头，见是个文士打扮的中年人，于是好奇地又问："楚国闹旱灾了吗？那他们也不必大老远跑到我们靳国来啊！要逃难，宁国离楚西不是更近些吗？"

中年文士打量着靳涵薇，惊异于她出色的仪容，耐着性子解释："现在天下五大诸侯国中，边国与淮国最强，靳国次之，而宁国和楚国则最弱，域内经常战火连天，这些难民如果逃到宁国，将来战事起时，不是又得再次逃难，还不如多走点路逃到靳国来。"

靳涵薇迟疑着点头，仍是有些不解："既然五国中边国与淮国最强，那他们为何不去边国、淮国呢？"

"边国地处西北，和楚国间隔着宁国，淮国则位于东南，和楚国隔着皇域，对这些百姓来说，都太远了，只有北边的靳国相对来说还较近一些。"中年文士边说边打量着执杯浅笑的时泓和依旧望着门口的素菀，心中惊异更甚，哪里来的这许多俊秀少年？

"哦，多谢先生指教。"靳涵薇终于弄明白了，回过头，却见素菀依旧是直视着门口处。

"怎么了？"她沿着素菀的视线看去，发现目光的终点是难民群中的一对祖孙，那老者正紧搂着怀中不过十多岁的少年，两人的衣袖均已破损多处，露出如枯枝一般干瘦的手臂，再一细看，两人脸颊上竟都刺有黥印！

"我认出来了，他们是原荆南郡望族舒家的罪民！"靳涵薇压低声音，"我听……家兄说过，当年舒家被抄之后，族中人被刺配，原来这就是……"

时泓也注意到了那俩祖孙："此事在下也听过一二，据闻被刺配的只是族中的旁系末亲，而直系的则……"觉察到素菀的脸色微变，他住了口沉吟不语，凝视着她。

"如何？"靳涵薇恍然未觉，急切地追问。

"全在下罪当日被屠戮殆尽，随后尸体尽皆给搬入祖宅中，再然后……一把火起，直烧了一天一夜，连同偌大一所宅院一齐烧了个干干净净，真真是死无所葬、挫骨扬灰！"

靳涵薇惊愕莫名地转头看向素菀，很奇怪这样残忍的事她居然能够以这般平静的语气说出，可在接触到素菀目光的一瞬间，蓦地心头悚然一跳，眼前之人是那个素来温婉可人的素菀吗？这目光太冷冽、太锐利，那样直刺心底的锋芒，让人避无可避。

素菀强行压抑住胸中几欲翻腾而出的情绪，垂了垂眼睑，再抬眸时已恢复了一派平和空灵。

刚才是眼花了吗？靳涵薇一阵恍惚。

时泓深深地看着素菀，灿若朝阳的双眸中似有利芒闪过，眼底深处的阴影又加重了一二分。

沉默半晌，他似漫不经心地道："没想到，舒兄弟对于这些旧事，居然知道得如此清楚。"

拿起桌上的茶杯，把玩着，素菀口气淡淡地说："我祖籍荆南，对于此事也是少时听闻的。"

时泓雅笑："原来舒兄弟是荆南人，那就难怪了，是了，'舒'本就是荆南的大姓。"

靳涵薇看看潇洒随意的时泓，再看看清秀灵逸的素菀，轻叹一声。

恰时跑堂的小二将他们点的吃食送上，于是她闷下头来专心吃东西，任由这两人继续你来我往的打着她似懂非懂的机锋。对于这些迷惑的、看不明白的事，她一向的原则便是不理会、不去想。

兰二

## 第十章　著意深

少顷，三人吃完了早饭，时泓说道要先去看望一下那个车夫，先行离去了。待他走后，靳涵薇携了素菀的手便要出门，一触之下，只觉入掌一片冰凉。

"你手怎么这么冷？"她诧异地问。现在已是春末夏初季节，他们又一路南下，气候日渐暖热起来，每至午后，她都觉得微微有些汗意了。

素菀一笑："可能是我天生体质偏凉吧，再加上早上天有点凉，衣服穿少了，等过一会儿天暖了，就会好的。"把手不易察觉地抽了回来。

靳涵薇释然："那我们快出去走走吧！这几天一直坐在马车里颠啊颠的，我整个人都快被颠得散架了。"

素菀含笑点头。

当下两人径直出了客栈。

小镇不大，几条长长的街道交织着，路两旁坐落着各色家宅商铺，走了半盏茶的时间，靳涵薇就觉得原来出来闲逛也不见得会十分有趣。

当你看到满街都是成群结队的难民，那么就算有再多的闲情逸致也会一下子散个精光。这些难民大多衣不蔽体、步履蹒跚，有些身上背着贫瘠的家当，有些则一身赤贫，手上只有破碗竹竿，说是难民，其实更像乞丐。

看着他们一步一挨地走着，瘦瘦的身躯个个像寒风中颤抖的枯叶，靳涵薇觉着心口有些发紧。她自小长于深宫，锦衣玉食，这些日子漂泊在外，虽也见识到了一些民间的生活情形，但并不曾真正接触过这些社会最底层的人，此刻满目是焦黄的脸面、羸弱的躯干、污黑的赤脚，满耳是幼儿的啼哭、妇人的啜泣、男子的叹息，还有鼻中所闻的是他们身上散发出的酸腐体臭，这一幕惨景深深刺痛了她的心。

她掏了掏口袋,想从里面拿出银两来散发给难民,素菀伸手止住了她:"你从家中带出来的锭银都带有制印,不能用,要找那些碎银和铜钱才行。"

靳涵薇明了,低头翻找起来。

素菀静静地看着她,眸色深晦如海。

一番搜索,靳涵薇终于取出了一把碎银,把钱攥在手心,她却迟疑了——难民太多了,她不知道该递给哪个好。

这时,迎面走过来一个衣衫褴褛的妇人,伛着腰,一步一挪,手中牵着一个同样衣衫褴褛的小女孩。待她们交身走过,靳涵薇和素菀才看见那妇人背上缚着一个小小的婴孩,那婴孩面白如纸,闭着眼,耷着头,一动不动,也不知是昏是睡……

"请等等!"靳涵薇追上几步,将钱递了过去。

"多谢公子! 多谢公子!"妇人接过银两,连连道谢,浑浊的眼睛中漫出水雾。

靳涵薇摇摇手,咧嘴想露出一个笑容,却怎么也笑不出来。

素菀立在一旁默默地看着,黑亮的眸中,有什么泛起,旋即又迅速地沉下。


夜风从半掩的窗户中潜入,戏耍般拂起了站立在窗前的少女的细发。

窗外,夜色未阑,幽黑的天幕上,冷月如钩,那是万载而下的冷峻寂寥。天地间,万籁俱寂,仿佛这世间的一切均已陷入了沉沉梦境。

望着那深沉的夜、那深沉的黑暗,少女的眼神变幻不定,忽而闪过迷惘,忽而翻起恨意,忽而又归于冰冷。

终于,她推开窗户,足下一点,轻跃而出。

小院中,夜风沁凉,草木无声地随风摇摆,地上月影斑驳,一路行去,但觉清景萧瑟。

头一转,却瞥见院角藤树架下立着一人,白衣玉冠,身如修竹,月光流泻在他身上,更为其添了一份淡雅脱俗之韵,望之有如云中君踏月而降凡尘。

看着那道静立的修长身影,光影迷离中,素菀不由有几分愣神。

藤架下的人似乎也感觉到了有人来,一侧首,顿时四目交投。

是什么东西轻轻拨动了心弦? 就像有一颗顽皮的小石子忽地投落幽幽深潭,打碎了一池平静。

率先回过神来的是素菀。只一刹那,她眼中迷茫散尽,已然清醒过来。

——— 萧二 ———

他如何也到了这里？心念电转，轻眨眼，却发现靳涵枫看向自己的目光中竟似带着几分痴意。可也只是一刹那，再看时，那墨玉般的眸子中只余春风般的温和。

难道是这月色惑了人？还是……

"殿下？"她轻声唤，水眸微歙，好像还带着一份不确信，莲步轻移，似凌波踏水，缓缓走近靳涵枫。

不管如何，她都要试他一试！若刚才所见是真，那么她便等于窥见了一条捷径、握住了一件利器，哪怕此捷径、此利器要以自身为代价……哼，生既不幸，除了报仇二字，她本就一无所有，这区区皮囊又有什么值得吝惜的！

靳涵枫看着那玉颜纤影一步步向着自己而来，如水亮眸中似融入了这净柔月光，顿时幻出清韵无双，更有那幽淡清浅的香气，随着她脚步的移近，萦绕在鼻端，若有似无。

本就牵挂，本就渴求……心跳刹那间失控。

天幕之上，晓星渐沉，长空欲曦。一时间，天如水，人如水。在这昼与夜交错的瞬间，是晨风还是夜风拂皱了那片心湖？

靳涵枫淡淡一笑，依旧明净清雅，只是呼吸间却已失平稳："素菀——"

"奴婢叩见殿下。"素菀翩然欲拜。

靳涵枫踏前一步，扶住她："现在并非在宫内，这些俗礼可免则免。"

隔着衣衫感受到他指尖的轻触，素菀轻轻点头，脸上泛出一轮可疑的晕红："殿下，您怎么会在这里？"

"我出来办一件事，顺道来看看你们。"

前半句是真，后半句却是假。他听到属下的报告，闻知靳涵薇和素菀住在这里，良宵辗转，出来信步走走，也不知怎么回事，脚下不知不觉就行到了此处。待见到了素菀的那一刻，心里的触动方才告诉他，原来他是想离她近一些……

"嗯。"素菀应声，微微昂首，两眼相对，脸上又是一红，忙慌乱地低下头去。

靳涵枫看着素菀的样子，一时不解，待回过味来，心中猛地一荡，那满怀的喜悦便似要溢出来了一般。

素菀见靳涵枫不再作声，也不收回扶住她的手，于是重又抬首看去，柔音如丝："殿下？"

清景如幻，但见那双亮眸宛若一泓秋水，就这样一心一意地看着他，映着他的身影;那粉颊微红,衬着雪颜素容,清丽之中带着一丝妩媚,难言难绘。靳涵枫忍不住心神恍惚起来,有如薄醉微醺,不自禁地伸手执起素菀的手,眼角眉梢慢慢漾起温柔笑意。

素菀垂下眼眸,红晕满颊,不胜娇羞的模样,将头低得不能再低了,嘴里含含糊糊地道:"公主的房间在右厢第一间。"下一刻,手一挣,从靳涵枫的掌中抽脱出来,转身跑了开去。

看着素菀离去的背影,靳涵枫嘴角含笑,只觉心中一片喜乐宁和,那万千愁绪皆因她而去。

天上,天色渐明,朝晖起处,浮生若尘,一切都变得影影绰绰,看不清晰……

素菀一路小跑,清冷的晨风从耳边吹过,片刻便将那满头满脸的燥热全然冷却。

站定身,想起上一刻之事,心内已是笃定,原来他果真……呵,靳涵枫这可是你自找的,休怪我,要怪就怪你姓靳……

又在风中站了会儿,心境终于平复,刚准备启步回房,忽地,像是感觉到了什么,她倏然抬首向前边高树望去。

树上,一人稳稳端坐,衬着微明的天光,英眉俊目,皎皎光华恍如朝日临空。

素菀双眉一动,眼睛略眯起来。

时泓这次本就不打算隐匿形迹,见她朝这边看来,淡淡扫了她一眼,索性倚靠到树杈上,悠闲之余更显出几分慵懒不羁。

"原来,舒……"顿声,唇角钩出一抹笑,"姑娘也这么有兴致早起欣赏晨景。"

闻言,素菀微愣,但也只是眨眼工夫,她原也不指望可以瞒过他,更何况昨夜出来得急,一头青丝未及束起,只粗粗用丝带系缚了在脑后,任谁见到她,都会认出她是女儿身。

眸光轻转,如碧水微漾,她笑得自然,全无半点身份被揭破的尴尬:"原来时公子也在,当真是巧遇呢!"

时泓敛了笑,目光炯炯地看着她,像是要一直看到她的心里去。素菀坦然任他打量,笑得越发无邪。

真是个特别的女子,越多接触,越是让人忍不住想要去探究她身上更多的秘密。心中感叹，偏过头继续瞭望远空，朝雾云霞——落入眼中，却都不及树下少女更动人心。施施然一笑，他口气轻飘飘地问："舒姑娘不上来坐坐吗？这里视线可好得很呢，可以一直望到那边院角……"

听得此话，素菀脸上的笑终于消失了，静静地盯视着时泓，目光渐次冷了下来。

转头，时泓也静静地看着她，脸上依旧挂着笑容，只是这笑意却到达不了眼眸深处。

对视良久。

终于，素菀甩了甩衣袖，眼底涌起的风暴逐渐平息，沉沉地吐声："你究竟想干什么？"

衣影一动，时泓飘身从树上落下，落足之处正在素菀面前。

他会武功？他当然会武功。素菀一点也不奇怪，面沉如水，看着他，静等着他的回答。

薄唇上弯，双眸灿光四溢，这个明朗至极的笑容，看在素菀眼里只觉刺目万分，但更令她惊诧却是他接下来那番石破天惊的话。

"靳王宫沁香园一别不过半月余，姑娘这么快就忘记故人了？在下对姑娘可是记忆深刻呢！"时泓的语气极是随意，看着素菀的目光却是明亮至极。

是他！

素菀心头一震，她虽对时泓的身份早有猜疑，但怎么也估算不到他竟然就是那半月之前入宫窃画、而后与她交手的黑衣人。

《千嶂里》！

素菀眉头几不可察地微跳，心念电转。《千嶂里》一定在他手中！原来靳涵枫口中所说的要办的事就是追查《千嶂里》！

她的反应自然没能逃过时泓的眼睛，他笑意不改，连说话语气中也带上了几分欢快意味："说起来，当日我能顺利逃出靳宫，还多亏了姑娘的指点，不过，你也打伤了我，所以算是两相抵消，这道谢也就可以免了……"

"是你先挟持了我，我不得已才出手的。"素菀接过口，既然时泓已经开门见山地说，那她也无谓再否认些什么。

时泓朗笑一声："是，是在下鲁莽了，得罪了姑娘，还请姑娘见谅！"

这句话倒是说得颇为诚恳，素菀脸上微红："算了，都已经是过去的事了……"

顿了顿，又正色道，"你告诉我这些，该不会是想来跟我叙旧的吧？"

时泓定定地注视着素菀，眼中有什么一闪而过，沉默了一瞬，他轻叹道："你一定要每时每刻都这样小心戒备吗？"

素菀没好气地撇嘴："那是因为公子不得不让人小心以待啊！"

时泓顿时哑然，这是赞他，还是在骂他？姑且当作赞吧，至少这么想心里舒服点。

"我……"他放轻了声音，缓缓说，"我是特意来向姑娘告辞的。"

"呃？"素菀一怔，随即点了点头，靳涵枫已经一路追查到这里了，他当然得尽快离开。

"你不怕我去告发你吗？"她问。

他摇了摇头："你如果会告发我，当日在宫中就不会放我一马了。"

"此一时彼一时，你怎知……"

"你不会。"他潇洒地一挥手，打断她的话，一昂首，明灿的双目中满是自信。

素菀无语，她确是不会去告发他，至少目前不会。

微低头，他看着她，那张清丽的脸合着微明的晨曦，静柔之余更显清冷，那纤柔的身影裹在朦胧晨雾中，恍若空山灵雨般的明澈剔透。

"保重……后会有期！"他低声道。

## 第十一章　画中意

小镇街头，人流如梭。

靳涵枫伴着靳涵薇缓步慢行，几步之后跟着素菀。靳涵枫仍是一身白衣轻衫，靳涵薇和素菀却已换回女装。男的俊雅不凡，女的或明艳，或清秀，构成一道亮丽的风景线，三人走走停停，一路引得众多路人驻足注视。

"哥哥一来，果然大不相同呢！前两日还是难民遍地，今日就已换作一片太平清景。"靳涵薇看着街上景物，轻声叹道。

"不过是责令地方官员开仓赈灾、整治街道罢了。"靳涵枫一脸温和的雅笑，"这些百姓不远千里投奔靳国而来，我们总得妥善安置他们吧！"

靳涵薇点了下头，沉默片刻，终于忍不住问道："父——亲，他……怎么样了？"

靳涵枫敛了笑，微一踌躇："我离家时，他还未气消。"

靳涵薇低了头，幽幽道："是我不好。"

靳涵枫摇头："也不能全怪你，你离家那日说的话……没有说错。而且，真要细究起来，你的成功脱逃我也是帮凶之一。"

"果然是哥哥暗中助我！"靳涵薇感叹，忽想到一点，扯住他衣袖，低叫道，"那，父亲知不知道？我会不会连累哥哥？"

靳涵枫笑着摆手："放心吧！我既能放你出来，自有计较。倒是你……"看了她一眼，轻轻叹一口气，"也不知事情最终会如何了结……唯今之计，只能走一步看一步了，所以恐怕还得委屈你再在江湖上漂泊一些时日……"

话未完，靳涵薇却是一笑："外间自有朗阔天地，我乐得逍遥，哥哥毋需为我忧烦！"

靳涵枫眉头皱了皱："外面毕竟不比家中，更何况你第一次出家门，身边又乏人照顾。"

"不是还有素菀嘛,这些日子来可多亏了她!"靳涵薇笑着说。

身后,素菀适时应声:"公子放心,奴婢一定会尽心服侍小姐的。"

靳涵枫转身,迎上那一双明澈如水的眼眸,嘴角引出一点温柔的笑意。一丝红晕化开,素菀微微垂下头,仿佛不敢与他对视。见状,靳涵枫嘴角的笑意不由加深。

"对了,哥哥,你昨日不是说有要事要办吗?今日怎会有空陪我逛街?"前边,靳涵薇未曾留意两人神色,自顾问着,眼光却被街旁的一个字画摊吸引了过去。

"要办的事?"靳涵枫转回身,想起那事,唇角轻勾,露出另一番意味深长的笑容,温柔之余,竟隐约带着几分冷冽,"如无意外,这会儿想必已有了结果。"他边答边跟着靳涵薇走向那个字画摊,所以没有看到素菀微红的脸在他转身的一刹那,转为青白!

时泓出事了!

素菀顿时心思通明,抬头,目光沉沉地凝视着靳涵枫的背影,意识到,她或许和时泓一样,犯了一个同样的错误:

她和他都低估了眼前这个温润清雅的靳国世子!也对,深宫之中、权力场之中长大的又有几个是简单的人物!还好自己醒悟得早,想来所谋所划未着痕迹,应该不会引至他的怀疑,但时泓……

想起那个灿阳般的男子、那日晨雾中的临行辞别,素菀的心里有些道不分明的沉重感——但愿他能够安然,只是靳涵枫会给他这样的机会吗?

字画摊前,靳涵薇已走到方才吸引自己目光的那幅画前。青白色的砖墙上并排悬挂着好几幅字画,她一眼就注意到了最边上的那幅《寒烟远岱图》,烟笼寒江,远山含黛,近看更觉上佳。

"哥哥,如何?"她偏首问。

靳涵枫微笑颔首:"笔法灵动,更胜在意境寥阔。"转头问摆摊的书生,"这画要价几何?"

书生笑答:"只送不卖。"

靳涵薇奇道:"做生意的居然有钱不赚?"

靳涵枫含笑问:"送何人?又不卖何人?"

"送知道画中之地、画中之事的人，否则千金不易。"书生答道，隐带一丝傲然。

"这幅画里难道还有着什么故事吗？"靳涵薇好奇心起。

书生但笑不语。

靳涵薇无奈，回看靳涵枫，后者同样一脸莫可奈何，这等稀奇问题，除非巧之又巧，有着相应的机缘，否则只怕永难回答。

正在两兄妹面面相觑时，素菀缓缓走到字画摊前，她半仰起头，看清了那幅图，以及图上的题字。

"烟锁寒水，云横江渚，朝起雨霁金风。青山隐隐，流水溶溶，远目天际征鸿。"[1]

记忆中深眠的一角轰然被唤醒——

"师父，你是怎么结识我娘亲的？"

"呃，是因为一幅画。"

"画？"

"嗯，《寒烟远岱图》……"

……

"这上面画的乃是淮中乐濛元清涧源头初冬之景，至于画中所述的事则全在画名'寒烟远岱'四字，其中隐含着三个人的姓名，还需我细说吗？"清清浅浅的声音平缓道出答案，看向书生的眸光中却带着探究。

书生笑着摇摇头："不必了，姑娘答对了，这画是姑娘的了。"自墙上取了画，卷起，又从角落的书箱里拿出一个木制画匣，小心翼翼地将画轴放入，双手捧了递至素菀跟前，"请姑娘笑纳。"

素菀看着他一番动作，深心里忽涌起异样的感觉，盯视着已然递到面前的画匣，竟莫名的有些紧张。

"素菀，还不快收下，难得你能答出这般古怪的题目。"靳涵薇笑着催促。

敛衽一礼，素菀双手接过画匣："多谢！"明澈如水的目光从书生身上淌过，清俊的相貌，青衣儒服，只是，看不出任何端倪。

一旁，靳涵枫虽然有些奇怪素菀居然会答出画中地、画中事，不过也未多想，只道是她的机缘，正准备领着二人离开，忽然眼角扫到不远处的人，低了头对靳涵薇说："薇儿，你与素菀先回客栈，哥哥现在有事要办，晚间再来找你。"说完匆匆离去,身影转眼间就消失在了人群中。

靳涵薇纳闷道:"刚刚还说事情已了,怎么才一会儿工夫,就又有事要办了?"

素菀轻轻摇头,心里却一片敞亮:看来事情起了变化呢!只是,此番靳涵枫计划细密,先前的表现更是成竹在胸,中间会出了什么岔子呢?

镇郊,一处幽静宅院中,靳涵枫带着报讯的暗使,跟着引路的小厮,一径走到后院一座孤零零的石屋前。

进了门,屋内却是空无一人,只墙角胡乱堆放了些杂物。小厮在墙沿一块不起眼的石砖上敲了数下,突地,地上一块石板弹起数分,小厮走过去将石板扳起,石板下黑黝黝的洞口立刻显露在外。

靳涵枫也不言语,直接跃入洞口,他身后跟着的暗使立即随之跃下。小厮将石板放还原处,静静离开,一切便像从未发生过一样。

地下果然别有洞天,靳涵枫刚转过一道弯口,便早有另一暗使执了夜明珠做的角灯来迎。

"人,如何了?"靳涵枫冷声问。

"回公子,人已醒了,就是怎么都不肯说出那东西的下落,放言道,除非公子亲自来问。"

靳涵枫面带冷笑:"如此,本公子便会他一会。"启步绕过几个迷径,来到一道暗门前,他毫不迟疑地抬掌推门。

伴着沉沉的闷雷一般的声响,厚重的石门一下被推开,一间小小的囚室展现在眼前。开门带起了风势,使得墙角点着的一盆幽火颤抖了两下,囚室也随之忽明忽暗起来。

靳涵枫眉角微皱,也不知是因为空气中那四漫的血腥气,还是因为石壁上那个被铁链绑着的人。

看来真是伤得不轻呢!敢单身潜入宫中盗图,自然是艺高胆大,所以这次派去围捕他的一众侍卫俱是一等一的高手,饶是如此,仍是在损折过半后方才堪堪将他抓获,当然以一敌十,他自己也付出了十分代价,这一身血污很是扎人眼哩!

时泓在听到开门声时就已清醒了过来,此刻正紧盯着门口那道白色衣影,纵然身上伤痕累累,眼中精光依然灿灿四溢。

"听说你要见我。"靳涵枫全然无视他的叮嘱,提步悠然迈入囚室。

时泓目光凛凛,冷冷笑道:"呵,能让时某狼狈至此的人,当然得见上一见。"

他被围截时,有那么一瞬间怀疑过素菀,然此念刚起就被否决了,他们二人互有把柄在对方手中,她不会如此不智,因一个时泓而暴露了隐藏多年的自己。

"你便是靳国世子?"他问,目蕴寒星,仿佛要用目光将对方刺穿。

靳涵枫轻点头:"靳国靳涵枫。"迎着那目光上前两步,意似闲庭信步。

"靳世子,是我错估了你。"时泓沉沉吐字,"好一个计出连环!你水陆各路严查密堵,却故意在靳涵薇处留了一道缺口,让我误以为可堪利用,设法与她同行后,果然顺利通过各个关卡一路南下,却不曾想这正是你的引蛇出洞之策。"

靳涵枫微微一笑,温润之极:"时公子既能查到《千嶂里》的秘藏之所,宫中必有你的内应,那靳国公主偷逃出宫一事,以及她的相貌,对你而言,自然也不会是什么秘密。"

时泓眼中略见失落,随即又长声一笑:"靳世子连自己的亲妹妹也利用,我确实不如!"

闻得讥讽,靳涵枫脸上却丝毫未见怒意,依旧一派温文:"可我毕竟等到你离开她们才动手,不是吗?"

时泓目光一动:"这么说,连那日现身,也是你故意而为?"

靳涵枫点头,笑得雅如晴空碧水:"不过是投石问路罢了。"移步又走近石壁两步,"好了,如今你想知道的都已知道,该告诉我《千嶂里》的下落了吧!"

闻言,时泓哈哈长笑,靳涵枫长眉微皱,不过下一刻即复神色如常:"我知道你不会说,不过顺便一问,其实我此来最主要的目的还是想结识一下北澹王膝下唯一的公子。"重音稳稳落在"唯一"二字上。

满意地看到时泓脸色大变,他又淡淡地加了一句:"不知对令尊而言,是亲子重要,还是一幅图重要呢?"语罢又是清淡一笑,也不待时泓回答,他即转身离去。

轰然一声,石门再次紧紧合上。囚室内幽火摇曳,石壁上光影陆离,时泓半身映在火光下,半身隐于黑暗,面目依稀,只那眸光却是灼灼,满含刻骨的怨愤之色。

跟随着靳涵薇回到客栈,进了自己的房间,素菀的心绪却难得的不平稳起来,眼角瞥到桌上的画匣,心里有瞬时的恍惚:会是因为它吗?

那画匣长约三尺,高亦有七寸余,木色暗沉,并未上漆,也无任何纹饰,只匣面左侧雕了一排浮字:寒烟远岱,字体潇洒俊逸,依稀可看出刻者的风骨。

下意识地抚上匣身,入手十分光滑,却不知是什么木头做的,挽袖打开匣盖,素娟衬里,匣底居中安安稳稳地躺着一轴画,她取出画卷,正欲展开,无意中目光触到画匣内壁,便再也移不开眼。

这个高度好像……不大对呢!

揭开素绢,素菀沉吟着细细抚拭,由里到外,一寸一寸摸去,感受指下的触感,待来回摸到第三回,视线便逐渐汇聚到匣面的那四个字上。

凝眉琢磨了片刻,她唇角勾起,绽出一朵欢快的笑容。

终于知道了,原来如此,好生精巧的机关!

指尖轻飞,在那凸起的四个字上各敲一下,但顺序却非依次:先敲的乃是“寒烟”二字,然后敲的是“岱”字,最后方敲了“远”。

在画这幅图的人心中,娘亲是最重要的,而后是知交好友,自己自是放到最后。

果然——

刚敲完,只听得“咯嘶”一声,原本平整的匣口四周出现了一圈暗痕。

真的有暗格!

素菀一声暗叹,沿着暗痕将画匣的上部启开,这才露出了暗格内的那件用黄绫包裹着的物什,看样子应该是一轴粗长画卷,几乎将整个暗格占满。

伸手触上那黄绫,素菀觉得指尖有些发颤,心里隐隐有股兴奋感。

小心掀开黄绫,一粗卷画终于彻底现于眼前:画似绢本,幅宽一尺,不想可知其展开后的长度必是惊人。

随着画卷的提出,素菀的心也愈跳愈快,手心微微渗出汗来——会是她心中所想的那件东西吗?

四下一环顾,她把画卷放到床上,一手拉住卷头,另一手慢慢往开推展——

山河显,沟渠纵,万仞摩崖,千丈深壑,——尽现面前。

素菀目射奇光,边展边俯身细看,那脸上的神情说不出的怪异,似惊似叹,似喜似忧,似愤似怨,似痛似哀……

父亲,这就是你集毕生心血所绘的《千嶂里》吗?

这,就是害得我们舒家几乎满门尽绝的《千嶂里》吗?

这，就是绘尽天下兵家险地、号称"欲得天下者先得图"的《千嶂里》吗？

这——就是害得我父死母亡、年少孤苦却又肩负满身血债的《千嶂里》吗？

……

展到三尺余，素菀突然颓然坐倒在地，眼中噙满泪水，抑在心底十年的凄苦和哀痛，一朝倾泻。一手死死地按在胸口，那里是针扎般的痛，以为已经结了疤的伤口，原来只是溃烂得更深。

无声地哭了片刻，她狠狠一咬舌尖，抬手拭去泪水，软弱对自己而言，一时足矣，否则便有可能成为致命的错漏，更何况，现在这个时候那是一步也错不得的！

"靳涵枫……"她低喃，看来有太多的东西需要重新推敲，时泓大约已落入了他的手中，抑或是自身难保……这个靳国世子真的不容小觑，此外，还有太多的谜题需要去解开，这《千嶂里》怎么会到了自己手上？莫非是时泓的安排，还是……

正自思索，目光无意间转到地上的一片白绢上，她信手拈起："五月初九，宁国桑州？"

这是？

扭头看了看床上平铺着的《千嶂里》，难道是刚刚自画卷中掉落下来的吗？五月初九，宁国桑州？这是邀约？看来有些谜题要去一趟桑州才可以解开，但是——

素菀眉头轻皱，桑州这么大，究竟约在哪一处地方啊？又是谁相约的？

"五月初九，宁国桑州……五月初九，宁国桑州……"又喃喃数声，素菀忽恍然大悟，"真是糊涂了，居然把如此一件盛事给忘了。"

嘴角轻勾，她似笑非笑地自语道："要去桑州？看来得找机会和我那小姐好好聊聊天了。"

## 第十二章　携手游

小心收藏好了图,她原意是去见靳涵薇的,却不料于半途中先见到了另一个人。

同一地点,同一树绿藤下,面对同一人,与前日相比,素菀的心情却有了天差地别。

"能否陪我四处走走?"他问,脸上是春风拂柳般的和煦笑容,让人不忍拒绝。

素菀迟疑了一瞬,点头,跟在他身后,出了客栈。

大约是为了避免像早间那样频频引得路人注意,他特地选了后门出去,推开门,便是一条偏僻的小路,曲曲折折的,果然冷清得很。

一前一后走了半晌,谁都不曾说话,沉默静静地回荡在两人中间。

素菀偷眼瞄了瞄靳涵枫,眼前的男子举止优雅,哪怕只是这样随意的行走,也处处显出一股雍容贵气。与他的妹妹不同,靳涵薇更多的是一种凌驾于众人之上的贵气,而他,高贵却不张扬,既不会使人觉得高攀不得,却又能让人心生自惭,远远伫足,只是观望。这样的人,任谁家女儿见了,都会好感顿生吧!只是谁又能看清那雅洁如莲的外表下,隐藏的是怎样的心思!想起自己以前的托大,素菀心内深自警惕。

见他一路领着自己往镇外而去,她眉间露出一丝沉沉的忧色,暗暗吸一口气,终于开口问道:"世子,我们这是去哪儿?"

靳涵枫脚下略顿,回过头:"我还以为你会一直忍着不问呢!"眼中是一丝促狭的笑意。

强按下心中忐忑,素菀微敛眼帘,低眉垂首:"奴婢逾矩了。"

"我不是说了,在我面前,你无需自称奴婢。"闻言靳涵枫却是轻叹了一声。

"可——"

"嘘！快把眼睛闭上！"靳涵枫忽地眼睛一亮，向前一摆手，打断了素菀的话。

"什么！"素菀愕然看向靳涵枫，他、他想干什么？

"快闭上眼。"靳涵枫催促道。

闭，还是不闭？

素菀心里起了拉锯战，为难之极——

他是识破了自己，想借机动手吗？还是……

眼光沿着他直挺的鼻梁逐渐下滑，顿感脸上有些发烧，紧接着又是一阵自责：都什么时候了，居然还有心思想这些乱七八糟的！

她内心交战良久，靳涵枫却已是等不及，伸手抚上了那双清灵妙目。

凉凉的触感传来，素菀心中剧震，想要躲开，可脚下却像生了根，半步也移动不得，也不知是碍于对方身份，还是怎么着，整个人如同受了蛊惑般，就这么眼睁睁地看着那只修长玉洁的手一点一点伸过来。

顺着他的手势阖上了眼睛，眼前顿时一片混沌的晕白。

将其他各处灵觉提升到极点，素菀藏于袖中的手慢慢拳起，然而，等了许久，却不见任何事发生，周围一片静谧，耳边只有靳涵枫和缓的呼吸声，一张一弛，好似合着某种轻雅的韵律。

究竟怎么回事？要不要张开眼看看？

正当她心里再次挣扎起来，靳涵枫的说话声适时响起："感觉到了吗？起风了。"声音里竟带着一股难抑的喜意。

什么？

素菀错愕地睁开眼，却看到靳涵枫立在身畔，闭着眼，脸上带着享受的微笑。

"走！我带你去一个地方，要是待会风停了就不好看了。"他睁开眼，对上素菀疑惑的目光，墨玉般黑亮的眸子中神采飞扬。

一朵笑容绽开，不待素菀反应过来，他牵过她的手，飞跑起来。

被他握住了手，为他的力量所牵引，素菀只得跟在他身后也拔腿跑起来。

他，究竟想带她去哪？

低下头，看着那双交握的手，她有一瞬时的恍神，旋即又马上清醒过来，别开眼，刻意忽视掉掌心传来的温度。

兰二

两人跑了好一会儿，一直出了小镇，到达一座高数十丈的石山前，靳涵枫终于停了下来，抬袖擦了擦额头，微微有些气息不稳，脸上却笑意融融："平日进出，做什么都有人服侍，今天才跑这么点路就跑得一头汗，难怪薇儿要说我四体不勤。"

素菀莞尔一笑，从怀中抽出帕子，帮他拭去额角的汗珠，笑道："公主她自己也好不到哪去，离宫那天走了半日的路便直嚷嚷腿酸——"

擦了两下，见靳涵枫饶有兴味地看着自己，仿佛这才惊觉到自己做了什么，她忙缩回手，低头懊悔不已地说："奴婢逾矩了。"

"何止是逾矩，你还私下诽议公主。"靳涵枫眉间的笑，意兴盎然。

"这……"素菀咬住唇，说不出话来。

靳涵枫低笑一声："不过就是逗你一下，怎么就被吓成这样了？"伸过手，将她颊边一缕碎发轻轻地拂至耳后。

这大概是刚才跑动中散落开的吧！指间的发细柔轻软，隐带清清淡淡的香味，靳涵枫觉得自己的心也随之变得柔软如棉，渐渐化成一汪碧水。

感觉到他的指尖慢慢滑过脸颊，似触未触，素菀把头压得更低了，耳畔却不由自主地一点一点热了起来。

靳涵枫又是低低一笑："你若一直低着头，可真是辜负了接下来的大好景致。"

嗯？

素菀诧异地抬头看向靳涵枫，眼带询问。靳涵枫微笑着领她绕过石山，顿时豁然开朗，只见山壁后是一片极开阔的缓坡，坡上遍植花树，花开正盛，枝头花瓣繁复，望之如彤云粉雾，风起，落英缤纷，更是烂漫已极。

素菀自入宫后日日与花木打交道，一年下来，对各种花木都已有了较高的鉴赏眼光，可眼前的这种花树如此美丽，却是宫中从未见过的。

"这是什么花？"她问。

身侧靳涵枫不答反问："喜欢吗？"

素菀点头，她虽心思复杂深沉，但毕竟正值妙龄，见到如斯美景，亦是由衷心喜。

两人在林中穿花而行，看着那朵朵瓣瓣随风飞舞，素菀忍不住轻轻吟哦："花谢花飞飞满天，红消香断有谁怜。[1]难怪世子要等风起才来，花开满林，本已是极致，却不曾想，落红如雨，残红铺地，更是动人动心。"

靳涵枫温雅一笑："就知道你会喜欢,这花,当地人唤作山樱花,花期极短,怒放后即凋谢,景色很是壮观。"语罢,忽又轻叹一口气,"可惜不是梅林。"

"梅林？"素菀有些奇怪,他怎么会在这时突然想到梅林的,"世子喜欢梅花？"

靳涵枫含笑不语。

若是他日能与她一起携手漫步于沁香园的梅林内,那该是何等绮丽景象……

回来的路上,素菀少了几分忐忑,但又多了另一重忧虑。由靳涵枫方才的言行来判断,他显然还未对她起疑,反而处处印证着自己早前的推想,但这也表示她接下来的路会加倍难行。

不过——

心内苦笑,当年下定决心复仇雪恨时,便早已清楚此中艰难,不是吗？拜师那日,与师父的对话仍清晰在耳。

"浣儿,你今日踏上这条不归路,恐一生再无回头之路。"师父定定地看着她,语重心长。

"徒儿知晓,哪怕结局是玉石俱焚,也绝无后悔。"彼时年少,说出的话却已是削金断玉的坚决。

师父长长一叹："你父母若地下有知,是绝不希望你为仇恨而活的,他们只会愿你一生幸福无忧。"

黑瞳中盛满伤痛,她笑得惨淡："知易行难,师父,如果你是我,在经历那一切、目睹那一切后,还能快活安然地活着吗？"

深深地看了一眼身侧的靳涵枫,她拳紧隐于袖中的双手,指甲一点一点陷入掌心:她不能,所以她别无选择。

两人回到客栈,已是傍晚时分,大门前,素菀敛衽道别："谢谢世子让奴……我看到了这么美的花……"讷讷地不知说什么好,轻咬下唇,道,"素菀先告退了。"

靳涵枫拦下她,眉眼间温柔含笑："应该是我谢谢你陪了我一下午才对,走了半天,你也一定乏了,我已吩咐小二备下了热水,你回房后可先好好洗个澡。"

素菀一开始只是静静听着,待他说到"洗澡"二字,不知想到了什么,脸上不自然地染开一层嫣红。

靳涵枫说时原并未作他想,见她脸红,也不禁有几分不好意思,沉默一瞬,张口道:"我先走了,你好好休息吧！"随后离去。

萧二

素菀倚着门口,凝视着靳涵枫渐行渐远的背影,眼中阴晴不定。

从来不知,原来自己有着这般演戏的天赋,苦笑——整日戴着面具生活,到最后,面具大概也就成了脸的一部分。

靳涵枫离开客栈后,其实并未走得太远,他进了离客栈半街远的一间小酒馆。

雅阁内,暗使丙寅正详细回禀着这一下午的搜查结果。

"回公子,素菀姑娘房内的一应物品均无可疑之处,也未找到任何与《千嶂里》有关的线索。"

指节轻叩桌面,靳涵枫沉吟道:"这么说,现在整个客栈里唯一没有查过的就只剩涵薇的房间了。"

丙寅点头应道:"公主的房间未得公子示下,属下等不敢妄入。"想来今天下午的这位素菀姑娘也是公子亲自插手安排搜查事宜,还特地嘱咐不许弄乱丝毫东西,从未见过公子对这等小事如此上心,这名名唤素菀的宫女在公子心目中的地位想必不低。

靳涵枫默然不语,这《千嶂里》莫非真的是不翼而飞?

这时,房内另一暗使丙辰想了想,忍不住出声问:"会不会时泓一早就把图收藏在了沿途某处,根本就没有带在身边?"

靳涵枫摇头:"他一路携图南下,凡是所经之地都有我们的人细密监查,应该不会有这样的机会,除非他一开始就识破我的计谋,根本就未曾把图带出京都,可这却又说不通,他总不会为了保全图,拿自己作饵吧,况且那日他在地牢内的表现实在不像作伪。"

丙辰又问:"那有没有可能他把图藏到这青石镇的其他地方了?"

这次不等靳涵枫回答,丙寅就出声反驳:"我一路跟着他们,时泓自入镇那晚起就住进了客栈,一直到昨日离开青石镇途中被擒,一日两夜间从没走出过客栈,怎么可能把图藏到其他地方去?"

"这……难不成这《千嶂里》真的长了翅膀会飞?"

靳涵枫猛一拍桌子:"丙辰你去见这里的乡亭,传我的命令,封闭道路,搜镇!"沉沉地吐出一口气,他又道,"至于涵薇的房间……丙寅,你趁她出去吃晚饭时搜查。"

丙寅、丙辰同时弯下身:"属下遵命!"下一刻,即悄无声息地消失在了窗口。

靳涵枫一个人负手立于房中，一双墨黑的眸中无半点温度。

有人来过！

这是素菀回房后的第一感觉。来人很小心，几乎没有留下任何蛛丝马迹，不过仅仅是几乎，并不代表全然没有。纤指轻轻划过桌沿，拈起附于其上的一丝细发，她唇角微微上扬，露出一抹含意不明的浅笑。

目光移到不远的画匣，抬手打开匣盖，里面一望见底，匣内暗格已然被拆去。

还好早料到他有此一着，先行把画藏于他处，这客栈说大不大，说小不小，有心要藏一样东西总还是容易办到的，只要在全面地毯式搜查展开之前再次取回身边即可。靳涵枫已经查过她，以他现在对自己的态度，应该不会再过分留意此处，这就是她现在唯一能够利用的，当然前提是必须恰如其分地掌握好一前一后两次明暗搜查间的时间差。

手指漫无目的地抚过匣口，脸上的笑容越发加深。

愈是身边的东西，人们便愈是不会去注意，靳涵枫大概怎么也估算不到，《千嶂里》曾经就在他的眼皮子底下被送至她的手中，那么近的距离，唾手可及……只可惜错过了这一次，他将永远都不会再有同样的机会，这幅浸染了她舒氏全族鲜血的宝图，她将秉承着父亲的遗志，亲手交至一个值得拥有它的人手上。至于五月初九的桑州之会，不管对方是谁，既然能放心地把图交给她，想必对自己的身份是有一定的了解的，也肯定有钳制自己的方法，不怕她会携图远遁——这一会面显然是不可不去，至于去了之后，是否要把图交还给对方，那就是另一码事了。

而且，她自己也十分好奇这隐于幕后的人的身份，能想到利用她来躲过靳涵枫的追查、保全《千嶂里》，甚至利用她的特殊身份顺利将图带出靳国，遇事之决断，行事之大胆，就是连她也不得不佩服。

他，应该不是时泓。时泓虽然对自己的身份多有怀疑，但实际知道得并不多，而这个人对自己显然知之甚详——

隐约有这样一种预感，他将与她牵扯极深，甚至将影响她以后的整个人生……

直到很多年后，素菀才知道，自己对于这个人的猜测与预感，虽然不能说是全然正确，但也相差不远……

萧二

如果早知以后，她是否还会在那日跟随靳涵薇他们出门逛街？是否还会在字画摊前接下那只画匣？是否还会前往桑州赴会？

很多年后，她也不止一次地这样问过自己，然而却未有答案，只因那时那地的她根本没有选择的权利，而他亦然。

注释：

【1】花谢花飞飞满天，红消香断有谁怜。——《葬花吟》《红楼梦》第二十七回)，借用借用。

## 第十三章　问别离

素菀所料不差，不多久，全镇性的搜查开始了。丙辰甫露身份，青石镇的乡亭便既惊且惧，忙不迭地应承了他所有的要求。丙辰又嫌人手不够，又去边境驻军处借来三千兵马，直把整个青石镇围了个水泄不通。

一入暮，白日里还颇显热闹的街道除了一列列巡查的官兵外再无人影，那一支支挺直的擦得锃亮的枪锋戟刃，凝成片片铁寒光雾，染上了未尽的霞色，衬着这暗红天色，赫赫便是嗜血的森然。

素菀站在客栈的楼高处，透过半掩的窗户，冷眼看着楼下寂冷的街面。

不过一顿饭的工夫，靳涵枫手下的暗使像是突然从地底下冒出来似的，均是黑衣铁面，一人领着一队兵士，挨家挨户排查，不论贫富，无一放过。

眼内闪过讥讽，素菀自喃自语："想要打草惊蛇吗？也对，此时不怕敌动就怕敌不动，不过……"嘴角逸出一记冷笑，"呵，果然是急了……只可惜，平白添了这扰民之举……"

拂袖转身，算了，这剩下的好戏还是留给靳涵枫他自个儿去唱吧！

距离五月初九之期，不过半月余了，她也是时候该启程了。

靳涵薇，这一次可要看你的了。

"小姐。"一路无阻，进了靳涵薇的房间，果见她百无聊赖地趴在桌上，手里扯了条丝帕在作指间绕。

"素菀！"

靳涵薇扭过头，高兴地跳起身，跑过去拉过素菀的手："你来得正好，我正闷着呢！哥哥明明说了晚些时来找我，可一直到这会儿都不见人影，看街上光景，铁定又在找那劳什子玩意了。"说到此处，嘴巴一撇，很是不屑的样子。

"公子出来本就是为了办正事，哪能一天到晚陪着我们。"素菀温婉地劝道。

"什么正事，还不是为了这天下皇权！"又是一撇嘴，靳涵薇气呼呼地坐倒在床头。

"这……"素菀不知怎么接口，只得又安慰道，"等公子办妥了正事，自然会有闲暇，我想，届时就算小姐要游历天下，他也会作陪的。"

靳涵薇闷闷地不应声，隔了半晌，她像是忽然想到什么，圆圆的眼珠一转，笑了起来，朝素菀招招手："素菀，我有一个好主意。"

见到素菀很是怀疑地看着她，她笑着上前硬拉她到身旁坐下，语出惊人："要不我们自己去宁国玩吧，反正我们原本就是这么计划的。"

素菀把头摇得堪比拨浪鼓："那怎么行，公子他不会同意的，他今早还嘱咐——"

靳涵薇秀眉蹙起："我管他同不同意！我现在问的是你！"双目一眯，紧迫地盯着她，"素菀，你——不会不同意的？嗷？！"

素菀为难地低下头，不安地扭扭身子："我……这个……公子他……"

"嗯？"靳涵薇黛眉斜飞。

舔舔嘴唇，素菀小小声地说道："小姐，就算奴婢同意，我们也出不了青石镇啊，进出镇子的道路都被公子下令封锁了。"

靳涵薇锁眉想了片刻："你放心，这事包在本公主身上了。"

素菀仍是低着头，暗影中，唇边慢慢勾起一点浅浅的弧度。


一连数日，青石镇都笼在一片焦灼不安的气氛中。靳涵枫虽明令搜查过程中不许过多扰民，但偏地百姓几时见过这等阵仗，无不惊惧，家家户户均闭门不出，未时刚过，街上就已空落落的，不见半个人影。老天爷大概也感知到了这不同一般的紧张气氛，天空逐渐翻起团团黑云，阴沉的颜色像一大片墨水化开在白纸上，云隙间透出的天光仿佛是从一个个洞窟里钻出来的，看去面目狰狞。

丙寅领着一小队士兵逐门逐户地敲开街两旁各商铺民宅的大门。

他们这次将整个青石镇划成了六部分，又在各个街口巷尾设下重重关卡，十数队士兵分区搜查，像一把筛子一样将整个镇子细细梳理了一遍，务必要确保无一疏漏，而这两日搜查的范围更是扩大到了镇郊的几处小村庄。

但，到目前为止仍是一无所获。

究竟中间出了什么问题呢？难道是哪个地方有所遗漏吗？暗叹一口气，丙寅把思绪收回，正准备专注于眼前的搜查工作，忽听到身边一个小兵低声咕哝了句"咦，那女的好漂亮啊"，他冷冷地扫了他一眼，小兵悚然一惊，低下了头。

这些小地方的乡兵果然军纪松散，丙寅一面这么想着，一面转过头，向着刚刚那小兵注视的方向看去，怎料一眼之下，心内亦忍不住微微一悸。

淡绿衣裙，雪肤漱眸，一身如月华的清辉，映得灰暗的天色都仿似一下子明媚起来。

怎么是她？收起心悸，他心里浮起些微疑惑。

素菀走到丙寅面前，躬身施礼："大人，我有急事需见世子，烦请大人能够引见。"靳涵枫在此地的落脚之处，她与靳涵薇两人均是不知，每次都是他来找她们，此时她要找他，就只得来寻他的这些下属。

见丙寅沉吟不语，她又说道："此事与小姐有关，我必须当面禀告世子。若大人有所不便，我可蒙上眼睛随大人前往。"看来靳涵枫的居处多半也是一桩机密，她如此，他们应该可以放心带她去了吧！

丙寅确实十分为难，公子如今就在关押时泓的那处宅院里，此地乃公子秘密据点之一，知道的人极少，现时又收押着重要犯人，如此贸然带她去实在不妥，可——

他抬手抚额，有点头疼，这位姑娘多半是公子青睐有加之人，如果就这样子拒绝的话，好像也不太妥当……

放下手，看到面前的少女盈盈的目光盯着自己，淡烟似的眉目中锁着淡淡焦急与希冀，他胸口一热，心里的话一下子脱口而出："我这就带姑娘去……姑娘莫急……"

"多谢大人。"素菀又是翩然一礼。

"姑娘言重了，不过举手之劳。"身子微侧，丙寅不敢再受她的礼，保不准将来他还要向她行礼呢！

"那就多谢大人的举手之劳！"素菀粲然一笑，恍如暗夜里的昙花骤开，那瞬间绽放的绚丽令人心魂俱夺。恍惚中丙寅有点明了了，为何见惯那么多美女、向来情冷的公子，会对她另眼相看。

丙寅办事的速度果然迅捷，半个时辰后，素菀便见到了靳涵枫。一路上她虽没有像她所说的那样被蒙上眼，然也相差无几。丙寅不知打哪找来了一乘车轿，幔帘低垂，重重遮掩下她根本看不见外面的景物。

不过，她原就不想看见，有些事知道得多了不一定会是好事。

靳涵枫暗中培植的这些势力，想必连他的父亲都是不知道的吧！她在宫中也多有耳闻，靳王偏爱幼子，与长子的关系向来是不冷不热……他有这样的准备倒也是常理。

丙寅将素菀引至一小厅，吩咐一旁的仆僮好生伺候着，然后自己先行去见靳涵枫。

走到厅门时，他不知怎么着，鬼使神差地回头望了一眼。

仆僮正在上茶，她端坐在椅上，面目柔和宁静得像一汪碧水，眼中却蒙眬渺然，如同蒙上了一层轻烟薄雾，心里忽有了这样一种错觉，明明只有几丈远的距离，他却觉得她遥远得像是在云际。看到他的回望，她朝他清浅一笑，霎时烟雾散去，那眼眸中便有了漾漾水漪，便有了波光潋滟。

明知她只不过是在感激他的带路，丙寅仍心中剧颤，一怔之下忙垂了眼，扭过头不敢再看，三步并作两步，急急离开了。

见到丙寅走远了，素菀这才定下心来四处打量。四四方方的厅堂，简单朴素的摆设，一如普通的乡间富户。目光转到侍立一旁的仆僮身上，除了相貌较为清秀外，好像也无任何特别之处。

"你叫什么名字？"坐得有点百无聊赖，她随口问道。

微显惊讶，那僮儿张口指了指喉咙，再摇了下手。

素菀悚然心惊，就刚才那一瞥，她已经注意到他口中的舌头少了一大截。难怪她自进院门起就感觉哪里怪怪的，原来是从门房到这一路上碰到的仆役没有一个人说过话。

难不成这座宅子里用的全都是哑仆！

不对！素菀轻摇头，至少丙寅等侍卫是会说话的，那大概只有不会武的仆人是少了舌头的。

至于是怎么少的……她心内冰冷一片，这并不重要，不是吗？如果问靳涵枫，他大概有千百条的理由可以解释,而谁又会怀疑那样一个温润君子的话呢?

至少在五日前她是怎么也不会将割舌之刑与靳国举国称贤的世子联系在一起的。

原来,面具戴得好的并不仅她一人……

正这么想着,忽闻门外一阵略显急促的脚步声,接着熟悉的白衣人影跨入门内。

"素菀,你怎么来了?"他边走边问。

素菀站起身,行礼道:"嗯,是有件事……我总觉得应该告诉世子。"

颇为忐忑地看了他一眼,她问:"我……是不是打扰到世子了?"

靳涵枫摇头微笑,深看着她:"只要是你,永远不会是打扰。"

素菀不由晕红满颊,娇羞地低下头。

大约也觉得方才的话说得过于孟浪了,靳涵枫轻咳一声,转回了话题:"你刚刚说有事找我,是什么事?"

素菀转头看了看侍立在旁的仆僮,欲言又止。靳涵枫注意到了,笑道:"那边有片竹林,景致还不错,我们去那里边走边说吧!"

素菀点头,跟着他出了小厅,右拐走了几步,果见一大片竹林,极是清幽雅致,枝叶疏密交映,颇有几分遗世而立的意味。

"世子自己找了这样的好地方,却把公主与我扔在那客栈,真是好不公平!"为了化解两人间的尴尬气氛,素菀故意如此说笑,不料靳涵枫闻言后却突然回头直视着她,目光是难得的锐利。

"你真的觉得这里好吗?"他问。

素菀迟疑着点头,不知自己刚刚哪句话说错了。

靳涵枫眸光一闪,转过头不再看她。

沉默了好一阵,素菀才听到他好像低喃着说:"连我自己都讨厌的地方,怎么可能让你们也住进来呢!"声音轻得仿佛自言自语。

素菀一怔,有点错愕于他语调中的悲意,抬眸凝视着他的侧脸,那上面有什么一闪而逝,是叹是憎?连她都未来得及捕捉。

恢复如初,靳涵枫的语气重又温和从容:"据丙寅说,你是因薇儿而来,她怎么了,有何事?"

暗吸一口气，素菀道出来意："公主打算离开青石镇。"你是放是留？她不动声色地看着他。

靳涵枫仿佛一早就已料到了此事，语气平淡地问："呃，那是她让你来找我的？"

素菀轻摇首："公主离宫时不知从哪弄来一块大内侍卫的腰牌……"后面的话已毋需再说，靳涵枫也猜到了靳涵薇打的是什么如意算盘。

"凭一块来历不明的腰牌就想离开重兵包围的青石镇，实在是异想天开！"他边说边摇头边叹气边继续往前踱步。

就是知道靳涵薇的这打算不靠谱，她才迫不得已，只好转来他这边试试运气……素菀心里暗暗嘀咕，跟上了他。

竹林内，两人边走边谈，絮絮的说话声伴着风过竹叶的簌簌响动，风中传送着竹林特有的清香，有着别样的宁和氛围。

"你偷偷跑来告诉我，不怕薇儿知道后责罚你吗？"

"就算今天我不来，这件事世子迟早也会知道，届时责罚素菀的恐怕就不是公主而是世子了。"接住半空中飘落的一片竹叶，素菀好整以暇地答道，"既然横竖免不了一罚，那素菀还是选择挨公主的罚。"

"这是为什么？"靳涵枫转头看她，有些好奇。

素菀浅浅一笑："公主最是心软，说是罚，其实至多也就是骂几句而已，但是，世子的罚——"

"怎么样？"

"恐怕，不好生受。"

靳涵枫微愣："素菀，你这话可奇了，难不成我还能……伤了你？"

素菀缓摇蛾首："世子莫要误会，我只是想，我已助公主出逃过一次，如果再来一次，世子不忍责罚公主，但素菀却是不可再轻易放过的，否则世子何以服众。"

她轻轻一叹，其音幽幽，恰到好处："素菀入宫经年，很明白，越是身处高位的人，越是不能言行随心。"

因这句话而呼吸一滞，靳涵枫看着她低垂的长长的眼睫，柔情萌动，一直包裹得坚硬密实的心软软的像塌下去了一角。

"公主也曾说过，只有在宫外，她才能做回真正的自己——"她抬首，眸光闪动，"策马而行，游历天下。"

猛然明悟，靳涵枫的目光蓦地变得明锐，紧紧地凝着她："我终于明白你的来意了，你是要我放薇儿离开？"

素菀慌忙曲膝跪下："奴婢不敢！奴婢只是觉得公主很……可怜，一生注定困于宫廷，不是在靳国王宫便是在边国王宫……"

"你已猜到我要带她回京城？"靳涵枫皱眉冷声问。

素菀小心翼翼地答："世子未能找到大王让您找的东西，大王盛怒下肯定会怪责您，为了将功折罪，您只能选择带公主回去，不是吗？"

"你比我想的还要聪明……"靳涵枫轻叹一口气，忽地转了话头问道："其实你也讨厌宫廷，所以当日才会随着薇儿离宫，对不对？"

感觉到他的视线直直地落在自己身上，如有实质般的迫人，素菀闪躲地别过脸："我……不知道……"

头顶上好长一段时间的沉默，素菀低着头，猜不出他心中所想，正惴惴不安时，忽然又听到他说："……我会放你们走的……"语声中有着一抹难掩的涩意。

我放你离开，只因你不愿……他深看着素菀的发背，心潮难抑，哪怕日后会后悔，但至少现在他是真心放手，真心放她离开……他。

辑二

卷三

## 第十四章　水外楼

初日斜照,烟轻云薄。

芳草连天处,一辆轻便的马车不紧不慢地驰着,"滴答"的马蹄声轻轻扣响荒寂的古道,在车后留下一连串破碎的音符,下一刻,猎猎野风吹过,便一下子被吹散了,了无痕迹。

车驾上,素菀青巾束发,依旧是作男装打扮。她挽缰握鞭,目视前方,倒也将车子赶得似模似样。

"素菀,真没想到你原来会赶车,真是厉害啊!"门帘不知什么时候被掀开了,靳涵薇晃悠着脑袋,凑了过来。

素菀头也不回地道:"小姐说笑了,乡下孩子有几个不会赶车的,不过小时候赶的大多是牛车、驴车,这马车赶的次数倒是不多,总觉还有些手生。"

"呃。"靳涵薇应声边从车厢里钻出身,移坐到她旁边。

凉爽的风拂过脸颊,她惬意地眯起了眼,感叹地说:"终于能够离开了,只可惜那个时泓不知跑哪去了,好歹也同行了这么多天,居然不告而别!"

"或许是人家有什么急事赶着要办,所以来不及告别。"素菀淡然道。

"大概是吧!"靳涵薇耸耸肩,头一偏,目光自然而然落到素菀手中的马鞭上。

眼珠子一转,她笑得古怪:"赶车好像挺有趣的……要不,让我也来试试看?"冷不防地,伸手便想来夺那马鞭。

素菀吃了一惊,忙缩手躲过她的"魔爪",将鞭子护在胸前。"好小姐,这可不是什么好玩的玩意,马鞭粗糙,仔细扎了你的手。"

靳涵薇撇撇嘴,不以为然:"那怎么不见你被扎到?"觑着眼,还欲再夺。

素菀无奈,将马鞭交至另一手,摊开手掌伸至她面前:"奴婢是做惯粗活的人,怎么能和小姐相比。"

靳涵薇定睛看清眼前的这只手,十指纤长,肤色苍白,掌中纹路纵横,兼有细茧密布,甚至还有几处淡淡的还未完全消去的小伤口的创痕。

这是一只长于劳作操持的手,是一只与自己完全不同的手。

她不由呆住了,直愣愣地盯视着。

侧头瞥了眼靳涵薇,见她一副怔忪模样,素菀不以为意地收回手,口气淡淡地说:"小姐金枝玉叶,怎么能做赶车这样的活,可别弄粗了手。"

靳涵薇回过神,勉强地笑了一下:"那我下次再学好了,唔,免得把车弄翻了。"

素菀点头不语。

隔了半晌,靳涵薇又开口问道:"……我们接下来去哪儿?"

"小姐不是说要去宁国吗?"

"是啊,可宁国这么大,我们该去哪处呢?"

"我们去——"一扬马鞭,素菀檀口轻吐,"桑州。"

"桑州?"靳涵薇重复道。

"嗯。"素菀颔首,掩住眸光,"听人说,桑州物美人华,是宁国最富庶繁华的地方。"

靳涵薇低头想了想,绽颜笑道:"那就去桑州吧!"

坐直身,双手拢在嘴边,她朝着前方大声喊道:"宁国、桑州……我们来了——"

悠长的回声随着风在空寂的旷野上层层荡开,像是平静的水面划过一圈圈的涟漪。回声中,靳涵薇蓦地抓住车厢壁,奋力回头望向车后,只见远方晨气朦胧,那高垣睥睨早已消失在视线外。

回首重城远,心中突然涌起一股复杂难明的滋味。

离开,是正确的选择吧?

一生短暂,总想着要走出去,离了那花重锦绣,离了那玉宇琼楼,也离了那金殿王座后的冰冷残酷……总想着该四处去看看,看看那九曲长河是否真的波涛如怒,看看那千仞摩崖是否真的险绝,看看那万里黄沙是否真的金灿无垠……

然而,到了此刻真正离开时,心里却为何有着那般的酸涩与抽痛?

稳稳驾着车,素菀飞快地瞅了靳涵薇一眼,唇角一牵,带出一丝极浅极淡的笑。

两人四月二十二日离开靳国，路上走了十五日，到达桑州时恰是五月初七。

离初九还有两日，偌大一座桑州城已是人来车往，热闹非凡。

在连找三处客栈、都被掌柜以客满为由拒之门外后，靳涵薇终于有些奇怪："素菀，你说桑州再富饶、再繁华、来往商旅再众多，也不可能每间客栈旅店都客满吧？"

"那是因为后日便是桑州城三年一度的集英盛会。"素菀答得风轻云淡，跳上车驾，继续驱车去找落脚的地方。

"集英会？"靳涵薇依旧坐在她旁边，低声喃喃，"好像以前在哪听到过……"

蹙眉想了一阵，她恍然："是了，以前教诗赋的夫子曾提起过。"

本朝立国之初，宁国第一代诸侯王有感于宁国文风不盛，下令在桑州城东门下修筑学宫，广邀天下士子讲学论道，并择其优者入仕，谓之曰：集英会。号令一下，一时间宁国人才荟萃。后历数百年，集英会几经变革，渐成三年一聚的传统，每年五月初九，天下饱学之士便纷纷汇聚桑州东门学宫，开始为期七日的"谈文述经"，届时各诸侯国也俱会派人参加，一为展示本国文化，二为选才——适值乱世，这第二点尤显重要。而集英会期间，各国来使摒弃嫌隙、新仇旧怨暂放一旁，也早已是约定俗成的规矩，当然这约定的维持仅流于明面，暗底下的各类营谋勾当总是难免。

盛世时是盛会，乱世时这集英会也不过就是各国另一处勾心斗角的所在罢了。

靳涵薇感叹不已，忽想到素菀以一介宫女的出身，怎么会知道集英会的事。

仿佛看穿了她的疑惑，素菀轻描淡写地解释："前日投栈时，我早上去后院的天井打水，无意间听到两个取水的书生说要来桑州参加什么集英会。"

靳涵薇微微颔首，对素菀的解释不置可否，略略侧头，专心观察起街道两旁缓缓后退的景物。

喧闹繁华的街市，鳞次栉比的店铺，摩肩接踵的人群，沾染的是世俗的气息，那样的庸碌与平凡，却让她由衷感到欣喜。

有些人、有些事，不是不知，只是从来不想知……素菀大概不知道，前日投宿的那家旅店，涵薇的房间的侧窗正好对着那天井，而她打水时，她恰好站在窗口欣赏晨景……

"那边好像是家大客栈，小姐，我们再去那里问问吧！说不定就有空房。"素菀张目远眺,用鞭尾指了指左前边。

微耸身,靳涵薇顺着她所指的方向望去。

那是一座伫立水畔的三层高的楼,前临街,后靠河,楼前一帜高挑,隐约有车马进出。论气势这幢楼不见恢宏,论装饰也毫不见奢华,靳涵薇却觉这楼另有一种独特的清致雅韵吸引着自己的目光。

她朝素菀轻点头,素菀稍稍放松马缰,右手中的鞭子在马臀上轻轻一抽,马儿得到指令,立刻加快了速度。

一盏茶的工夫后,马车在那水边的楼前停下。

"楼外水云秋,秋云水外楼。【1】"靳涵薇看着楼前门柱上的楹联,点头,"水外楼?果然有点意思。"

正欲下车,素菀拦住了她:"我一人进去询问就可,小姐还是在车上稍作歇息吧!"

"好。"靳涵薇微笑着接过她手中的马缰,看着她轻快地跳下车,然后目送她的背影消失在水外楼的大门内——目光中明明灭灭,终归寂然。

素菀进了门,却不见小二来迎,心感奇怪,抬眼看去,只见大堂内的人团团围在一处,严严实实的,时不时地发出哄笑声。

她好奇地挤了过去,还未看到里面的景象,却先听到了人群内传出的交谈。

先是一个略显苍老的声音,带着些许无奈:"……纪公子,实在不是我不讲情面,咱水外楼小本经营,您在这里住了三个月,光房钱就欠了两个多月,要是再算上饭钱——"

一语未终,另一个懒洋洋的声音就打断了他:"哎呀,我说许掌柜,我又不是不付账,一时囊中羞涩而已嘛,待他日我财运到了,一定一并付清!"

原来是掌柜在讨要房钱,素菀心想,这客人也真够无赖的,欠了账说话口气居然还这么无所谓,这回掌柜肯定要发火了,果然接下来便听到那第一个苍老的声音略显气急地说:"得!您这句话我听了没十次也有八次了,要是每个客人都跟您一样,我水外楼还要不要做生意了啊!"

"那,我再打个欠条?"依旧是懒洋洋的应答。

"您的欠条,我这儿已经有这么厚一叠了。"

周围人头耸动,素菀看不见里面的状况,由话语来判断,那许掌柜估计是比划了一个手势,想来那姓纪的客人已打下的欠条绝不在少数。

"或者我做工抵债?"这回懒洋洋的语气里还多了点狡黠。

"不敢有劳!上回您说做工抵债,我让您去厨下帮手,结果厨房里不是少了烧鹅,就是上等的佳酿变成了白水……"那许掌柜的声音已有些儿颤抖,多半是勾起了以前某些不快的回忆。

"啊呀呀,许掌柜您这么说可就不中听了,我纪丰好歹也是江湖中数得上名号的侠士,难道还会贪图你一只小小的烧鹅、一瓶小小的白酒吗?"

原来那人叫纪丰……素菀从未听说过江湖中有这么一号人物,她入宫也不过一年许,总不会是这一年间江湖上新冒出来的吧,江湖高手如云,一年时间能闯出多大名号?看来这人不仅是个吃白食的无赖,还是个自吹自擂的骗子。

围着的人群再次发出嗤笑声,素菀趁机又挤进去一些,终于看清了人群内的情形。

一个花白胡须的老者正叉手站在人群中央,想必就是那许掌柜。他的对面是一方桌一长凳,长凳上一个青年人正大咧咧地坐着,一脚搭在凳沿,一手执着酒壶,就着桌上的几样小菜,喝得很是愉快。

从素菀的方向看去,只能看到那青年的一个侧面,而且被他额前垂下的一缕长发遮住了大半,她之所以觉得他喝得愉快,完全是从那许掌柜的神情判断出来的。

许掌柜一副暗恨不已的表情,嘴角抽搐,花白的胡须一抖一抖,素菀都有点担心他会把牙给咬碎了。

"是!您纪侠士是江湖中鼎鼎大名的人物,我水外楼小庙供不起您这大佛,所以,劳您还是另移大驾吧!"

闻言,素菀有些奇怪,那许掌柜不想讨还欠账了?看他一副明明气得要命偏又发作不得的样子,反观纪丰倒是十分的优哉轻松,她恍然:原来是"请神容易送神难"啊!大约那纪丰真的有点儿功夫也说不定。

果然——

"这怎么行!我还欠着您的账呢!我纪丰绝不是那种白吃白住的人。"纪丰这次的声音一点也不懒洋洋了,反而满是诚恳,"不还清欠款,我是不会走的。"

"这……"许掌柜瞠目结舌,瞪眼看了他片刻,终于跳脚,"纪丰,我已经不要你的房钱饭钱了,你还想怎么样?"

纪丰放下酒壶,从长凳上起身,抬手极随意地一捋额前的垂发,明明一个很女气的动作,他做来却显出一股别样的潇洒不羁的意味。

他开口道:"五百两。"

"什么?"许掌柜一愣,随即明白过来,于是胡子抖着越发厉害了,颤着手指大叫,"你打劫啊!"

这时围观的众人也都明白了纪丰的话意,俱是倒吸一口冷气,连素菀亦不由微微动容——五百两可不是个小数目,这纪丰果真是狮子大开口。

只听得纪丰悠悠道:"许掌柜,半年前曾有一位姓赵的游商在水外楼投宿,结果他离开后却发现自己新购得的一枚上好血玉被掉包成了石头,不知许掌柜对这件事还有无印象?"

"什么印象!"许掌柜脸色一变,急急道,"这事跟我有什么关系!"

"是吗?"纪丰的声音仿佛带着几分笑意,但那扬起的音调却无端让人悚然心惊,他慢慢地探手从衣兜内拿出一件物什,于指间把玩。

许掌柜看清了那件东西,两腿一软,一下子跌坐在地。

纪丰俯身贴近他:"我前日酒醉后误入许掌柜的房间,无意间发现了这件东西,也不知许掌柜是从何处得来的? 或许该交由官府好好查一查。"这几句话纪丰故意压低了声说,但素菀耳力过人,仍听得一清二楚。

"小六,去账上取五百两银票过来。"许掌柜颓然低头,瘫软得像摊泥。

众人哗然,想不到事情居然会如此了结。

不料,纪丰移步止住了一旁欲去取钱的小二,许掌柜抬头迷惑地看他。

"我说的是五百两,金子。"脸微侧,素菀终于看清了他的面貌。

眸若璨星,笑如朗月。


注释:

【1】楼外水云秋,秋云水外楼。——宋·赵子崧《菩萨蛮(四时四首·秋)》

## 第十五章　又一村

素菀出了水外楼时，靳涵薇正等得焦急。

"如何？可有空房？"她迎上前问。

素菀笑着点头。

靳涵薇雀跃道："可算找到落脚地了。"

素菀把车厢中的行李取出，然后将车子交由迎门的小二安置，自己伴着靳涵薇往楼内走去。

大堂里刚才还挤作一堆的人群此时已散了个七七八八，另有一个跑堂的小二领着两人前往客房，中间靳涵薇随口问起"你们的掌柜呢"，那堂倌脸色变了几变，支吾了半天也没答出口。

"怎么了？"靳涵薇奇道。

见那堂倌一张笑脸比哭还难看，素菀不禁莞尔，替他回答："掌柜大约正忙着给一位客人'结账'。"

"哦？"靳涵薇嘴角一撇，颇不以为然：还以为是什么事呢，就这有什么难回答的。

堂倌将二人领至一处上房，推开了门，躬身对靳涵薇说："这是公子的房间，公子有何需要的话，尽可吩咐小的。"

靳涵薇点头，伸手指指素菀："那他住哪里？"

堂倌指着不远处的转角："这位小哥的房间在那边，转角第一间。"搓搓手中的白巾，他有些不好意思地补充道，"不过，可能还要再等上片刻。"

"为什么？"靳涵薇问。

堂倌又是一阵支吾。

83

靳涵薇皱了眉："你这人说话怎么这般不爽气！"

"大概那间房的客人正在'结账'，还需过上一会才能搬出。"仍是素菀代为回答。

靳涵薇移眸看她，目光中带着疑问："又是'结账'？你怎么知道？"

"我猜的。"素菀一笑。

"他猜得对吗？"靳涵薇转头问堂倌。

堂倌一脸苦笑地点了点头。

靳涵薇微怔，看看他们，然后亦是一笑："看来，我应该是错过什么好戏了。"

素菀含笑不语。

堂倌却半是不解半是小心地赔着笑脸。

"这位兄弟喜欢看戏？"兀地边上一道声音陡然插入，"在下的戏并不精彩，过两天这桑州城中倒真有一场好戏可看！"

靳涵薇错愕地循声回头，只见转角那间房的房门不知什么时候打开了，从房中缓缓走出一名身材颀长的男子。

一身灰白皱巴的袍子，腰间悬着柄剑，肩头挎了个沉甸甸的布包，左手上却提着饭钵大小的一罐酒，面目看去很是英俊，只是脸上挂着的那懒洋洋的笑实在碍眼，就连步子间也满是慵懒随意——看去倒与街上的泼皮无赖有几分相似。

这么想着，眼神中便不由带上了一分鄙薄。

但那男子对于靳涵薇打量过来的目光视若无睹，依旧嘻嘻笑着："据说三年一次的集什么会，就在那东门学宫里，到时应该会很热闹的，嗯，说不定里面真有唱戏的。"

靳涵薇初时一愣，待回过味来后忍不住抚掌笑道："这话说得实在妙！"看他的目光已是不同。

"那这场戏，阁下会去看吗？"她问。

"看戏？"男子竖起右手食指，摇了下，再摇了下，醉眼乜斜，"怎及得上喝酒有意思！"

看到靳涵薇身后缩头缩脑的堂倌，他眉角一挑，高声道："这水外楼别的东西都不咋样，就这自酿酒是好的，离了它我还真有几分不舍……小六，你说我讲得对或不对？"

堂倌小六扯出笑脸，赔着小心道："纪公子说的自然是对的。"

纪丰"哈哈"长笑，晃着酒罐，扬长而去。

"真是个……怪人！"小六小声嘀咕道。

靳涵薇"噗嗤"一笑，小六回眸看着她，一愣。

发觉自己又失了态，露出女儿家情态，靳涵薇忙一整神色，掩饰地轻咳一记。

"是怪人……"素菀目视着纪丰离去的方向，淡淡言道，"不过，亦可算是个奇人。"

她回头问小六："他已走了，我可以搬进去了吗？"

"还劳小哥再等上一会，我得先唤上几个人进去收拾打扫，不然那房间可真不好住人，光酒味就能熏晕了您。"

素菀淡淡一笑："无妨，我与你一起去打扫吧！"

小六连连摆手，眼前的这两位客官，主人自不必说，相貌出尘，气度高华，难得是连那随从亦是眉目清秀，言谈慢条斯理，一派温文，丝毫不像寻常下等仆役。

他一急便有些口不择言："您这样秀气的人，现在进那房间岂不是清白大姑娘进了勾栏院。"话出了口才发觉说错了话，顿时一张脸涨得通红。

素菀微愕后却也不介意，倒是一旁的靳涵薇才正了神色，这下又笑得花枝乱颤，引得小六看呆了眼。

这……男子也可以这般笑的吗？他诧异不已。


客房内，素菀边收拾东西边凝眉思量。

桑州是宁国仅次于国都的第二大城，九街十道，地广人密，要在这样大的一座城中找一个人实在不容易，更兼自己对那个人还一无所知，无姓无名无身份背景，这样子去找人，不异于海底捞针。

看来只能是待对方来找自己了……素菀并不喜欢这种被动等待的感觉，但目前除了等待外，她也无计可施。

或许可以去集英会上碰碰运气，她想着，既然相约的时间正好是五月初九，那必是与集英会有联系，但要想参加集英会却得有宁国发出的集英帖，否则根本连东门学宫都进不了……这该如何是好？素菀踌躇不已。

正当她愁眉深锁之际，靳涵薇却兴致勃勃来叩门："素菀，你收拾好了吗？"

听她兴冲冲的语气，素菀便知道靳涵薇是想出去游玩了。

罢了！好歹离初九之期还有两日，明日再想办法吧！收拾心情，她应门而出："小姐想去何处？"

方才她看到靳涵薇拉了小二将桑州的风土人情，特别是好吃好喝好玩好看的地方打听了个遍，现下如此兴奋模样，大约是收获颇丰。

靳涵薇眼中光彩奕奕："刚才小二介绍，这桑州城中最好吃的是城里最大的酒楼'泰安居'的饭菜，掌勺的大厨厨艺不凡，一日只做一席，那几个招牌菜叫啥来着，唔，雪耳炖鹌鹑、香末虾……据说色、香、味俱全，堪比宫中御肴。"

等她说完，素菀开口问："小姐想去'泰安居'用饭？"

靳涵薇笑眯眯地摇头："我们去'又一村'。"

"'又一村'？那又是什么地方？"

"'又一村'是城中一家小酒馆。"靳涵薇依旧是笑眯眯地回答。

素菀有点不明所以："小姐刚刚不是在盛赞'泰安居'的饭菜味美吗？怎么一下又要去'又一村'了？难道那里的菜比'泰安居'还好吃？"

"菜好吃倒不见得，但那里的'锦波春'却是全城第一的。"

素菀微微皱眉，试探着问："'锦波春'？听着像是酒名？"

靳涵薇痛快地承认："就是一种酒，听小二讲，'锦波春'酒味馥郁醇厚，入口清冽，余味绵柔隽永，是酒中的佳品，有如琼浆玉酿，就连那纪丰都爱不释手。"

"小姐，你该不是想去喝酒吧！"见靳涵薇一提起那什么'锦波春'便两眼放光，素菀小心翼翼地探问。

"嗯。"靳涵薇老实地点头，怕素菀反对，她又心虚地加了一句，"我在宫中也常常喝酒的。"

素菀眉角隐隐抽搐，这位娇公主在宫中喝的都是果子酒，如何能与外面的酒相比，想那酒鬼纪丰爱喝的酒，必是那闻鼻冲脑、酒劲极大的烈酒，靳涵薇若是喝了，只怕一口就醉倒。

"小姐，我们还是去'泰安居'吧！"她劝道，不想呆会背个醉鬼回来，也无意欣赏美人醉酒的曲目。

靳涵薇不乐意地努起了嘴，绞着手指道："最多……最多我少喝一点，看看那'锦波春'是不是浪得虚名，是不是真的比宫中的御酒还好喝……好不好嘛，素菀

——"

听她拖长了音叫自己的名字，素菀只觉头皮都有些发麻，只得举了白旗，虚弱地说："……好……不过先说好了，如果那酒烈，小姐你可千万不能多喝！"

靳涵薇如愿以偿，高兴地拍着胸口保证："放心吧，我就尝一点点，一点点……"

刚走了一个酒鬼，结果又冒出一个酒鬼。素菀垂头叹气，提醒自己呆会千万得看好了靳涵薇，但到了"又一村"后，她才知道靳涵薇口中的"一点点"是多少。

"又一村"离水外楼不远，靳涵薇一早就已问明了路途，当下带着素菀闲步走去，果然不多时便到了。

不过，还是略费了一番周折的——

"若不是小姐问得清楚，这地方确实不好找。"素菀回望巷口的两株浓郁的绿柳，枝繁叶盛，和风中悠悠抖动着满树盎然生机。

靳涵薇一笑："这方才称得上'柳暗花明又一村[1]'嘛！"

抬头看酒帜飘飘，她粉舌轻舔菱唇："'美酒蕴深巷'，希望名副其实才好！"呼过素菀，跨步进门。

正午时分，酒馆内客人颇多，靳涵薇眼尖，见靠窗处有一桌只坐了一个客人——且是蒙头趴在桌面上，看样子像是喝醉了——尚余三个空座，忙拉了素菀过去，一落座，她便迫不及待地朝着小二叫道："小二，快来一坛'锦波春'！"

这高声一叫便引得半堂的客人移目看来，倒是与她们同桌的那客人仍是一动不动，想是醉得不轻。

靳涵薇在众人的注视下也稍感赧然，缩回脖子，向着素菀假假一笑。

素菀心里叹气，环顾左右，又瞟了眼同桌趴睡的那人，压低声劝道："小姐要浅酌，一壶足矣，一坛似乎多了点？"

靳涵薇也学她压低了声回说："我叫一坛不过是装装样子而已，好歹我们现在穿的是男装，两个男人来酒馆喝酒却只叫一小壶，岂不是惹人笑话？最多，喝不完的到时剩下来就是了。"

言辞入情入理，素菀无法反驳，只得由着她。

小二很快就送来一坛酒，帮她们拍开封纸，道了声"客官慢用"即又走开。

靳涵薇捧了酒坛，倒了满满一大碗，看得素菀直皱眉，嘴唇张合了好几下，欲

兰 三

再劝说,却不知怎的又忍住,最后只是冷眼看着她。

但见靳涵薇双手捧了碗,这时她倒也不急着喝了,将碗放至鼻下闻了闻。

"有点刺鼻,不过香香的,挺好闻的。"她评价道。

又移碗到嘴边,她这次是探出舌尖快速一点,像极了一只偷食的猫。看着酒面上划开的浅漪,她仔细回味,觉得口中一股清清淡淡的醇香漫开。

"好像味道也不错。"她对素菀说。

素菀只是不语,依然是静静看着她。

咂咂嘴,靳涵薇深吸了一口气,大着胆子准备大喝一口,怎料酒至唇边,结果却只是小小的啜了一口,而且她还因此拉皱了整张脸。

见状,素菀终于破颜笑出了声。

靳涵薇好一会儿才缓过气,一见素菀神色,又瞧到堂中不少客人看着自己,显然刚才那一幕亦是尽入眼中,顿时三分羞愧七分气恼,一张俏脸一下子由白变红。

"酒量浅的人我见过不少,不过光闻闻酒味、润润舌头就醉红脸的人还真是头一回见!"

熟悉的慵懒男声入耳,靳涵薇惊愕地瞪视旁边,这前一刻还闷头大醉的人下一刻已是神清气爽,正促狭地笑看着自己。

"是你!"素菀也十分意外。

纪丰眼角弯弯,笑得欢愉。

"人生何处不相逢。"他说。

人生何处不相逢,这是他对她说的第一句话,一直到很多年之后,素菀仍常想起这句话,只是——

有些人纵使相逢应不识……


注释:

【1】山重水复疑无路,柳暗花明又一村。——宋·陆游《游山西村》

# 第十六章　此间醉

纪丰招手唤来小二，指指靳涵薇面前的酒碗："再来一坛。"

"纪爷今日已是第三坛了。"小二笑嘻嘻地说，"莫不是真的发了横财？"

纪丰斜觑着他，说道："看你伺候得周到，放心，呆会少不了你的赏钱！"

"好嘞！那小的就先谢过纪爷了。"小二高兴地唱个肥喏，暂行告退。

素菀看着他兴冲冲地去柜上取酒，却很快两手空空地折返。回到纪丰跟前，他垂头丧气地说："纪爷，真是不凑巧了，这'锦波春'恰巧卖完了。"

纪丰皱了眉："一坛都不剩？"

小二点头，打着商量问："您看，是不是另换一种酒？"

纪丰眉头拧得更紧了："喝了'锦波春'再喝其他酒实在无味。"

"行了，你先下去吧！"他扫兴地挥挥手，小二快快地摸摸鼻子退下了。

纪丰亦是快快，看看自己跟前的空酒坛，再看看靳涵薇，嘴角一牵，已有主意。他笑着对靳涵薇说："姑娘既然不善饮酒，莫若将这坛酒转卖于在下，也免得浪费了。"

靳涵薇本就恼他刚刚在言词间取笑她，胸中的一口气正无处发泄，这时听他称呼自己为"姑娘"，显见除了偷看她喝酒之态外，他还装醉偷听她与素菀的对话，一时间恼怒更甚。

她瞟了眼他，也不答话，自顾看着窗外的景物。

纪丰只得又问了一句："小姐可否将你的酒转卖给我？"

为了那坛美酒，他打起精神，笑得亲切和善，但落在靳涵薇眼中却只觉得刺目惹嫌。睨了他一眼，她端起桌上仍是满满当当的酒碗，伸手出窗，手腕轻翻，那碗中的酒便全部倾泻于窗外。

纪丰看得心痛不已，叫道："你……你……"你了半天却是无计可施。

素菀亦觉靳涵薇此举未免有些过分，她虽不希望靳涵薇饮酒，但闻得酒味，也知这"锦波春"酒劲虽大虽烈，但确是佳酿——如此糟蹋，确实可惜了。

见纪丰瞪眼怪叫的模样，靳涵薇顿觉解气不少，她洋洋得意地看着他，再把空碗注满，伸手到窗外，准备倒掉第二碗酒。纪丰忽然扬声道："这位公子把酒倒掉，是怕自己看得到喝不到，故而只能来个眼不见为净吗？"

此话说得大声，堂中的酒客闻言再次频频瞩目这一桌，靳涵薇扭头看看左右，质问纪丰："我自个的酒，我为什么会喝不到！"

"你怕她会拦着你。"纪丰一指素菀，悠悠回道。

靳涵薇嗤笑："我要喝酒谁敢拦我！"

"而且你酒量窄小，一喝就醉，看得碰不得，当然只好倒掉了。"纪丰继续煽风点火。

什么！

果然靳涵薇当即柳眉倒竖，气呼呼地说："你敢说本公……子酒量窄小！我这就喝给你看！"

素菀一看事情不对头，忙劝说靳涵薇："少爷，这酒太烈了，你——"

岂料不待她说完，纪丰就已抢着接过话头："是太烈了，所以这位公子还是听你随从的话，不要喝的好！"

靳涵薇一瞪素菀："你敢拦我？！"举碗就口，眼看着就要往下灌。

素菀莫可奈何地长长叹气，看向纪丰："公子又何苦挑动我家少爷，恕小的直言，您这激将法使得实在有些不入流。"

纪丰笑得无害："非也，在下乃是好心，乃是不想你家少爷错失如此美味罢了！"

素菀摇了摇头，又回头看靳涵薇。靳涵薇已一气喝干了一碗，正捧了酒坛在倒第二碗。

"即使我醉死，也不会让你们看扁的。"她说，一仰头便又是一碗。

等她灌下第三碗后，那眼也斜了，手也抖了，身子也坐不直了，脸更是红得能滴下血来，只是脑子居然还清醒，她坚持着为自己倒下第四碗酒，只是当那酒碗举到半途时，终于"啪"的一声，她整个人软了下来。

素菀与纪丰两人俱是眼明手快——

素菀一把扶住了靳涵薇,免得她磕碰到桌椅。

而纪丰……

他一把接住了那酒碗,并且滴酒未漏……

"啧啧,好险,差点就浪费了。"他接了酒一刻都没多耽搁,一仰头便全灌进了自己的喉咙,末了还啧啧出声,"啊,真是好酒!"

素菀扶稳靳涵薇,让她靠在自己身上,转头看见纪丰满脸陶醉地咂着嘴,心中顿时有些不忿:"阁下不问自取,好像有失礼仪吧!"

纪丰摇头笑了:"这酒本是要倾覆于地的,人弃我取,有何不可?"

素菀捺着脾气又问:"那你明知我家小姐是女子却故意灌醉她,这又作何解?"

纪丰仍是摇头,一脸无辜地答:"在下可没灌过她,那酒可都是她自己喝下的。"仿佛为了响应他的话,将头趴在素菀肩上的靳涵薇连打了好几个酒嗝,同时不安分地开始扭动起身子,素菀连忙抱稳了她。

目光轻移,瞥了靳涵薇一眼,纪丰颇具深意地说:"说起来,你家小姐醒来后,说不定还要谢谢我让她有这一番特殊的经历呢!"

真是个无赖!素菀顺了顺呼吸,隐了怒意盯向纪丰:"如此就祝纪公子喝得愉快。"

腾出一只手,从怀中取出银两置于桌上,她指了指尚余大半坛的"锦波春"道:"这酒算是代我家小姐答谢您的'关怀'之意。"扶起靳涵薇准备离开。

靳涵薇闭着眼,嘴中发出不舒服的咕哝声,双颊上的酡红已蔓延至耳后脖根。

看来得尽快送她回客栈解酒……素菀默叹,不敢再多耽搁,当即就向门口走去。

可才行得几步,就听到身后的纪丰轻缓缓地在念:"'锦波春'可不是男女都能喝的,喝错了可不会好受呢!"

她霍然回首:"这是什么意思?"

纪丰笑得大声,却不回答。

见素菀蹙紧了眉,旁边一位酒客好心告诉她:"'锦波春'酿法特殊,内含多种草药,乃适合男子喝的烈酒,女子喝了嘛——"他犹疑地看看脸色大变的素菀,又看看喝得酩酊大醉的靳涵薇,小心地道,"坏处自然是没有的,但药性留在体内,肚

卷三

子会疼，而且皮肤上会发出些小红疹，喝得越多，红疹越多，消退起来也越慢。"

居然如此过分！素菀看着大笑不止的纪丰，心里原只是不齿他所为，却不想他恶劣至此，靳涵薇纵有不是，她倒掉的终究还是自己的酒，并未犯着他人，他看不顺眼，稍微捉弄一下即可，何必要如此害人。

她怒极反笑，对纪丰道："纪公子如此爱酒，敢问是何缘故？"

纪丰对上她清如冰玉的眼眸，微一错愕，她笑得恬静，然而眸中却捕捉不到一丝笑意。他不由地敛了笑，过了片刻才重又挂上了招牌似的懒散笑容："你问这个作甚？"

素菀静静地看着他，又是一笑，她身子略侧，指着大堂墙上的一幅字，问边上的小二："这是这位纪公子的作品吗？"

小二看看墙上的字画，再看看纪丰，不明所以地点头："是的，上次纪爷来喝酒忘了带酒钱，乘着酒兴写了这幅字以抵酒资，上面有他的落款。"

素菀满意地点头，转头再看纪丰，双目清如水亮如星，仿似有着洞察一切的明澈。

"'百年莫惜千回醉，一盏能消万古愁[1]'，公子心中有愁？"

"不过是酒醉时的意气之作……"纪丰下意识地想要反驳，话至一半却忽地明白了过来，立时住了口。

他向来一副游戏人间的样子，何曾刻意解释过什么，如此急切，反着了痕迹。

抬头果见素菀笑得意味深长，看着她的笑，他不禁有些愠恼，心念一转，却又凛然——如此轻易地被人看破内心，绝对是个危险的讯号。

素菀收了笑容，悠然开口："公子心中有无忧愁，忧愁何事，公子自知，这酒仍是留给公子，希望公子还能够畅然而饮。"再也不理会他，她挽着靳涵薇径直离开"又一村"。

出了巷口，她停下脚步，望向高远的天空，桑州城上风云变幻，有着风雨欲来的征兆，她静默地看了一会，忽叹道："心中小愁以酒消之，那心中大仇呢？又该以何来消？"

低头看着兀自酒醉昏迷的靳涵薇，她摇了摇头，轻喃："公主，你其实也不过是个可怜人。"

酒馆内，纪丰依旧坐在原处，目送着窗外素菀二人远去的背影，眼中寒芒点点，一扫先前的惫懒，目光变得深刻渺远。一直到素菀她们的身影消失在了巷口人流中，他方才收回目光，转投到天际。

　　风卷云聚，似乎要变天了呢！

　　手搭上"锦波春"酒坛的坛沿，不闻可知，里面的酒仍是那甘冽醇美的佳酿，只是……

　　果如她所言，再无品饮的兴致……嘴角微牵，他待要苦笑，却在瞥见门外来人的一瞬间收敛了笑容。

　　来人是一个黑衣少女，容色秀丽，只是脸上表情清冷异常。

　　店小二看到又有客人来，自是上前奉迎，不料那黑衣少女飞快地移目扫过满堂酒客，便绕开店小二，自顾向窗边的纪丰走去。

　　酒馆内少有女客临门，更何况是如此年轻貌美的女子，堂内众人都有些惊异，更有不少人为她的容貌所吸引，一个个瞧得目不转睛，但被那一双双蒙了酒意的眼珠如此直勾勾地看着，那少女却好似全无所察，只见她脚下不停，片刻间就已到了纪丰跟前。

　　众人见她到了纪丰面前，也不打招呼，直接就在他边上的空座上坐下，恰是刚刚素菀所坐的位子。

　　"你怎么也跑到桑州来了？"纪丰看着她，极为难得地皱了眉。

　　黑衣少女也不答话，只是盯着他，眼睛一眨不眨的，仿佛是想要用视线把他射个对穿。

　　纪丰被她看得难受，别开了头，沉着声又问："谁许你出来的？"

　　沉默了半晌，黑衣少女终于开口："你管我！怎么？你来得桑州，我便来不得！"声音不大不小，正好让堂中的人全都听得一清二楚。

　　纪丰眉头皱得更紧了，想要发作，看了看四周，又强自静下气来，压低了声说："我来，是有正事需办。"

　　"那恰好，我也是来办正事的。"黑衣少女冷冷地道。

　　纪丰烦躁地抓起桌上的酒碗，欲饮，瞥见少女逼视的目光，他长叹了一口气，将碗放下。"锦儿，莫要再胡闹了，我派人送你回家。"

　　闻言，那少女神色愈加冷凝，眼眶中却带出了一点微红。"不管我做什么，在你看来总是胡闹……你又想赶我走，只可惜，这次怕是要让你失望了。"她突地站起身往门外跑去。

"锦儿！"纪丰来不及付账，匆忙丢了银两在桌上，发足追去。

堂中众人见状又是一阵惊疑，酒客中有识得纪丰的，忍不住便要揣测起两人的关系，毕竟俊男美女总是惹人遐想的。

那黑衣少女与纪丰一前一后跑出酒馆，初时两人间距离较远，但纪丰轻功较高，不消片刻便已追上，将她堵在一条死胡同里。

那少女脱身不得，恨声道："你想怎样？用强吗？"

"跟我走吧，我派人送你回淮国。"纪丰伸出手去，"不要逼我点你穴道或用药。"

那少女冷笑一声，侧身躲过他的手，从怀中掏出一张描金红帖。"你看这是什么？"

纪丰一眼认出，惊问："集英帖？你从何处得来的？"

将帖子小心收回怀中，那锦儿冷笑着道："反正不是偷来抢来的。按各国集英会间的规矩，我现应邀参加集英会，你无权干涉我的去留。"

纪丰愣了一下，看着她，忽地笑了："你以为我会拘泥于这等陈年旧约吗？"

锦儿一呆，她原本计虑周到，却不想他居然如此无赖。她咬住下唇，眼圈一红，那泪水便要涌出。

纪丰心下有些不忍，再次伸出手去拉她的手，怎料刚碰上，锦儿便猛力甩开。纪丰错愕地看着她。

往后退开一步，她抬袖一抹眼睛，盯着他的眼，一字一顿地道："纪晟，如果你这次仍要执意送我回去，那我定要你后悔一辈子。"


注释：

【1】百年莫惜千回醉，一盏能消万古愁。——唐·翁绶《咏酒》

## 第十七章　青衣诀

　　长街上，素菀与靳涵薇离了"又一村"未多久，靳涵薇脸上的潮红便开始越来越盛，额角沁出一层细密的汗，人虽尚在昏昏沉沉中，口里却间或着发出低而含糊的呼痛声，手脚也有些不安分起来。

　　看来那个酒客所言非虚……

　　素菀心知酒中的药性已然发作，忙加快了脚步。本来以她的武艺，要挟着一个女子走路也并非什么难事，怎奈她不能在人前显露武功，人群又熙攘，如此走了几步已颇见狼狈，而且从她们身边走过的路人，十个中倒有九个会掉过头来盯着她们……好奇地看。

　　素菀被人盯久了，便觉得很不舒服，但也只能暗自叹气。靳涵薇的外貌原就够惹人注意了，更何况如今这样，大白天就喝得酩酊大醉、满口咿呀的，这下想不吸引人们的目光也难！所谓池鱼之殃，莫此为甚！

　　她沉着脸，垂下头，尽量只看脚下的路，不去管那周遭的人和事，只是依旧走不快。

　　"……痛……好难受，素菀……"靳涵薇的呼痛声又大了几分。

　　素菀听得又好气又焦急，刚才喝得那般拼命，现在倒晓得喊"素菀"了！当然，最可恼的还是那纪丰！

　　正在她无措时，耳中又听到身后传来车马声，回身看去，入眼处是一驾极简便的两轮马车，车行速度并不快，一派悠闲从容的样子。素菀扶着靳涵薇避到路边。那车子仍旧是不紧不慢地走着，只是在走到素菀二人身边时，车子却忽然慢了下来，然后若有意无意地跟着她们。

　　素菀停下脚步，那车子果然也停了下来。

素菀有些迷惑地抬头,只见坐在车驾上的是一个相貌普通的中年人,无论打扮、架势都和一般的车夫没什么不同,在他的身后是灰黑色的车帘,亦是最常见的那种。

素菀看着车帘,低垂的布幔将一切都遮掩得严严实实。明明是什么都看不见的,她却直觉地感到车内有一个人正在看着自己,或者说,隔着一帘布幔,他们在相互打量。

少顷,大约是觉得打量够了,车内的人先开了口:"长路难行,两位,可需在下载你们一程?"声音竟是难得的清朗温润。

很好听的一个男声呢……只是,为什么会觉得有点耳熟呢?

素菀思索了一下,摇摇头。发现自己做了个多余的动作,她回答道:"不用了,多谢!"

现今的桑州城不比以往,各国势力汇聚,如浮沙之下处处暗潮,对方身份不明,自己有靳涵薇这个靳国公主在旁,还是小心谨慎些的为好。

车内的人轻轻"噫"了一声。素菀转回头,正准备继续往前走,车内的人再次出声,叫住她:"等等!"

素菀顿住脚步。

"听阁下身边那位公子的气息,似乎是身患病症?阁下真的不需要帮忙吗?"

话音未落,忽一阵风刮过,低垂的布幔被吹开了一角。素菀若有所感,回头匆匆一瞥,却只来得及看见车内的一角衣袖,青衣布料,无任何绣饰,也无任何出奇之处。

她心里不免有些失望,于是口气更加淡淡:"不必了。我家公子只是喝多了,身体并无病患。"放下话,她随即启步离去。

马车依是停在原处,车夫等了一会,不见车内的人下命令,他不敢自作主张,只得朝着车帘问道:"公子,要继续跟着吗?"

车帘后一片沉静,他又等了好一会儿,才听到车中人说:"罢了。这次见不到,还有下次,只要知道她已到了桑州,一切便都可按照计划进行。"

车夫低首应声:"是。"


素菀连拖带拽好不容易将靳涵薇带回"水外楼",刚将她在床上安置妥当,尚不及松一口气,便警觉地察觉到房门外有人。

会是谁呢?听声息不像是习武人。

她蹙眉想了想,走过去猛地把门推开,便看到了先前投宿时带路的那个堂倌,素菀还记得他的名字叫小六。他正在房门前探头探脑,样子颇有几分鬼祟。

小六因她突然开门,吓了一跳,张了张嘴却说不出话来。

素菀因今日之事,心内本已积了一堆无名火无处可发,这下更是眉头皱起,冷声斥问:"你在这里做什么?"

小六听素菀口气不善,缓过神后忙摆手道:"客官莫误会!方才有人送来这个,指名要交给这间房的公子。"说着,双手递过一封信。

素菀狐疑地接过信,只见信封上除写了"敬启"字样外再无姓名、落款,不由更感疑惑,靳涵薇初到宁国,人生地不熟的,如何会有人致信?难道靳涵枫仍派有人一路跟随着她们?

她收了信也不打开,先询问小六:"是何人送来的?"

"一个半大的孩子。"小六答。

"孩子?"素菀轻轻挑眉,"他也是替人跑腿的吧,你有问他是谁让他送信过来的吗?"身为大客栈大酒楼的伙计,专职于迎来送往,遇到这样的事,是不可能不问清楚的。

果然小六点头说:"我有问,不过那孩子答得含糊,只说是个年轻俊俏的公子,出手挺阔气的。"

看来是问不出什么了,只能寄希望于从信中找到答案。素菀取出一块碎银给小六:"多谢小二哥了,这信我会转交我家少爷的。"

小六讶于她前倨后恭的态度,忙缩了手推辞:"太多了,这是小的该做的。"

素菀笑了:"这钱是烦请小二哥就近去请个大夫来。"

小六一愣,继而讷讷地点头,接过钱:"好的,小的这就去。"临走,想起来又问,"客官你身体不舒服?"

素菀轻摇头:"不是我,是我家少爷有些水土不服。"

小六放心地走了。素菀对着信却犯了难,要不要打开看看呢?信封上没有火蜡,也不必担心看过后靳涵薇会发现。

想了片刻,她终是敌不过好奇心,将信封内的信纸取了出来。薄薄的一页素

卷三

笺上草草写着几行字，素菀一眼就看完了，但却有些哭笑不得。

这算是道歉信加药方吧！只是不知这算是诚心道歉呢，还是另一场捉弄的开始？或者纪丰此举本身就是一种试探，试探一个随从敢不敢偷看主人的私信，试探她敢不敢用他的药方为靳涵薇解"酒毒"……

素菀懊悔不已，或许方才在酒馆中不该一时冲动的，不该将那疑问问出口的。问了，刺痛了他，确实痛快了；但，过于展露锋芒了。

隐忍了这么久的自己不该在离开靳国不多久便就忘记这一点的。

虽然有了纪丰送来的药方，并且在素菀询问大夫后确认这药方是对症的，但那碗苦涩难咽的汤药还是让靳涵薇吃足了苦头。她几乎是被那药味熏醒的，醒来后先是感到满口浓厚的苦味，接着眼一睁便看到素菀捧了一碗黑乎乎的东西，正用汤匙一勺子一勺子地往她嘴里灌。

她口一张，还来不及问"这是什么"，才入口的药便全吐了出来。亏得素菀动作快，闪身避过了，不然这口药必是全吐到她身上了。

靳涵薇又咳了好几下才缓过劲来："……什么东西……咳咳……这么苦！"

"醒酒汤。"素菀简短地回答，找出帕子为她擦去嘴边的药涎，"虽然苦了点，但效用很好。"

"醒酒汤？为什么给我喝这个？"靳涵薇咧开嘴使劲哈气，这醒酒汤的味道实在太难喝了，弄得她现在嘴里全是一股欲呕的苦涩味道。

素菀看着靳涵薇，这位娇公主人虽醒了，可脑子显然还有些晕乎乎的，只好提醒她道："小姐忘记了？我们去'又一村'酒馆，你点了一坛'锦波春'，后来……你就喝多了。"

靳涵薇歪着头想了一会，总算记起一些："我……喝醉了？"

素菀点头："你醉得直嚷头痛，奴婢就吩咐小二请来了大夫，给你开了药方，煮了这碗醒酒汤。"她一早打定主意，不准备告诉靳涵薇纪丰引她喝错酒的事，反正此事已了，不然以靳涵薇的性子，知道纪丰存心捉弄她，说不定又要多生枝节。

靳涵薇抚着额头，感到脑袋里确实昏沉沉的有些涨痛，于是皱长着脸说："酒真不是个好东西！"

"不对！"她想了想又补充，"是宫外的酒都不是好东西，宫里的酒就很好，又香又甜,而且不会醉人,也不知道以后还有没有机会喝到!"

素菀沉默了一瞬,才轻笑了一下:"是啊,宫里的东西,自然不是外间可比的。"

眼光转回到手中的药碗,她再舀起一勺递到靳涵薇嘴边:"汤还未凉,小姐再喝两口吧!"

靳涵薇听到还要"再喝两口",看着汤匙中那黑乎乎的药汁,闻着鼻下那难闻的气味,胸口又是一阵恶心,连连甩手说:"不用了不用了不用了!我已经没事了!"

素菀估摸着她体内的药性还未全解,耐下性子劝道:"良药苦口利于病,这汤药虽难喝,但如果不喝下,待会酒气上头,头痛起来会更加难受的。"

靳涵薇只是摇头。

最后素菀好说歹说,半是哄半是骗的,又辅以蜜饯甜点若干,才劝得她又再喝下两口。可怜靳涵薇喝一口皱一下眉,喝一口皱一下眉,待喝到第三口时,说什么也不愿意再喝了。素菀无奈,只得作罢。然后到了晚间,靳涵薇的手上脸上便发出了好几个小红点。

"这是怎么回事?"靳涵薇苦着脸问,手上脸上痒痒的,分外难受。

素菀装模作样地在她身上细细察看了一番,一本正经地道:"奴婢听大夫说有些人喝多了酒会发酒疹,大概这就是吧!"

"那怎么办?"靳涵薇哀叫起来。

"小姐不用着急,喝两碗醒酒汤就没事了。"素菀不紧不慢地说。

靳涵薇傻眼了:"两碗?"

素菀一本正经地点头,完了还不轻不重地又加了一句:"如果小姐觉得不够的话,喝个三碗五碗也行,反正大夫说了,醒酒汤多喝没坏处。"

"三碗五碗?"靳涵薇瞪直了眼,"素菀你不是在说笑吧?"

"奴婢怎敢,这都是大夫说的。"素菀神色不改,扔下话就退出房门,"奴婢先去厨房熬药,小姐不妨慢慢考虑到底要喝几碗。"

靳涵薇捋起衣袖,盯着手臂上小红点看了半晌,再摸了摸脸颊上也有凸起,拧紧了眉:"酒疹?醒酒汤?"

素菀熬药的速度倒也迅速,不过小半个时辰,三碗黑乎乎的药便出现在靳涵薇眼前。

兰三

"真的要喝?"靳涵薇有气无力地趴在桌沿,看着桌上排列整齐的三个大碗,捏着鼻子问。

　　素菀也不回答,直接将其中的一碗推送到她面前,意思已很是明显。

　　靳涵薇抬头看她,眼睛眨了眨,突然站起:"好!我喝!"

　　她答应得太痛快了,素菀反倒有些奇怪,几疑自己听错了。

　　不过靳涵薇没让她奇怪太久,她涎着脸笑吟吟地说:"我们一人一碗!你不是说醒酒汤多喝些也没坏处嘛,那我们也来效仿古人,来个同甘共苦!"

　　素菀看着她,沉默了片刻,指了指桌上的第三个碗:"那这个呢?"

　　"一人一半。"靳涵薇答得自然。

　　素菀不语,又凝看了靳涵薇片刻,直看得靳涵薇脸上的笑再也挂不住了,她抬手端起一只药碗,一饮而尽!然后又从第三只碗中倒了半碗药汁到第一个空碗中,抬起,又是一饮而尽!

　　"该小姐了。"她抹了下唇,淡淡地说。

## 第十八章　夜阑珊

一番折腾，素菀伺候靳涵薇服药睡下，回到自己房中时，已是月上中天。

对烛静坐了半晌，仍是毫无睡意。

今夜的事，多少有点出乎意料，只是不知，自己究竟是何时何处着了痕迹，引得她的疑忌。本以为以靳涵薇的不经世事，会是个例外，现下才晓得，自小在深宫中长大的人，在别的方面或许可能有些异数，但于这"戒心"二字上却是别无二致的。

也罢，前些日子确实有些轻视了她，少不得接下来需更小心些，毕竟，桑州之事一了，要想顺利回宫，还是离不了她的。

思忖已定，正准备铺床就寝之际，忽听到外面幽幽渺渺地飘来几声短促的笛音。笛音虽轻虽短，但这曲调是素菀自小熟稔的，一入耳就已听得分明。

推开后窗，夜风扑面而来，清凉之余夹了几分水汽。

水外楼前临街后倚河，从后窗望下便是那桑城河。褪去了白日里的喧嚣浮华，入夜后的桑城河静谧悄然。河两岸的商户为了照顾晚行的路人，多有爱在外廊下挂几盏灯笼的。桑城河映了这一片千里烟廊的浮光灯影，月色下，碎影摇波，水雾氤氲，宛如一幅淡淡晕染的浅彩水墨画。

素菀眺了眺河对岸，夜已深，岸上并无行人，于是目光落回河面，溯流而上，便看见前边河心荡着一舟，舟篷前挂着盏青纱灯，绿盈盈的灯光在一片红色灯影里分外显眼。

素菀想了想，回身熄了烛火，轻步出了水外楼。

到得河畔，抬眼看去，那小舟已泊至岸边。长夜寂寂，风凉如水，舟上的青纱灯随风轻摆，晃出的光也因此带上了几分朦胧飘渺。

素菀走到舟前，缓下脚步，事到临头，心里多少有些踯躅。

“舒姑娘果然是依约之人。”一道清润的声音自舱中传出，语调悠然。

乍被叫破身份，素菀却似早已料到，仅有的一分意外，倒是因为对方的声音。回想起白天长街上偶见的那一角青衣袂，难怪当时会觉得一个陌生人的说话声耳熟，原来……她与他确是见过面的。

青纱灯又是轻轻一晃，幽浅的灯光如湖水微漾，那人是否是“极”像是从这微漾的湖水中走出。

她抬头看他。

书生打扮，青衣儒服，面目清俊——果真是熟人。

“夤夜相扰，原是不该，全因在下后日有俗务缠身，故只得提早两日来见姑娘，还请姑娘莫要见怪！”青衣书生含笑施礼，淡淡灯光笼在他身上，便与那青衣的颜色融在了一处。

素菀垂了垂眼眸，淡然回礼：“公子客气了。”

“外间风大，不知姑娘可愿移步一叙？”他退开半步，伸手掀开舟篷的门帘。

素菀移目看了看舱内，轻轻颔首：“叨扰了。”

两人一前一后进了船舱，舱内空间并不大，一眼便可看尽，装饰也极简易，只中间摆着张梨木矮几，矮几上除一盏莲纹白玉灯外另放有一青瓷茶壶并两个茶杯，矮几左右则各有一张青竹圆椅。

那青衣书生先请素菀入座，而后在矮几的另一侧坐下。

素菀坐定后凝目看他，决定单刀直入：“我知你想要什么，不过小女子心中有几个疑问，不晓得公子可否为我解答？”

青衣书生执壶为她沏上茶：“在下只能回答姑娘三个问题。”

看着茶汽如缕缕游丝漫开，在灯光中淡成薄烟，散去，他微微一笑：“在下边亦远。”

素菀心头一震，她事先想过千百回他的身份来历，却都没有这个答案来得石破天惊。

看出她的惊讶，边亦远又是一笑：“《千嶂里》原是北澹王储时泓盗自靳王宫，他受困青石镇时无奈下交由在下保管，不曾想靳世子围镇搜查，在下亦无法将图安然带离靳国，只好转托给了姑娘，这事想必姑娘已经猜到一二了。”

素菀此刻已渐渐定下心神,点了点头道:"我虽知道是时泓盗了《千嶂里》,猜到你是因为自己没办法将图带出靳国,所以才将东西交到了我手中,不过我却不知道时泓就是北澹王储……"

淡淡地瞥了他一眼,她继续说下去:"我更加想不到的是,原来边国已与北澹结盟,所谓与靳国联姻一事不过是为了让靳国放松警惕。"

边亦远注视着她,眸光亮了下,坦然回应:"你所料不错,我边国确实已和北澹联盟,商议共取靳国。"

素菀眉头微拢:"边国与靳国毗邻而居,虽偶有战事,但在各国中关系还算亲近,而北澹虎狼之辈,向来是中原北境之大患,这次边国为何会联合异族伐靳?"难道他不怕引狼入室吗?

边亦远脸色暗了暗,移开目光看那门口被夜风吹得鼓起的舱帘:"兵者,诡道也。若拘泥于常道,则难得志于天下。"这是当初他去劝谏父亲不可妄信北澹时,父亲用来回答他的话,但他知道其实这并不是真正的原因,父亲不惜冒险结盟北澹也誓要灭靳,真正为的是那个一直萦绕在他心头数十年的清丽身影。

素菀默然不语,隔了一会儿才道:"你想要我做什么?"告诉她这么多,总不会是嫌这件事太过隐秘吧!

"好像已经不止三个问题了吧?"边亦远眼中闪过一丝赞叹,但看她一脸正色,却忍不住想逗她一逗。

素菀皱了皱眉,摇头说:"先前姓名与《千嶂里》那两个问题我还未问,是你自己主动说的,不作数;而为何攻靳那个问题,你答得不清不楚,也不能作数。要算的话,刚刚那个只能算第一个。"

边亦远一时哑然。

"我猜姑娘迟早会回到靳宫,届时有些事恐怕需要姑娘帮忙。"他不动声色地看她,等着她的回答。

"嗷……"素菀眼眸轻动,语调上扬,"公子是想让我窃兵符呢,还是想让我偷开城门,素菀一介小小宫女,恐怕无这般的能力。"

边亦远温雅一笑:"舒姑娘不必急着推辞,我相信在下所谋与姑娘所谋应是相同,合则两利,姑娘不妨慢慢考虑。"

素菀沉吟了片刻,低头看梨木矮几上边亦远为她斟的那盏茶,茶色凝碧,清泠的茶香中却透出八月丹桂的气息,她叹了口气说:"我现在尚在宫外,将来如何很难预料,不过公子既知我身世,也当相信我绝不会泄露公子机密。至于其他,若我力所能及,我自不会推拒,若我力所不及——"

"姑娘放心!"边亦远出声打断她,诚恳言道,"亦远向姑娘保证,无论何时何地,绝不陷姑娘于险地。"

觉出他语气不似作伪,素菀略感诧异,作为合作伙伴,如此承诺,似乎有些……过重了?

"你是怎么知道我的身世的?"她脱口问出在心中徘徊了好久的疑问,"还有,你怎么会有《寒烟远岱图》?你今夜吹的那首曲子又是谁教你的?以及这个——"她指指矮几上茶杯,"这桂花茶的泡法不同一般,你是从何处学来的?"

边亦远抚额作思索状:"姑娘一气问了这么多问题,远超三个之数,想让我先答哪个?"

素菀咬了咬唇,捺住性子,慢声慢气地说:"公子若是不愿回答也不打紧,只是恕素菀要先行告退了。"说着,作势欲起。

边亦远伸手止住她,笑道:"在下从未说过要取回《千嶂里》啊!《千嶂里》是姑娘家传之物,交由姑娘乃是物归原主。"

这回素菀是真的惊异了,难以置信地问:"你说真的?"

"当然。不过——"他含笑看了他一眼,"如果姑娘执意要将图送给在下,在下勉为其难也会考虑收下的。"

她看着他,没了声。

她原以为他深夜来见她必是来讨还那《千嶂里》的,当然还不还他,她自有主意,却怎么也想不到会是这样的收场。发了好一阵愣后,她才讷讷地自言自语:"江湖传言,边国世子因为幼年一场大病,脑子有些痴傻,我以前认为世上传言多不可信,现在我相信了。"

"是吗?"边亦远唇角略勾,衔了抹似有若无的笑,"姑娘亦与我所想的有所不同,我原以为姑娘容貌与令堂肖似,性情也应相近。"

素菀一怔,继而心潮起伏:"你见过我娘?"她心中激动,忍不住站了起来,船舱矮小,一下便撞到了舱顶,引得船身一阵摇晃。

事出突然,素菀又未有准备,先是头上一痛,紧接着脚下一个趔趄,好在她及时挫腰矮身，才不至于摔倒。

边亦远抬起一手轻轻搭上矮几边沿，颠晃不停的矮几连同小船立刻安稳了下来。素菀颇感尴尬地坐下，方才一番动静弄得她十分狼狈，特别是若非她及时稳住前倾的身形，这会儿大约已撞翻了桌椅，摔进了边亦远的怀里。

这么一想，她的脸"唰"地红了。对面的边亦远却恍若未觉，好像什么事都不曾发生过，只唇边的笑意加深了："姑娘又问了一个问题，实在令在下有些为难呢！"

素菀心头暗恨，脸色一下由红转白，看向他的眼中不由含了怒气。这人分明是故意的，故意引起她的好奇后再诸多刁难。她强自平复下心神，沉沉吐字："答刚才的，你是否见过我娘？"

"见过，不过那已经是近二十年前的事了。"他漫不经心地觑了她一眼，"姑娘那时还尚未出世呢！"

素菀凝眉一想，明白了。边亦远显然与母亲当年有些关联，那笛曲和茶艺便是明证，然而即便他与母亲有何关联，自己与过去一切联系都已在当年那场的惨变中被斩断得干干净净，身世来历在这世上除师父外再无人知晓，而师父是绝对不会泄露的，所以边亦远能知道自己的身份，多半是因容貌而怀疑，他也说过她的长相肖似母亲，他既见过母亲，能认出自己也不奇怪。只是，以他的年纪，当年他见母亲时最多不过五六岁，自己更是还未出世，说不定母亲那时都还没有嫁予父亲……他会与母亲有着怎样的关联？还是说，有关联的不是他，而是他的……师长？

"家母过世亦有十年了。"她轻声说，"每当我想她时就会看看天上的星星，那样就会觉得她还在我身边。你吹的那曲子便是我小时候常听见她吹的，还有这桂花茶也是她常泡给我喝的。"

她抬眸看他，眼波清亮："我在梦中想了念了十年的东西，没想到会在今天晚上一起出现。第三个问题，这两样东西你从哪里学来的？"她实在好奇，若不问清，她怕是要好一阵子难以安睡了。

边亦远垂了眸，避开她的目光。她的眼睛太清太亮，他竟不敢多看。低叹一声，他答道："这两样东西都是学自家父。"

"你父亲？边王？"素菀迷惑了，"他认识我娘？我怎么不知道？"为何母亲从未提及？师父也从未说过？

"算是故人吧！"边亦远又轻叹了口气，"你当年年纪还小，有些事自然不知。"他也是近几年才慢慢看清弄懂的。懂了，却也只能一叹。

看到素菀脸上仍挂满不解，他笑了："这些事不是三言两语就可以说清楚的，下次有机会我再告诉你。"

素菀张了张口，欲待说什么，可最后又作罢了。

"姑娘还有什么要问的？"边亦远笑着问。

"你不是只答三个问题吗？"素菀不满地撇撇嘴。

"你刚刚不是已经问了第四个了，既然已经破例了，再多答一个也无妨。"边亦远拈起茶杯，慢悠悠移至嘴边。

素菀微一踌躇，双颊洇出浅浅红云，低声问："我……长得真的像我娘吗？"

边亦远一怔，一时忘了喝茶。灯光下，她肤白若明玉，秀致的眉目如淡淡青墨染就，一双亮眸却璀璨得像寒夜里的星子，令他不自觉地就想起了那个记忆中的人影。

他记得，那日天光云影下的初见，亦是唯一一次的见面。他昂首看她白衣宛然、一身清韵风华，好奇地以稚嫩的童音问她："你是谁啊？"

她并未觉得不耐，弯下腰，温和地微笑，认真答他："我叫宁然。"

驰隙流年，恍如一瞬星霜换[1]……

"像。"他对着素菀点头。

素菀轻轻"嗯"了一声，垂下眼帘，心里酸涩的痛意慢慢浮起。

小时，师父……呃，那时还不是师父，是谢叔，来家做客一见她的面便喜欢逗着她玩："两个神仙样的人怎么生下只小胖猪，莫不是捡来的吧！"她气乎乎地跑去向娘亲告状。娘亲摸她的头安慰她，我们家浣儿最是漂亮不过。

她仍觉不放心，脆生生地问："浣儿长大了会和娘亲一样漂亮吗？"在她眼里，娘亲是最美的。

娘亲笑着搂紧了她："会的，浣儿长得像娘，娘会看着浣儿一点一点长大。"

她高兴地窝进了娘亲怀里。

岂料，后来娘亲却对她食言了。再后来，她辗转千里，在北浮山下找到谢叔时，身子单薄如枯叶，谢叔红了眼眶，她却已没了泪……

卷三

"你怎么了？"边亦远注意到她的异样，见她低垂的面上神色有些黯然。

素菀缓缓摇了摇头，再抬首已平静如初："除了做内应外，你还要我做些什么？"一席长谈，又以《千嶂里》相赠，他的要求不会只有区区一件。

边亦远注视着她，目色亮了亮："姑娘心思通透，亦远确有一事相托。"

素菀静静地看着他，不言语，等着他具体说明。

边亦远却住了口，又深看了她一眼，然后伸指在矮几上写了几个字。

指落无痕，他写得极慢，素菀的目光跟着他手指的移动，一笔一划印入脑中，汇成一句话。一刹那，心头剧震，亦在同一刻敞亮通明。

边亦远写完并没有急着将手收回，而是抬了头定地看住她，目中一片灿华。

素菀眼中波澜起伏，但一双眸子却愈显明亮了。默然良久，她方沉沉吐气："你果真是个疯子！"她出身名门，幼承庭训，家教甚严，虽然后来因为家中惨变而流落江湖，可是那从小所受的教养却是深植骨髓，如此粗言对人，实在是绝少见的。

边亦远低低地一笑，他今夜先是被指为"痴傻"，后被骂作"疯子"，还是从同一人口中说出，倒真是难得。

"姑娘只需给我答复即可。"他说道。

又是一阵沉默。素菀细细计较着，要不要陪他赌上这一局？想到这事本来与她并无干系，可显然边亦远是一早就打算好了要拉她下水，不由心里恨得咬牙。

隐于袖中的手慢慢握紧，她沉声道："好！"这字像是从干涩的喉咙里直接滚出来的。


疏星朗月，灯影重重。

边亦远送素菀登岸："桑州城已非久留之地，姑娘事毕，可尽快离开。"

素菀回头看他，眼眸微微眯起："我知道了。"

边亦远长身一揖："偏劳姑娘了。"

素菀目色复杂地最后看了他一眼，转过身。

边亦远立在船头，目送她离去。

清冷的夜风中，青色衣袂翻飞。

注释:

【1】驰隙流年,恍如一瞬星霜换。——宋·张抡《烛影摇红·上元有怀》

阁二

## 第十九章　陌路逢

110

天下总有许多事能吸引很多人的注意,成为人们茶余饭后交谈的重要内容,例如宁国桑州每隔三年一次的集英会。

随着五月初九的到来,桑州城中对于这个话题谈论的热度也达到了顶点,不需刻意打听,不论是吃饭逛街,耳边总能听到有关集英会的消息,真假都有。

当然,也有那么一小撮人是例外,对这一盛会并不感兴趣。靳涵薇就是其中一个。素菀开始时还不是很能理解,以靳涵薇好玩好新鲜的性子怎么会对集英会不感兴趣,后来细想一下,也就想通了。集英会经过数百年的沿袭变化,性质已与初始时大不相同,现下受邀与会的士子虽也偶有耕读、樵隐之人,但绝大多数是各国权贵子弟、书香世家,靳涵薇自己出身王族,观其平日言行,却对这样的名门望族最是不屑,连带着自然也不会喜欢这集英会了。

果然,这一日,东门学宫正热闹,她却领着素菀驾车出了城,去游那位于桑州城外七八里地远的昙云寺。

说起来,这昙云寺并非宁国第一大寺,但绝对可以称得上第一名寺,它位于昙云山上,除了那宝相庄严外,更有一等一的好景致。靳涵薇早在靳都时便对其有所耳闻,今次来到桑州,她自不会放过这一偿夙愿的好机会。

只是料不到半路上出了点岔子。

当那条黑色人影从车后方迅速地钻进来时,她正惬意地窝在软榻上嗑瓜子。她本能地惊叫着跳起来,只是口才微张,身体才刚动,对方一记手刀劈来,那声惊叫便卡在了喉咙里。临昏迷前,她模糊地想着,来人好像是个女的。

车厢内发生的变故只在短短一瞬,引起的动静也极小,前头驾车的素菀却立时觉察到,不过她到底是晚了一步,回身掀开车帘子时,但见靳涵薇已闭了眼软倒在一旁，她边上弓身半蹲着一个妙龄女子，身穿黑色暗红边的箭袖劲装，头上以黑玉环束发，容貌冷艳。

她将手中匕首抵在靳涵薇颈下，眼中有冷光闪过："驾车回城，不然我杀了他！"

素菀盯着她，点了点头："你别伤害我家少爷，我听你的就是。"

真是飞来横祸！素菀暗道倒霉，下车兜转车头，沿着来时的路再驾车往回赶。才行得小半里路，便听到后面"嗒嗒嗒"的马蹄声传来，听声音，来速甚急。

这回怕是招来了个大麻烦！素菀心里又是一叹。果然，接下来就听到车厢内那女子轻轻"噫"了一声。

"别让他们进车厢搜查！"她冷冷吩咐道。

素菀眉头皱了皱，握着马鞭的手也紧了几分。

车后骑马的人很快就赶了上来，前后一共有三骑。看他们飞速地超过了马车，未作停留，素菀心下稍松，怎料其中一骑在掠过马车十余丈后却突地前蹄一抬，马身一转，停在路中央。随着他停下，其余两骑上的人也急忙拉住马缰，止住去势，而后驱马跑了回来。

素菀心里一突，见他们横在路中，无奈下只得拉住缰绳，将车子停了下来。

"几位为何挡住道路？"她看着马上的三人道。

先停下的那一骑上的灰衣男子显然是三人中领头的，他边打量着素菀边问："敢问这位小兄弟有没有看到过一位穿黑衣的年轻姑娘？"

素菀摇头："没有。"

灰衣男子直勾勾地看着低垂的车帘又问："在下能不能检查一下小兄弟的马车？"

这一言已是极为放肆，素菀双眉微抬："我家少爷不喜人打扰，请各位让路。"

"是吗，那还是由在下亲自与你家少爷交谈一下，说不定他愿意通融呢！"灰衣男子驱马走到车前，不客气地伸手来掀车帘。

好霸道的家伙！素菀本来对这伙人与那黑衣女子间的纠葛并无兴趣，也不晓得他们谁是谁非，但现在见那灰衣男子如此无礼，反倒有些怒气上来。她倒转马鞭，轻轻在那灰衣男子的手腕上一搭。

灰衣男子眼角瞧她马鞭拂来，轻飘飘的似毫无力道，嗤笑一声，浑不在意，一只手仍旧向着车帘探去。

在他手指触到车帘的同时，马鞭也搭上他的手腕。

好似臂上的血脉生生被截断了一般，整条手臂自指尖到肩肘全然麻痹，灰衣男子的脸色瞬时变得比他的衣服颜色还要灰白，他转头惊愕地看向素菀。虽然也有疏忽大意的原因在内，但那般高明的功夫实在不像是会出现在这样一个少年郎身上，更何况这个少年还是一副小厮打扮。

素菀抬眸淡然地瞥了他一眼，轻浅开口："我家少夫人亦在车中，妇道人家不便与先生相见。"马鞭随手一转，便轻巧地将灰衣男子的手推离了车帘。

"请先生毋要强人所难。"她收回马鞭，表情、语气如常，毫无丝毫波澜，只瞟向对方的那双瞳眸幽光内敛，亮若辰星，"还请先生让路。"

她的马鞭刚离身，灰衣男子顿觉手臂恢复了知觉。他呆了一下，面上惊疑之色愈浓。这人是什么来头？一招便可让他一条手臂如同废了一般，而他敢在得手后又放开他，也说明他有足够的把握再次制住自己。

他掂量了一下双方实力，挥手示意手下退开，勒马踱到路边。

"多谢！"素菀略略颔首，扬鞭纵马奔驰起来。

未到城门，素菀远远望去便觉气氛异样。

今日出游昙云寺，她与靳涵薇辰时二刻便已出门，出城门时城门口虽也有守门的士兵，但那也只是例常的守备而已，可看现在，情况显然已在短短一个时辰中发生了巨大的变化。

不仅守城的兵卒增加了，而且在城门口设了路障关卡，更有大队的禁卫军往来巡逻，再看进出城门的行人，均要经过细细排查，而且只见人进，不见人出。

发生了什么事？

素菀拉住缰绳，侧头对着车帘子说："姑娘，到城门了。"

"进城去东门学宫。"黑衣少女刻意压低的声音透帘传出。

东门学宫？她要去参加集英会？还是……素菀感到事情有点不简单了。

"怎么还不走？你不认识路吗？"车内黑衣少女见车子还不动，催促道。

素菀稍作犹豫："姑娘，进去恐怕就出不来了。"

"什么！"车帘被挑开了一条缝。

"糟糕！还是迟了一步！"黑衣少女看清了城门口的异常情形，语声由冷淡转为急促，兼带着些焦虑紧张，"他已经动手了！"

素菀瞅了她一眼，不动声色地问："姑娘还要进城吗？"

黑衣少女静默了片刻，咬牙道："进！"

"那姑娘自己一人进去吧！"素菀垂了垂眸，"我和我家少爷就不奉陪了。"

黑衣少女稍感诧异，将车帘的缝挑得更大点，移目看她。

素菀也抬眸直视着她。

两人目光相接，黑衣女子心中一凛。

她考虑了下说："那你带你家少爷下车吧！这马车我要了。"回身准备将犹自昏迷的靳涵薇拖至车门旁。

素菀讶然，上次已经见识过抢劫的了，没想到事隔一个月，居然又能重温一下，但上次和这次反差怎么这么大，人家绿林劫匪那是横刀立马、满脸恶相……呃，不论阵势还是表演看去均十分敬业，可眼前这位漂亮小姐，怎如此轻描淡写，好似要了人家一辆车加一匹马就和要了人家一根葱一样。

她觉得很有必要再和她商量一下，于是出声叫住她："等等！"

黑衣少女应声回头，却见一点寒光朝自己射来。她急切间扭身可惜还是未能成功逃脱。

"你……"看见银针不偏不倚地刺在自己的穴道上，她震惊不已，"你会武功？"

素菀微微一笑，上前补了一指，封住她的哑穴："不然你以为刚刚那三个人为什么会放弃搜车？"

黑衣少女怒目盯着素菀，一双眼瞪得又大又圆的。忆及她偷上车时素菀就能即刻发觉，没有武功的人感觉怎会如此灵敏，她懊恼起来，那个时候她就应该猜到他会武功才对，可惜她心神不定，居然没有想到这一点。

素菀看着她，轻叹一口气："我本无意与姑娘为难，奈何姑娘不晓得见好就收的道理，如此只好得罪了。"想想今天居然跟人动了两次手，她摇头又叹了一口气，若非迫不得已，她是不会贸然出手的，只可惜，这马车中藏着的东西实在不能让人知道，更加不能丢……

确定黑衣少女再无反抗能力，素菀将车行到一个僻静处。方才她封穴用的是银针，不需太久这黑衣少女就可冲破穴道，这里四野无人，把人放在此处应该不会出什么事。

113

她重新钻进车厢,一抬眼,便见那黑衣少女脸上怒火腾腾,两眼动也不动,像钉子一样死钉在自己身上。素菀唇角微扬,贴近她,一伸手,把她抱入怀中。

黑衣少女大惊,张了张口,却什么声音也发不出,身子更是半点都动弹不得。感觉对方的手环上了自己的腰,她在心中大骂,这个小子若敢无礼,我非挖了他眼睛、砍了他手足、一寸寸地剐下他身上的肉……到现在她方晓得害怕……

素菀将她抱出车厢,低首看她满脸通红,一副恨不得宰了自己的表情,莞尔一笑,当下,手一松,脚一抬,一脚将她踹下了车。

午时初刻,日光正盛,桑州城却一扫前两日的繁华兴旺,变得冷冷清清,以往挤满街道两旁的小商小贩全都没了踪迹,连行人也少了许多,即使偶有路人亦是形色匆匆,一切的一切都显示出城里发生了大事。

不知是错觉还是什么,素菀觉得此时的桑州城就连狗吠声都比前两日轻了许多。

将马车驶进一条隐蔽的小巷,在一户宅院的门外停下,她卷起车帘,向着车内问道:"秦姑娘,是这里吗?"

车帘后现出一张苍白的脸,正是先前被素菀踹下车的那个黑衣女子。她挣扎着从软榻上爬起来,素菀见状忙扶住她。

"是了,应该是这里没错。"她探头看了看车外后回答。

"呃。"素菀扶她依旧躺好,跳下车准备去敲门。

"等等!"秦怀锦叫住她,"你从墙上进去,先探探情况,我怕事情会有变化。"

翻墙? 素菀眉头不易察觉地向上轻挑。真是不错,不错……这秦怀锦自己做强盗尚嫌不够,还教人做偷儿,都怪自己一时心软,惹麻烦上身。

半个时辰前,她将秦怀锦扔下车,正准备扬长而去时,眼角瞟到她一脸羞愤和凄然,眼中却显出决绝之色。她暗叫不好,急忙冲下车,将她身上的银针拔除,但这时秦怀锦已经面如白纸,汗湿衣襟,嘴角也涎出了鲜血。

"你不要命啦! 这样强行冲穴,不死也得重伤!"素菀低叱,搭住她的手腕,察看她的伤势。

她的银针封穴的功夫学自母亲,后来又经师父悉心指导,精妙非常。这次她手下留情,只使了三分力,下针的地方又巧妙,过不了一盏茶的工夫,秦怀锦被封的穴道便会因血脉流走而偏离银针所扎处,届时穴道自解,可这一身黑的家伙偏偏自己强行冲穴,银针封穴不比真气封穴,强行冲穴不仅不可能解开穴道,反而会因此受重伤。

"我要进城找他。"秦怀锦挣开素菀的手,想要自己站起来。

"什么?"素菀微怔,"见谁?"

见她摇摇欲坠地勉力走了两步即摔倒在地,她叹了口气,上前扶她:"你伤得很重,怎么可能自己走进城?"顿了顿,终究心下不忍,说道,"你的伤也算与我有关,你随我走,我来为你疗伤。"

"不用你猫哭耗子假慈悲!"秦怀锦一把推开她,同时再次摔倒在地,她趴在地上,抬头看向城门方向,红着眼说,"就算死,我也要爬进桑州城!"

素菀慢慢站起身,看着她,摇了摇头:"姑娘要承认自己是耗子,在下不介意,但在下并非是猫。在下姓舒,敢问姑娘芳名?"

"我叫什么与你何干!"

"是没什么关系,不过立墓碑时总不能空白着在那里吧!"素菀淡淡说道,"你这样子,只怕还没进到城门就会断气!"

"你!"秦怀锦回头瞪她,却只看到天空射下的点点白光逼进眼中,紧接着又是一阵头昏眼花。

"我不能昏……"头越来越沉,她呢喃起来,"在没有见到他之前,我不能昏、不能昏……"

"你究竟要去见谁?"素菀俯身看她,声音低婉,循循善诱。

"纪晟……"

"纪晟?"素菀重复道,"那你又是谁?"

"淮国秦怀锦。"

"淮国?你先前说要去东门学宫,你想做什么?"

"阻止纪晟……他要刺杀边国世子……"声音渐低,秦怀锦终于晕了过去。

刺杀边亦远!素菀一惊,难怪桑州城一下子变得戒备森严,许进不许出,原来是因为集英会上边国世子被刺!难怪那晚相见时他说初九不能来见她,原来是因为他早就知道有人要在那天来刺杀自己!难怪……

淮国、集英会、边世子……

哼！原来如此！

掌心贴上秦怀锦后背，缓缓将内力度入。

少顷，秦怀锦悠悠醒转。

"我陪你进城。"她一睁开眼，便看到"他"展颜笑着，对她如是说。

## 第二十章　故人玉

随意目测了下，素菀脚下一点便轻松跃上墙头。

说起来，翻墙这活也不是第一次做了，上次和靳涵薇离宫时，爬了宫墙，因为不能用轻功，最后借助的是飞索，而这回显然要比上次容易许多。这座宅院的围墙虽然也不低，不过比起宫墙来可差得远了，何况这次还不必伪装成不会武功。

院子里静悄悄的，只有一树槐花胜雪，枝头花簇浸染着阳光的色彩，一片欣然。廊下屋子的门窗紧闭着，看不出里面有无人在。

素菀跃下墙头，慢慢走过去，尝试着推了推屋门。

门未锁，轻轻一吱声便敞开了，门内却无人应声。

素菀眉头微拢，想了想，终究还是启步迈入。

室内光线昏暗，素菀刚从阳光底下走入，一时间眼睛略有不适，下意识地眯了起来。

就在这时，身旁的空气微有震动，三尺青锋挟着一团冷冽的白光从昏暗中突现。好在素菀入门之初就提高了警觉，旋即侧身一避，但见眼前一点剑光漫开，一招未尽，第二招已至。

出招无声，剑势迅急，偷袭者的剑法显然已是一流高手的境界。

素菀脚下一移，往后退开。她的动作亦是极快，可惜却未料到身后是一张桌子。腰间猛地撞上了桌子，身形一滞，前面剑光已然迫至，急切间，她只得往桌上旋身一翻。

"嘶"的一声，身体是安然落在桌后了，可左手半幅衣袖却留在了桌上。

不能不出声了，素菀叫了起来："且慢动手！阁下可认识秦怀锦？"

"锦儿？"剑光一凝，"你是何人？"

素菀缓了口气："秦姑娘就在院门外，你是纪晟？"这样的剑艺确实有做刺客的本钱。

她这时已适应了室内的光线，不由抬头越过剑光向持剑的人看去。

对方也正好凝眸看她。

目光交触，两人俱是一震："是你！"

原来纪晟就是纪丰，今日果然是意外连连……

素菀回过神后道："我带秦姑娘进来见你。"

纪晟压下心头疑惑，点了点头，把剑收回。

素菀拾起断袖，绕过桌子便向门外走去。纪晟刚想跟在她身后出去，眼风忽然注意到桌面上的一样物什。

他伸手将它拿起。

这是……眼中陡然亮了起来。

一隔十年，他终于再次见到了当年亲手赠出的玉佩。

"凤吟血玉……她是绮容？"他紧紧将玉佩攥入手心。

素菀打开院门，秦怀锦正满脸焦急地半倚在车门边，一见到素菀便张口急问："他在不在？有没有受伤？"

她与素菀一进城后便打听得清楚，边国世子果在集英会上遇刺，受了重伤，生死未明，而刺客则在刺伤边国世子后突出重围，逃匿了。因为边世子身份高贵，又是此次集英会的贵宾，现他在会上遇刺，桑州城上下甚至宁国上下立刻如临大敌，封锁全城，广派官兵搜捕罪犯。

秦怀锦虽然对素菀突发好心心存怀疑，但考虑到自己伤势颇重，行动不便，只好姑且相信她一次。她猜想纪晟此番行刺，纵然侥幸逃脱，但也很难全身而退，必然会躲起来，于是引了素菀到纪晟一个隐秘的藏身处查看。

素菀低头看了看自己左手只余一半的衣袖，有些郁郁地道："他在，至于有没有受伤，按我看，即使伤了，一时半会间应该也死不了。"

秦怀锦懵了："那究竟是伤了还是没伤？"

"你待会自己问他不就行了。"素菀没好气地扯过马缰，将车拉进院子。

"你的衣袖……"秦怀锦这时方注意到素菀的衣袖少了一大截，但她一句话未问完却被另一样东西吸引住了目光。

短了一大截的衣袖自然遮不住整条手臂,但见皓腕如玉,肤若凝脂——

"你是女的?!"秦怀锦脱口惊呼。

"我……"素菀掩了掩手臂。

"她与你一样,都是女子。"横里一道声音插入,素菀回头,正是纪晟出来了。

"纪晟……"秦怀锦眼中一热,她一路上心心念念的便是来见他,等到此刻真见着了,她反倒不知该说些什么了。

"锦儿,不是送你走了,你怎么又跑回来了?"纪晟看到她却皱了眉,一句话就浇灭了她眼中所有的热度。

秦怀锦原本苍白的脸更显惨败:"你当然不希望我回来,可我偏不让你如意!"

纪晟方觉她脸色有异,眉头又皱上了几分:"你受伤了?"

"不关你的事!"秦怀锦哽着声道。

"是我不好,误伤了秦姑娘。"素菀歉意道,心里揣度着眼前这一男一女的关系,未见到纪晟前,她还以为秦怀锦如此不惜性命来见的必是她的亲朋或是爱侣,但看眼前的情况,似乎又不太像。

自出现在院中的那刻起,纪晟虽是一直看着秦怀锦,但其实他的目光一刻也未落下悄立车旁的素菀。听到她的回答,他终于正面直视她:"你们二人怎么会遇上的?你说误伤了锦儿又是怎么回事?"

"只是陌路偶遇罢了,至于具体情况——"素菀看了眼秦怀锦,"纪公子不如待治愈秦姑娘的伤后再慢慢相询。"

纪晟点头,秦怀锦却冷哼一声:"我不要他治!"

"那就由我来治吧,姑娘的伤势不宜再拖了。"素菀温言道,望着车厢,她又踟蹰了一下,"只是小姐也还昏迷着……"

"小姐?原来你们两个人都是女扮男装。"秦怀锦斜睨了她一眼,冷哂道,"故弄玄虚!"

纪晟一言不发,冷着脸走到车前,伸臂一把抱起秦怀锦。

"你干什么!"秦怀锦一惊,叫了起来。

"疗伤。"纪晟言简意赅。

感受到他透衫而入的体温,秦怀锦一怔,随即奋力挣扎:"放我下来!我不要你治!"

119

"别动！"纪晟闷哼一声，加大了手上的力度，扣紧她，向着屋内走去。

"你也受伤了。"身后素菀忽地出声道，她没有错过他那低低的闷哼声，还有那突然转为急促的呼吸。纪晟脚下一顿。

"你受伤了？"秦怀锦惊愕，停止了挣扎，仰头看去，果见他额角微有细汗渗出。

"一点小伤而已，无妨！"他抬步继续向屋子走去。

素菀脸上浮起一抹淡薄的笑，回身进车厢去看靳涵薇——她昏迷了一个多时辰，也该醒了。路上她察看过靳涵薇的伤势，颈后一道乌黑，这位秦姑娘下手可真是够狠的，估计是真把这位娇公主当成了一个大男人。

低头看着靳涵薇，素菀又想起另一桩麻烦事，待会靳涵薇醒来后，她该怎么跟她说明这里的情况呢？总不能对她说，这两个人，一个是打得你昏迷半天的凶手，另一个是刺杀你未婚夫的刺客，而你的侍女则是会武艺的……

真是头疼！

抿唇想了片刻，她伸指点住了靳涵薇的昏睡穴。

还是让她多睡一会儿吧！她长叹了一口气。

等到纪晟再次踏出房门时，素菀正坐在院中的槐树下，她破损的衣袖已经补好了，现正拿着针线将一朵朵槐花串起，结成一个小小的花球。午后的日光透过疏密的枝叶，泼洒在她的发梢额角，清艳的色彩滟滟欲流。

枝上一树繁华，和风拂过，有几朵花瓣零落下来，她伸手一接，接至掌中，看了看，眼中忽然显出一丝笑意，将花瓣放进口中，细细品尝起来。

"尝尝吧，味道很好呢！"她抬头笑着对他说。

纪晟走过去，在她身边坐下："原来你还会做这玩意，手艺还不错嘛！"他指指她手中的花球。

素菀翻看了下花球，回忆道："以前在……府中，闲暇时常和同屋的姐妹做这个玩儿，好些日子不做，有些手生了。"她自嘲地笑了笑。

"对了，秦姑娘怎么样了？"她问。

"已无大碍了，就是这几日需安心静养，不得动武。"

"她肯让你为她治伤了？"

纪晟摇头："我点了她的昏睡穴。"

素菀微愣，继而忍不住低笑出声。

"怎么了？"纪晟有些莫名。

"没什么。"素菀笑着摇了摇头，"我只是在想，点昏睡穴果然是个好方法。"

见纪晟仍脸带不解，她也不想再多作说明，便岔开话题道："是你送秦姑娘出城的吧？"

纪晟叹了一口气，点头："我今早特意派人送她离开，不曾想她还是偷跑了回来。我该想到的，以她的性格是绝不会乖乖就范的。"

"她很是关心你。"素菀想起秦怀锦拼死也要冲破穴道回城的情形，有少许感叹。

"你别误会，我与她只是普通朋友，嗯，或许比普通朋友要好一些，但绝不涉男女私情。"纪晟听了她的话，却忽然有些急切地道，"一直以来，我都是将她视作小妹的。"

素菀一怔，稍感奇怪，他说这些做什么？就算她误会了秦怀锦与他的关系，他也不必急着向她辩白啊，她与他不过数面之缘，基本上还算是陌生人。

纪晟瞧见素菀的神情，猜到她在想什么，微感不好意思，默了片刻，讷讷地转了话题问："你是怎么会误伤锦儿的？"

素菀想了想，答："她急于回城见你，欲抢我们的马车，还打晕了小姐，我一时错手就伤到了她。"

事实上是秦怀锦自己强行冲穴才会反噬到了自己，纪晟在刚刚替她疗伤时就已经觉察到了这一点，但既然素菀不想将事情吐实，他也不便刨根究底。

他叹气道："这丫头总是这么莽撞，还请姑娘莫要见怪，我替她向你道歉。"

"你不怪我，反而向我道歉？"素菀侧首看他。

纪晟摆手："错不在姑娘，是锦儿先动的手，姑娘只是出于自卫，我又怎会不分青红皂白地怪责你，说起来，我还要多谢你将她送至这里。"

素菀笑了笑说："将人送来这里又不是什么好事，桑州城现在许进不许出，官兵又在四处搜索，在城里可比留在城外危险多了，而且——"她顿了顿，目光亮亮地看着他，"你不怕我是另有所图？"

纪晟一愣，随即笑着反问："你会吗？"

素菀挑了挑眉："那可说不定。"

纪晟长声而笑。

素菀也跟着笑了起来："好了，人已送到，我该走了。"说着，她站起身。

"你是要回水外楼吗？"纪晟也跟着站起问。

素菀点头："现在出不了城，当然只能先回客栈再说。"

"抱歉，为了帮锦儿致使拖累了姑娘。"纪晟低了低头。

"没什么。"素菀不以为意地摇首，"若是我想出城，应该还是办得到的。"

纪晟笑着点头："我倒忘记了，你能制住锦儿，又能躲过我的快剑，武功自是不弱。"

素菀垂眸看了看衣袖上刚添的一道缝口，语带黯然："最后还不是没躲过，而且你还有伤在身。"

"那是因为你失了先机、地利，若真打起来，胜负还不一定呢！"纪晟诚恳道。

素菀看着他，注意到他脸上带着些倦色，应是替秦怀锦疗伤又耗费了不少真气，于是问他："你的伤势如何了？"

"无妨！"纪晟随口回答，转头却见她那一双清亮的眸子一瞬不瞬地注视着自己，仿若一切都躲不过她的眼，只得又老实补充，"胸口中了一掌，肩上伤了几处，不过我已用了药了。"

素菀轻点头："那就好，我走了。"

"等一下。"纪晟拦住她。

素菀回头一视。

纪晟踌躇了一下，有些不好意思地询问："能否请姑娘再帮一个忙？"

素菀微愕，道："你说吧！"

"我不能在此地多作停留，不知能否请姑娘在此多留一夜，替我照顾锦儿？"

素菀心思通明，看来他是怕继续留在这里会连累到秦怀锦，所以预备连夜离开，甚至逃出桑州……

心里略作计较后，她颔首答应："好的。"

"多谢姑娘。"纪晟拱手一揖。

"举手之劳，算是报答前日纪公子赠药之恩。"素菀侧身回礼。

纪晟听她提及前事，笑声道："那日是我故意捉弄在先，药方乃是用来赔罪致歉的。"

素菀微微一笑:"不知道这算不算是不打不相识?"

纪晟朗笑说:"当然算,你我今日不是才打过一场? 对了,这是你掉的吧?"他递过半月形的玉佩,留意看她的表情。

"咦,怎么掉了。"见到玉佩,素菀双眸一亮,惊喜地接过,用指尖擦拭了下,一直被纪晟握在掌中,玉佩已是温热,"谢谢你,这玉佩乃是故人所赠,而且事关一个承诺,如果遗失了就糟了。"

纪晟眸光一动,看着她的眼中显出几分热切:"我能冒昧地问一句,这玉佩是何人送你的吗?"

他心潮涌动——她难道真的是绮容? 当年那个救过他的小姑娘? 当年他离开之后也曾回去找过她,可是却怎么也找不到了……一别十数年,她怎么会成了别人的侍女? 她这一身武艺又是从哪儿习得的?

素菀婆娑着手中的玉佩,黯然答道:"是我的一位朋友送我的,这是她的遗物——"

"遗物?"纪晟出言打断她。

他的声量陡然一高,素菀错愕地抬头看他,但见他眼中写满了惊疑。"是的,怎么了?"她犹疑着问。

"送你玉佩的人是男是女?"他追问道。

"女的。"素菀回答。

纪晟脸色大变,顿感呼吸一滞,隔了好一会,他才再次艰难开口:"她叫什么名字?"

素菀犹豫了一下,心念忽有所触动:"她叫绮容,方绮容。"她一动不动地观察着他对这个名字的反应。

倒退了一步,纪晟难以置信地看着她,目中有如坚冰裂开,一颗心似掉入了万丈寒潭。他张了张口,却说不出话来。

怎么会是这样的结局? 怎么能是这样的结局!

他背过身,沉默了半晌才涩声问:"她……是怎么过世的?"

素菀一直紧紧看着他,将他的所有反应收入眼中。自此,她再无怀疑。

纪晟、纪晟……晟……

她闭上眼,默念道,绮容,我找到你的晟哥哥了……你看到了吗? 他真的并未

123

卷三

忘记你……

一刹那间,她心念电转,再次睁开眼,眼中重又是一片清冷的明澈。

"我与她都是靳王宫中的宫女,专职照料御苑花木,因为同住一房,所以比起其他人要亲厚些。两个月前,她有一次干活时不小心浇死了一株靳王最喜欢的珠兰,然后就被罚在雨中跪足一天一夜,待她回来后便发了高烧,拖了几天就去了。"扣紧手心处的玉佩,她平静答道。

"靳王宫的宫女?你与她?"纪晟惊讶回身,他原先也对素菀的身份多有猜测,但却怎么也料不到她居然出身宫廷。

素菀点头:"我这次乃是私逃出宫。"

"我该怎么相信你所说的属实?"他盯着她的眼问。

"凭她临终时对我说的一个故事,和故事中的一个人。"素菀坦然与他对视,"我想那个人就是你,对不对?"

"晟哥哥……"她张口轻轻唤道。

闻言,纪晟的双肩终于垮下,看向她的眼眸中是死一般的灰白。

四

"你醒了？"

"咳……"秦怀锦用力撑开沉重的眼皮，眼光渐渐聚起，看着坐在床边的人，她舔舔干燥的嘴唇，涩声问，"他呢？"

"这是他给你的留书。"素菀将一张纸笺递予她。

"呵……"秦怀锦盯着纸笺，咧了咧嘴，欲要笑却先引得一阵咳嗽。

素菀静静地看着她，待她喘息平复。

良久，秦怀锦的眼角一直笑出了泪花："他还是走了。"

"他若留下，如果有什么事发生，你将被卷入其中。"终于还是忍不住解释了一句。

秦怀锦定定地看着素菀："你这么以为？还是你知道了什么？"

素菀目光微垂："我怎么想的或是我知道些什么并不重要，我只是受人之托，将东西交给你。你如今身上的伤已无大碍，只要再静养数日，便可痊愈。"

秦怀锦默然片刻，忽然从床上坐起，披了外衣便往门口走去。

素菀冷眼看着她："你是要去城门找他吗？这个时辰，他要么已经出了城，要么就……总之，一切皆已尘埃落定。"

秦怀锦猛然转回头："你——"

"我说过，我知道些什么并不重要。"

秦怀锦目光一转，下额微抬："那我要去哪里，也与你无关。"

"如此执著，又是何必。"素菀轻轻一叹。

秦怀锦皱眉看她："你送我回城来究竟是为了什么？别告诉我，你是突发好心。"

素菀瞥了秦怀锦一眼，从她身边走过，推门驻足。小院内夜风拂过枝头，其声如诉，空气中一股幽幽浅浅的槐花的香气弥散开来。

抬头，半天上，弦月如钩。

月光溶在她眼中，仿佛一池碎波。她淡淡笑开："萍水相逢，凡事想得太清楚未必是个好习惯。

"你如果真的想跑去城门，我无意阻拦你，但我答应过纪晟要照顾你一晚，所以——"她回首看她，"今夜我是不会让你出这院门一步的，你要去，便待天明。"

秦怀锦一怔，良久方道："你收了他什么好处？还是……"她看着她，眼中疑惑满满，"你究竟是何身份？"

素菀又是淡淡一笑："都说了不过是萍水相逢，我不问姑娘的身份，姑娘又何必来问我的身份呢！"

秦怀锦闷哼一声，坐回到床上，恨声道："我现在不是你的对手，但等我伤好了，我一定不会放过你！"

"悉随尊便。"素菀随口应道，踱回到房中，负手守在她边上。


第二日天明，素菀带着靳涵薇离开小院。

与秦怀锦对峙了大半夜，一直到临近五更时，秦怀锦终于抵不住倦意睡去，她则正好乘机脱身。回到水外楼后，她解开靳涵薇的穴道，算起来，这位靳公主已经昏睡了近十个时辰。

靳涵薇醒来，果然什么都不记得，记忆还停留在晕过去前的那蒙眬一眼。素菀粗粗给她讲了一遍遇袭的事，当然之后与秦怀锦见纪晟等事都略过不提，只道歹人抢了财物便跑了。

靳涵薇抚着仍有些发痛的后脑勺，终于真切地感受到了民间的不太平，所以后几日她再无聊，也不再闹着素菀要出去。

素菀也乐得让靳涵薇心中后怕，这样这个温室中的公主便可以安安静静地呆在房间，而自己则可以借着给靳涵薇抓药压惊的机会，去会会边亦远，她实在有着颇多猜测，他经历那场刺杀，现在到底情况如何？

只是闹出这么大的动静，桑州官兵一下子增加了许多，城中戒备森严，到处排查刺杀边国王子的刺客，连水外楼也来过好几拨搜查的官兵，而国宾馆边亦远的落脚处更是三步一哨。

素菀站在树荫下，观察了半天，那幢光鲜的建筑实在找不出可以于夜间出入的破绽。

看来，唯今之计，只能等。

可是，未曾想到，还未等来去见边亦远的机会，却先等来了另一个意想不到的人。

刺杀事件后第三天，靳涵薇照常在房间里转悠来转悠去，嘴里不停地念叨着无聊诶无聊，素菀则在一旁静静地摆弄着盆栽，想着自己的心事，边亦远那边，虽结了盟，但未看到紧要的作用，所以对他的伤势也没有那么迫切的想望，只是有些懊悔当时没有向纪丰旁敲侧击。

"素菀，你说，我遭劫那天，是哪个日子？"靳涵薇顿下口中的念叨，一个兴奋，来到素菀跟前。

素菀一愣，这个公主不会现在要开始追究？"禀公主，那是三天前，五月初九，集英会第一天。您觉得无聊，提议去郊外采风，以致遇的袭。"

靳涵薇眉峰一跳："素菀诶，你莫不是暗示我这是自惹的，嫌我不安分？"

素菀微低下头，淡淡应道："奴婢不敢。"

靳涵薇眉峰又是抖地一跳："好你个素菀，桑州的水，集英会的氛围，让你胆子也大了，敢这样冷讽本宫。"

素菀知道靳涵薇孩子心性，对奴才甚是宽和，这句言语不过是她调笑，于是顺着她的心思，也调剂一下生活，配合靳涵薇闹一闹："公主，如果这个小贼能让您认识到自己的不足，奴婢觉得真应该需要去谢谢佛祖。你我两个弱女子，你也敢这样只身在外，您胆子大，奴婢可是快承受不住了。"

靳涵薇一怔，忽觉得素菀说得甚是有理。以前自己呆在宫中，从不知民间险恶，在宫中看的诸多游记，也都只写到风光如何旖旎，山河如何壮丽，民风如何纯朴，可真当自己出了宫，未多久居然已经遇上了两次打劫。原还以为自己离了王宫这个牢笼便可以自在逍遥，却不想，世上的美好，都经过了过滤。

"公主？"素菀见靳涵薇突然沉默，觉得奇怪。

靳涵薇张口道："素菀，我觉得很抱歉，将你从宫里强拉出来，又让你遇到这样的危险。我知道，在宫里，我会很安全，可是我不想一辈子都呆在这么一个呆板枯燥的地方,更不愿成为父兄政治的牺牲品。所以我不想回去,不想从一个牢笼进入另一个牢笼,然后一辈子都呆在其中!见多了宫里妃子们的寂寞,我只想有个平淡的人生——终日有一人相陪,抬头便能看到他的身影,转身就可感受到他所带来的安全,夜里不用孤单入睡,睡不着时他会陪我说说话……

"出身王族,我知道这是痴心妄想,但是,我真的向往这么单纯的生活!我害怕孤身一人,这么多年了,虽然父王和王兄都疼我,但他们总有太多的事情要忙,他们心里装了太多的东西,而我只占其中一个小小的角落……"靳涵薇凝视着桌上的茶杯,絮絮说道,"而宫女们,她们又只会奉承我,孤单寂寞了太久,现在我终于有了可以自由飞翔的机会,我自私得不想放弃。"

"公主……"靳涵薇这一番话说得甚是至诚感人,素菀冰冷的心,也不免有些温暖。虽然人生的境遇不一样,可是素菀多少能理解这种孤独,多年来,没有亲人在陪,没有亲人呵护拥抱,夜晚一人抵御黑暗时的那种无助,泪溢出眼眶时无人安慰的那种酸楚,自己都经历过。

"素菀,你会陪我吗?"靳涵薇眼里隐有波光,语气轻柔,执起素菀的手,期盼素菀回答。

素菀凝眸,极静极深地看着靳涵薇:"嗯。"不管将来形势如何变化,她将来会是如何对待靳涵薇,最起码这一刻、这一个承诺是发自内心的,是真诚的,这承诺,不仅是对靳涵薇的怜惜,也是素菀对自己的伤怀。抛却了将来两人可能会有的对立,这一刻素菀对靳涵薇的心是纯净的。

有了素菀的应承,靳涵薇一扫方才的忧伤,重展笑颜:"素菀,你说奇怪不,五月初九,集英会上边国王子遇刺,而那天,我们在郊外也碰到宵小,你说这两件事是否有关联?"

靳涵薇总是在不经意间让人大吃一惊,之前还是一副不食人间烟火,伤春悲秋的女儿情态,现在马上换脸,展现自己敏锐的一面。在人心叵测的深宫,耳濡目染,靳涵薇若真是一派天真,素菀才真正要嗤之以鼻。

"公主,两者时间确是相近,只是虽然公主与边国太子定有婚约一事四海皆知,但他们何以知道您就是靳国公主?"素菀踱步故作沉思状。她是知道事情原委的,不过是秦姑娘心急意中人,乱中找人,可若照靳涵薇方才的思路推究事件,本极偶然的事,便成了城府极深的计谋。

靳涵薇也凝眸细思起来："难道说他们早就知道了我的公主身份？同时对付边世子与我乃是为了破坏靳国与边国的联姻？而有这般心思的，便是那些因边靳两国联盟而让自己利益受阻的人……"

"淮国？北澹？"靳涵薇一语道破。

素菀轻轻颔首："刺杀边世子的确实很可能是淮国或北澹派出。天下局势，边国与淮国国力最强，靳国次之，若边国与靳国结盟，边国无疑将成为天下霸主，淮国又怎会让边国坐大，而北澹虎狼之辈，向来是中原北境之大患，其逐鹿中原的野心，路人皆知。"

素菀忽然想到自己一直来忽略了淮国。既然边国与北澹暗里已结盟，此次刺杀若真是北澹派出，那便是幌子，麻痹靳国；若不是，那便很有可能是淮国，联系秦怀锦的身份，这个可能性极大！边靳两国联姻，淮国便有些急了，是打算自己称霸，还是只单纯不想边国坐大，怕影响当前微妙的平衡？天下风云中，淮国将扮演何种角色？

想起那夜边亦远的言谈，显然他对此次的刺杀早有预见，那他对淮国是否也早就上心？他当初敢将《千嶂里》在靳涵枫的眼皮底下交至自己手中，可见此人的眼界与胆识，堪称人中龙凤。

"但对我们行劫的那匪徒除了打人与抢东西外，似乎没有另外的行动，应该只是一般的江湖恶徒。"素菀继续说，着意将靳涵薇的注意力自此事上移开，怕她再胡乱猜测下去，会以为自己是泄露消息的内奸，毕竟现下陪在靳涵薇身边的人只有自己，当是首先被怀疑的对象。

靳涵薇仍有些不安心，扑闪着一双大眼睛，问道："是吗？"

见靳涵薇仍处恐惧状态，素菀便尽量将事情往淡处讲："公主放心，若真有人欲置你于死地，不可能派功夫如此弱的刺客。这段时间我们尽可安心呆在桑州，一是现在桑州搜捕刺客，兵力大增，十分安全。二是刺客避免被抓，此刻必是正忙于出逃，或是已逃出，不会再轻易惹事。"

靳涵薇觉得有理，稍平复下来。可能就如素菀所言，一切只是猜测，自己吓自己而已。

"公主，先喝杯茶定定神。"素菀倒了一杯茶，端到靳涵薇面前。

靳涵薇端起茶杯，深饮了一口，人渐渐平静下来。素菀本是严肃的人，为了靳

碧華妃芳

涵薇重新开怀起来，不至怀疑到自己，搜肠刮肚，将平时其他宫女聚聊时的笑话，一一讲予靳涵薇听。靳涵薇本就是个容易快乐的人，忧愁忘得也快，听了几个笑话，情绪渐渐回复。

素菀看靳涵薇情绪稳定下来，于是提议去街上走走，感受桑州民风，上次只去过又一村尝酒，甚是可惜。靳涵薇闷了几日，听她一说，也有了兴致，欣然同意。

一天本可以这样过去，怎料，收拾间，靳涵薇一声咋呼。

"素菀，你过来看，看看那人，莫非我眼花了？"她半个身子探出窗外，一手还侧着猛招呼着素菀。

"来了。"看来，公主这几天是闷坏了，一个人竟也可以让公主这么兴奋。素菀不以为然地走过去，占了个位，顺着靳涵薇的手看去。嗯？靳涵枫？他怎么可能在这里？

"你看，那莫不是王兄？可是王兄怎么会在这儿，他不是回宫办事了。难道他来参加集英会？可是，并不见他往年来参加啊！"靳涵薇一连串的问题，也正是素菀想问的。可另一层，却是素菀担心的——莫非靳涵枫在彻查《千嶂里》时对她有了怀疑？难道那天搜书时，他只是有心放过自己这个饵，然后引蛇出洞，再一网打尽？靳涵枫有这样深的城府吗？自己又是什么时候露出了马脚？

心思千回百转，素菀面上镇定，可手心已出汗。

她继续向四周查看，然并未看到其他可疑之人。莫非此番靳涵枫前来乃是只身一人，未带贴身护卫？若是如此，却是为何？桑州虽属宁国，但各国表面仍维持着平，有礼节上的往来，别国王子前来，即使抓捕罪犯，也可光明正大进行外交磋商。虽《千嶂里》为各国野心人士所竞相争夺，但以靳涵枫的城府，当可编个冠冕堂皇的理由。

水外楼下，靳涵枫面色凝重，经过追查，要得知靳涵薇和素菀到了宁国相当容易，但目前自己不能在其他国家有太出挑的行动，他的情报网络虽发达，却还没深入到宁国。于是，从得知她们进了桑州城到进一步知道她们落脚于水外楼，花去了数日时光。

进了桑州，他也知道了一个消息，边国太子在集英会上遇袭，这件事与那件事发生得如此近，难道有所联系？看来，需要增派些影卫，在这里探查消息。

顿下脚步，靳涵枫抬头，看着水外楼的招牌，只觉得肩膀下沉，不觉叹气一声。

131

只知她们落脚此地，但还不知她们现下在不在房间内。最好不在，这样就可以不用那么快面对靳涵薇，不用看到她伤心的脸。

他步履沉重地踏入水外楼。小二见贵客临门，殷勤探前："公子，您这是要住店呢？还是来壶酒、吃上点小菜？"

靳涵枫看看楼梯，再慢慢地转向小二："小二哥，我想找两位年轻公子，他们落脚贵店，烦请你带我去他们的房间。"靳涵枫描述一番靳涵薇与素菀的长相，递给小二一碇银子。

小二机灵地打了个趔，眉开眼笑地接过钱，引着靳涵枫往靳涵薇的上房走去。

这厢，靳涵薇和素菀看着靳涵枫入了水外楼，更是确定此番靳涵枫是来寻她们的，只是——

不久前才分别，现又只身前来寻找，是出了何事？

## 第廿二章 梦终结

小二将靳涵枫领至靳涵薇的房前，便先行退下了。

靳涵枫看着闭起的房门，顿感踌躇，推开这扇门，一切即再无转圜。

正迟疑间，门却开了。

"世子。"门后是素菀浅浅的笑容，她侧过身让他进门。

"哥哥，你怎么会出现在这儿的？"靳涵薇迎上前来。

靳涵枫看着她，嚅了嚅嘴唇："薇儿，我……"他不知道该如何开口。

见他如此，靳涵薇停下步，眼中似喜还忧："你果真是为我而来？你怎么知道我在桑州的？"

"你来，是为了……"她不敢深想下去，下意识地退后了一步。她有些疑惑地看向素菀，这一路行来，她的身边就只有素菀，她的行踪也只有素菀知晓。

素菀微微摇首，她也不清楚靳涵枫怎么又找来了，不过，他此时出现，对己而言，反倒不是桩坏事。

正思忖间，靳涵枫已缓缓开口解说："我怕你们两个女子孤身在外会出事，所以一直派人在暗中留意着，近几日桑州城颇不平静，我出面来见你们便是想带你们离开。"

"离开？去哪里？"靳涵薇敏感地觉察他的语气有别平日。

靳涵枫沉默下来。

靳涵薇紧紧盯住他，追问了一句："哥哥？"声音已微有颤动。

靳涵枫垂下眼眸，不敢看她的眼。"回宫。"他轻吐，双肩垮了一垮。

霎时，房内一片寂静。

靳涵薇不可置信地盯视着靳涵枫的脸，良久，她嘶声问："为什么？放我离开青石镇时,你明明答应过我的!"

靳涵枫别过头,躲开她的目光,眸色黯然道:"边国那面不知怎么的知道了你逃离宫中一事,又派使者前来,明是催问婚期,暗是施加压力——"

"于是,你们就决定抓我回去和亲!"靳涵薇的声音陡然高了起来,情绪激动地质问道,"决定让我做回牺牲品!是不是!"

她冲上前去拉靳涵枫的衣袖,眼中蓄满泪水:"哥哥,你怎么可以这样!这样无情!明明许我一个自由,却又在转瞬间收回!明明让我看到了希望,却又马上亲手将它击打粉碎!"

靳涵枫任着她拉扯摇晃,眼里有着最深最沉的无可奈何:"对不起!"

"你这个骗子!"靳涵薇尖叫起来。

一直杵在一边的素菀见状急忙拉开她:"公主,别这样……世子也是迫不得已——"

"你为他说话!"靳涵薇转头怒目视着素菀,"你忘了谁才是你主子!吃里扒外的奴才!"

"够了!"靳涵枫抱头坐倒在椅上,无力道,"父王因为你的事已经病倒了,你还想怎么样!真要我们靳国为你一人而招致战祸吗?"

父王他……靳涵薇愣了一下,但随即又忍不住嗤笑道:"他是为了我才病倒的吗?难道不是为了《千嶂里》?"

"薇儿!"靳涵枫猛地抬头。

靳涵薇苦笑连连:"哥哥,我们都是父王的儿女,他是怎样的人,我们心里还不清楚吗?他是疼我,但这样的宠爱不过是他闲暇时的一点消遣,是永不能和他的宏图霸业相比的!这一点,在母后过世那年,我们不就早已看清了吗?"

靳涵枫怔了一下,喃喃道:"我以为你那时还小……"

"七岁,也不小了。"她眉角一抬,继续说,"至于招致战祸,我靳涵薇也担不起这样的大罪名,你们男人没能力保家卫国,凭什么要我们女人牺牲!"

靳涵枫沉沉叹气:"我是没用,护不了家国亲人,也不敢违逆父王。"他顿声道,"但我今回必须带你回去,你若要恨,就恨我这个没用的哥哥吧!"

闻言,靳涵薇再次激动起来,素菀连忙牢牢拉住她的手臂。

"你已决定?"靳涵薇咬唇问。

靳涵枫点头。

"哪怕是带我的尸体回去？婚约一日不解除，我便一日不会回去，除非我死！"靳涵薇傲然抬起下颚。

靳涵枫痛苦地埋首在掌中，闷声道："薇儿，你别再逼我！"

"我逼你？"靳涵薇冷笑着说，眼泪再次滑下脸颊，"是你在逼我啊，哥哥！你怕在父王雷霆之怒下，你的地位会不保，怕他会传位给小弟，所以就选择牺牲我来讨好他！"

"别说了……"

"我知道，其实我都知道，但我真的不相信，不相信我最敬爱的大哥会是这样的一个人，不相信你会因为权势名位而牺牲我——你的亲妹妹！却还假托说是为了靳国！"

"够了！我叫你别说了！"靳涵枫从椅上跳起来，扬起手，却又攥成了拳，慢慢地颤抖着垂下。

"素菀，请你替公主收拾好东西，我明日一早来接你们。"靳涵枫侧过头对素菀说。

靳涵薇含泪看着他，一颗心彻底冷了下来。

素菀看了一眼靳涵薇，见她眼中泪花犹闪，心下有些不忍："现在桑州城许进不许出，我们能顺利离开吗？"

"我自有办法。"靳涵枫答道。

素菀犹豫了一下，终于点头："奴婢知道了。"

"那我先行去准备一切，你与公主就留在水外楼安心等待，还有，注意看好公主，别让她做傻事。"靳涵枫吩咐清楚。

"是。"素菀低下头，不敢再去看靳涵薇的脸色。

靳涵枫满意地点头，转身欲走，却听到靳涵薇突然出声道："素菀，连你也如此对我？"

素菀抿了唇，无言以对。

"呵！"靳涵薇冷笑不已，"原来这就是我自以为的亲信！方才还说会一直陪着我，转眼间找到了更好的靠山就将我出卖！"

"公主。"素菀忽然抬起头，眸澈如水，"素菀答应过的事绝不会食言，我会陪您嫁去边国。"

一语落地,房内的另两人都怔立当场,还是靳涵枫率先反应过来,他有些激动地拉过素菀:"素菀,你说什么!你要陪薇儿出嫁?"

"是的,还请世子允许素菀作公主的陪嫁侍女。"素菀平静答道。

靳涵薇心潮乍起,目色复杂看着她:"素菀,你……"她这又是何苦!

素菀慢慢抽回自己的手,看向靳涵枫:"求世子成全。"

靳涵枫想摇头,但看到素菀的眼中满是坚决,知道她决心已下。他张了张口,最后叹了口气,拖延道:"此事等回到靳国再议不迟。"只希望她到时能改变主意。

"嗯。"素菀垂下眸,眸底是重重的心思,自己这般一来,靳涵薇应该不会再抵触她,这一路上也会太平许多,至于陪嫁,呵,照边亦远的计划,靳涵薇应当是没机会嫁入边国的,那自己自然也无须陪嫁了。

"你何必如此!"待靳涵枫走后,靳涵薇平复下心情,开口道。

"公主,这是奴婢自愿的。"素菀低了低头。

靳涵薇一瞬不瞬地看着她,似乎想借此看清她内心的真实想法,沉默半晌后,她抬颔说:"如果你是为了守信,你大可不必这么做,本公主还不屑和一个婢女计较。"微一顿,她冷笑声声:"反正连血缘至亲都能够为了自己的利益出卖亲女、亲妹,被一个小小的婢女反口,又算得了什么呢!说起来,你也不过是'识时务者为俊杰'罢了!"

素菀依然低着头,语气平稳得未有一丝波动:"公主不屑与奴婢计较,那是公主的事,但奴婢只知言而有信,还望公主能应允奴婢他日陪嫁边国。"

"你……"靳涵薇又盯视了她一眼,蓦地甩袖转身,"既如此,我就如你的愿!"

"谢公主成全,那奴婢就先收拾东西了。"弯腰一礼后,素菀开始整理靳涵薇的衣服行李。

靳涵薇站在一旁,冷眼看着她。

素菀手脚麻利,很快将东西一一收整妥当,而后对靳涵薇道:"明日一早就得起程返国,一路上肯定又是车马劳顿,公主就请先好好休息吧,奴婢先行告退了。"退到门口,准备离开。

靳涵薇斜斜地扫了她一眼:"他不是让你看好我吗?你不贴身盯着我?"

素菀愣了愣，忽然微微笑了下："公主是想趁机逃走呢，还是真要自寻短见？"

"您不会的。"她摇了摇头，续道，"一个多月前，您可以坦然离开王宫、离开靳国，但现在您却不可以，回去已是唯一可走的路。"

"为什么？"靳涵薇一怔。

素菀垂下眼眸："公主想听实话吗？"

靳涵薇点头。

抬起眼，素菀眸色深深地看向靳涵薇："公主，依现下情况，您若不回去，便会使靳国上下面临战祸，如此是谓不忠；闻父亲病重，您却不回返看视，如此是谓不孝；享有公主的尊贵身份与地位，却不愿承担相应的责任，可谓之自私；不敢面对自己的命运，只会一味逃避与斥责他人，可谓之懦弱。公主如果真的一走了之，那您便会一生背负着不忠不孝的罪名，成为一个自私懦弱的人。"

一句一惊心，靳涵薇顿时面白如纸，她连连退后好几步，一双眼惊惧地看着素菀。

"奴婢失言了，但奴婢相信公主绝不是这样的人，也绝不会这样做。"素菀又是屈身一礼，而后退出门口，留下靳涵薇一人颓然靠倒在墙边。

她该怎么办！为什么上天就连一点点机会都不愿意给她！江湖梦终成结……

靳涵薇抱住头，痛苦地呻吟起来。


靳涵枫果然神通广大，也不知他在宁国方面做了什么安排，居然能够顺利带人离开桑州。素菀再一次对这个靳世子刮目相看，他暗中的势力绝不像她原先所想的那样简单。

出到城外十里，早有靳涵枫的一众下属在此等候，素菀识得那领头之人正是在青石镇上与她有一面之缘的丙寅。

为防变故，靳涵枫命日夜兼程赶回靳国。车马急催，去时靳涵薇和素菀花了一个多月走的路，回时居然只用了十余日就走完了。

五月二十七，一行人到达靳国化城。靳涵枫先派人回靳都回报，自己则带着其余人在化城驿馆停宿一宿。

急着赶路这么久，确实也该好好休息一番了。然而，是夜三更已过，靳涵枫却依旧辗转难眠。

索性穿衣起身，他下意识地走到隔壁院中，却意外看到素菀房中的灯还亮着。

他犹豫了一会，终于还是去敲开了她的房门。

"这么晚了怎么还不睡？"他问。

"明日便要回宫，有点睡不着。"素菀倚着门口道。

一时无语，靳涵枫沉默了下来。

素菀觉出自己据着门口，样子有些不庄重，但看靳涵枫似乎并没有立即走的意思，她踌躇了下，问："世子也睡不着吗？要不要进房来聊会？"

话出了口，她也觉得十分不好意思，脸上红了起来，深夜邀男子进房，不论怎么看，均是不合礼教的。

靳涵枫也是一愣，目光越过她，看向房内。要不要进去？他心中有些难决。

"世子？"看他良久不答，素菀轻唤道，脸上红云越来越盛。

软语如酥，靳涵枫心潮漾起，有些恍惚起来。一路上，因为急着赶路和刻意回避靳涵薇，他都未曾好好与她交谈过。

他微微颔首："好。"

除了靳涵薇的寝殿，他尚是首次进其他女子的房间，顿时有些手足无措，看见素菀背过身缓缓关门的倩影，心里又升起另一股异样的柔情，很想就此将她拥入自己怀中……

他转过头，不敢再看。

素菀关好门，回身看靳涵枫立在一旁，忙到桌前倒茶："世子请坐。"

靳涵枫走过去坐下，抬头看她一眼，灯光下，但见她肤腻似雪、眸清如水，身上更有幽浅的香气散出，忙又移开视线。

"世子？"素菀有些奇怪。

"你……"靳涵枫看着纱窗上的淡淡灯影，轻咳一声，开口道，"你若是不想回宫，我……我可以……"

素菀看着他，未明所以，静候他说完。

靳涵枫忽地转回头，对上素菀的视线，眼中忽现出几分热切："我可以为你在宫外安排一处居所，等将来我……我再来接你。"他伸手欲去拉她的手。

素菀明白了，她不动声色地将手缩回，一礼道："谢世子美意，陪公主回宫，乃至将来陪嫁边国,皆是素菀自愿的。"

靳涵枫眼中一痛,收回手,看着她:"你真的宁愿远赴异国,也——"

"世子!"素菀打断他,轻声道,"素菀本是沁香园中的一个粗使宫女,经过这么多事后,能够有机会随身服侍公主,已是天大的造化,不敢再有他想。"

靳涵枫苦笑:"是不敢,还是不愿?"他迫视着她,"回答我。"

"我……"素菀的目光闪了闪,低下头,咬唇道,"我不愿。"

"呵!"靳涵枫站起来,缓缓背过身,笑声中透出无限苦涩。

素菀看着他的背影,默然无语。

靳涵枫对着窗门站了好一会,才低低道:"明日辰时,宫车便会来此处接你们,宫内的一切我俱已派人打点妥当,你可直接转入薇儿的晴翠宫,你……以后多保重。"说罢,他拉开房门,头也不回地快步走出。

"世子——"身后,素菀忽然追到门口。

他顿下脚步。

"对不起。"她低声说,声如轻烟。

靳涵枫摇了摇头,重新疾步离开。

房内,素菀慢慢回到灯前坐下,眸色一点一点沉了下来,直至晦暗如深渊。

## 第廿三章　今生憾

靳涵枫离了素菀房间,便往自己所住的院中行去。

他心中难受,走得甚急,到了房门口却看到靳涵薇坐在他门前的石阶上,全身笼在青黑的夜色中,低垂的脸背着月光,暗如永夜,他全然是由轮廓认出她的。

"薇儿,你怎么坐在这?"他向她走去。

"哥哥。"靳涵薇叫了一声,幽夜中,声音缥缥缈缈的,竟有几分不真切。

"我来找哥哥,不过哥哥不在,我只有在这等。"她抬起头来,只是星月黯淡,靳涵枫依旧看不清她的面目,只见到一双眼在暗影中亮亮地烁着光。

"哥哥原来是去了素菀的房间。"她看着他说,眼中有几分了然。

"嗯。"靳涵枫迟疑了下,点头,"我睡不着,找她聊了几句。"

靳涵薇幽幽叹了口气,仰头看向朦胧不清的天际,但见弦月如钩,乌云半掩,几点疏星黯淡无光。

今夜果非良宵,这院中的三人俱是无眠。

"以哥哥的铁石心肠,居然也有割舍不下的东西。"靳涵薇的眼中似笑非笑。

靳涵枫低叹一声:"薇儿,你何时变得如此尖锐?"

"我尖锐?"靳涵薇低低一笑,"或许吧!毕竟现在的靳涵薇再也不是当初那个天真的小女孩了。"

靳涵枫上前一步,清雅的语音中透出无限倦意:"我自知对不住你,但我亦是迫于无奈……"

"算了,哥哥。"靳涵薇站起身,目光落向远处的虚空,"有些事已成定局,再说对不起又有何意义呢!"

她收回目光,从袖中取出一枚小小的玉石印章:"我今夜来见你,只为将这枚玉印还你，这是我五岁生日那年，你亲手刻来送我的，这么多年来我一直带在身边，如今也是时候还你了。自今往后，你我兄妹便成陌路。"

"薇儿！"靳涵枫眼中现出深刻的痛意，"你真的不肯原谅我？"

靳涵薇定定地看着他，眼中隐有泪光："我无法相信疼我爱我的大哥会害我终身，你让我如何自欺！我亦无法理解权势胜于亲情，你让我如何原谅！非此即彼，你自小看我长大，当了解我的性子。"

她转身一叹："哥哥，这大约是我最后一次这么叫你了。话已毕，我走了。"

将玉印放在地上，再不回首，她疾步跑开。

夜色如浓墨，很快吞没了她单薄的身影。

靳涵枫孤零零地呆立在原地，看向地上同样孤零零躺着的玉印，悲难自抑，终于倾身坐倒在地。


翌日，辇车来到，靳涵枫亲自护送靳涵薇与素菀回宫。

三人车前相遇，靳涵薇也不看靳涵枫，自顾登上辇车，素菀低着头也紧随其后，其间三人均是一言不发。

上了车后，素菀揭开一角窗帘，却正好看见车前靳涵枫牵马上鞍，她默然放下窗帘。

靳涵薇淡淡朝她瞥了一眼："你不后悔吗？"

"后悔什么？"素菀不解。

"你真的甘愿随我回宫，而后陪我远嫁边国？"靳涵薇一双眼紧紧看住她，仿佛要看进她的心底，"难道他昨夜不曾留你？"

素菀心跳微滞，沉默了片刻，低下头道："奴婢只是个身份卑微的下人。"

靳涵薇轻笑了一下，眼中带上嘲色："出身低下又如何！出身高贵又如何！"她也伸过手掀开帘子望向窗外，然而不是去看靳涵枫，而是看向天际缕缕浮云，"我不知道该怎么说你，普通人求之不得的东西，你居然如此轻易地就放弃了，但或许你的选择是正确的，他不曾看懂你，我又何曾看懂过你。"

"公主——"素菀惊觉靳涵薇似在一夜之间成长了许多。

"什么都不用说了。"靳涵薇摆了摆手，放下帘子，阖上双眼轻语，"我好累，我现在什么都不想知道。"

一路有官兵开道,辇车很顺利地就到了王宫,再径直驶向靳涵薇所居的晴翠宫。

到达时,因为早有人来通报,晴翠宫中的一众宫人早已守候在宫门口。

素菀打开车门,扶靳涵薇下辇车,众宫人一见失踪好一段时日的靳涵薇,极整齐地下跪行礼:"拜见公主!"

靳涵薇淡淡扫了他们一眼,也不言语,径往门内走去。素菀连忙跟上。

跪着的众人面面相觑,不知道该不该起身。

靳涵枫入了宫后改骑马为坐车,他下了车,对众人道:"都起来吧!公主一路辛苦,还不进去好生伺候着。"

众人忙不迭地应声起身。

靳涵枫的目光越过众人,看向门内的两人,目中是明显的失落与哀愁。

回到宫内的日子如古井无波,在靳涵枫的安排下,素菀脱了沁香园的粗役,搬进了晴翠宫中,每日只需服侍靳涵薇的衣食。不过,虽然不再需要劳力了,但要劳心的事还是不少的。

靳涵薇自回宫伊始便如同换了个人一般,除偶尔探望病中的靳王,时常一个人静坐在房内发呆,且一坐便是好几个时辰,无论身边的侍女如何劝她,她也只作不理。

素菀开始几日也曾劝过她几回,后来见她依旧我行我素,对任何人、任何事俱是一副漠然的态度,便也不再劝了,只是对她的看顾更加小心了几分。

设身处地,如果自己是她,或许也会如此。素菀心里明白,宫外那个活泼精灵的靳涵薇已经在回宫那一天彻底消失,现在坐在那里的只是一抹淡霜般的影子,重重宫门锁住的又岂止那幽深如海的宫阙!

公主失踪了一段时日,回来后就性情大变,晴翠宫里的宫人对此难免惊异不已,但无人敢向公主询问,而唯一可能知情的素菀又讳莫如深,众人每日在猜测中战战兢兢地度日,所幸除世子靳涵枫经常会来走动外,晴翠宫中再也无事发生。

日子平静如流水,转眼间便到了六月,天气一天天地热了起来,靳涵薇的情绪也似乎一天天地焦躁起来。

通常人焦躁时会发脾气、摔东西、坐立不安,但靳涵薇的焦躁是另一番表现,她每日说话的次数越来越少，甚至一整天都不开口，她看人的目光越来越闪躲，一到晚上就在房间里乱走。

素菀整天陪在她身边。好几次，她会想，边亦远的声名在外的痴傻是假，可他这个未婚妻怕是快要变成真疯了。

靳涵枫来得更多了，可每次他来，靳涵薇便让宫人关了晴翠宫的大门。靳涵枫无法，只能想办法通过素菀探知他妹子的情况。

"公主再这样下去迟早会大病一场。"素菀道。

"有没有请过御医？"靳涵枫问。

素菀摇头："公主不让御医进门。"

"我这就去请御医。"

"世子。"素菀叫住他，"公主现在连您都不想见，更何况是您带去的御医。"

靳涵枫颓然一叹："是我对不起她！"

素菀看着他，眼眸深处掠过一丝阴沉。

"你帮我多开解开解她，我……"靳涵枫无奈地摇摇头，又是一声长叹。

素菀垂眸点头："我该走了。"

"嗯。"

素菀转身离开，走了两步，身后靳涵枫突然出声。

"素菀，你最近还好吗？"看着她的背影，他只觉眼中一阵酸痛。

"嗯。"素菀轻轻一点头，重新启步，加快步子离去。

靳涵枫在原地站了许久，想一会靳涵薇，再想一会素菀，这两个女子是他唯一想真心爱护的人，却怎料，世事总难如人愿。

靳涵薇与他一母同胞，从小兄妹间的感情就十分亲密，他可说是看着她长大的，从小到大处处让着她，对她的要求几乎百依百顺，她也凡事最依赖自己。然而却不曾想，今日予她最重一击的就是自己，他唯一一次的逼迫就斩断了她对幸福的全面希冀！

若说他对靳涵薇是无奈，那对素菀便是无力，她对他似有情又似无情，就像风一样难以捉摸。她在他面前总是谨守本分，最大胆的一次大约要数青石镇上的那回，她为靳涵薇的离开而求情。她是如此聪颖与特别，时常沉默寡言，然而对情势的判断却每每让他惊异；她又总是如此冷静自持，她清楚地知道他对她有好感，却

143

兰<sub>⑪</sub>

并不因权势而依附他……

　　或许，她们是他今生最大、最深的遗憾。

　　第二日，靳涵枫再次来到晴翠宫宫门前，这次同行的还有太医院的一位御医。

　　靳涵薇依然闭门不见，靳涵枫在门口候了半天，坚持不肯走，守门的内侍劝了半天未果，只得入内去请素菀。

　　素菀很快出来了，却也只是劝道："世子，您还是请回吧！公主是不会见您的。"

　　靳涵枫愁眉又结，他想了想，松口问："那能否让御医进去为她把把脉？"

　　素菀看看一旁被逼着晒了大半天日头的御医，轻轻叹了口气："我尽力一试吧！不过不一定会成功。"

　　靳涵枫目光转了转，出口说道："那你对她说，她若一日不肯接受御医的诊治，我便一日不落地来替她守宫门。"

　　素菀点头，进门去回禀。少顷，她再次出来："公主答应让御医进去诊脉了。"

　　靳涵枫大喜，忙回头细细叮嘱了御医一番，而后让他跟着素菀进去，自己则继续在门口苦等。

　　一直等到素菀领着御医第三次出来，他立即上前询问："公主身体如何？"

　　御医回道："公主身体无恙，只是有少许饮食不调。"

　　靳涵枫转头看向素菀，素菀点头："公主自回宫后胃口就一直不太好。"

　　"是不是御膳房做的食物不合她口味？"

　　素菀摇了摇头："御膳房都是照着公主以前的口味做的食物。恕奴婢直言，公主这乃是心病，心病尚需心药来医。"

　　打发御医离开，靳涵枫仰起头长长一叹："我也猜到她是因心中抑郁难解，才会如此。"

　　素菀凝眸看他，思索着道："有一个法子，或可一试，就是不知道该不该说。"

　　靳涵枫双目亮亮地看她："什么法子，你直说吧！"

　　素菀语带试探，细声道："听闻每年暑季靳王便会巡幸启山太和宫。"

　　她未说完，靳涵枫已然明白她的意思："我明白了。"他轻轻颔首，"我会设法安排的。"

　　"奴婢代公主多谢世子。"

素菀弯腰欲行礼，却被靳涵枫一下托住了双手："不是说过，在我面前不用自称奴婢。"

素菀小心抽回手："世子是尊，奴婢是尘，回到宫中，一切都还需谨遵宫规而行。"

"所以连你也想避开我了，是吗？"靳涵枫看住她的双眸。

素菀脸上僵了一僵，微微变色："世子言重了，奴婢不过是小小的一个宫娥罢了，不值得世子如此相待。"

"素菀！"靳涵枫目中流转着浓浓的悲痛，他一把握住她的手。

素菀被他眼中的凄色所镇，一时间忘记了挣扎。

他低低唤道："素菀……"满怀情潮再难遏抑，伸了手便想将她拥入怀中。

感觉到扣向自己腰间的手和透衫而来的男子体温，素菀倏然心惊，终于醒神，慌忙挣开他的手，连着退后好几步。

"素菀——"靳涵枫目光怔怔看着她。

"世子，公主那里还有事吩咐，奴婢先行告退了。"素菀略一欠身，扔下靳涵枫迅速跑回晴翠宫内。

她一口气冲进自己房中，心跳声有如擂鼓。

怎么会这样？！她懊恼不已。

靳涵枫对自己有好感是她早就知晓的，甚至还一度想过要利用这一点来报仇雪恨，并且也的确如此做了，可刚刚明明一切进展顺利，她却为何会落荒而逃？

她强自镇静，抓起桌上的茶壶想为自己倒一杯冷茶，只是手指竟微微有些颤抖。

为什么刚才看着他的眼神，心头会没来由地有些纷杂？为什么被他握住了手，她的心会微微发颤？为什么当他想拥自己入怀时，她……

将另一只手半拳着放至胸口，那里面的一颗心跳得飞快。

难道……难道做戏做得久了，一不小心便真的入了戏？

"啪"的一声，手中的茶壶应声而碎，茶水顿时流了满手满桌。

素菀低首看桌上一片狼藉，颓然坐倒在椅上。

145

　　六月十七日,靳王下诏,三日后御驾巡幸启山,避暑太和行宫,随行的除诸妃嫔外,还有公主靳涵薇,而世子靳涵枫则留守靳都。

　　诏书下来,晴翠宫中众多宫人都喜不自禁,均想着公主伴驾启山,说不定自己也能有机会随行服侍,前去太和行宫。

　　反倒是靳涵薇未见任何惊喜之态,只是对这突然而来的旨意有些奇怪,她想了想,命人叫来了素菀。

　　"你昨日见他,是否对他说过什么?"她开门见山。

　　素菀料知瞒她不过,只得实话实说:"奴婢确实向世子提过,能否安排公主随驾前去行宫散散心。"

　　靳涵薇一声冷笑:"他倒是听你的话,你昨日才提,他今日就安排妥当了。"

　　素菀"扑"地跪下身,低头道:"奴婢知罪。"

　　靳涵薇冷眼看她,哼笑道:"奇怪! 你一心为我着想,又有何罪?"

　　"奴婢不该自作主张。"素菀咬唇道。

　　靳涵薇俯身看着她的发心,轻幽一叹:"我有时真不明白你,你一方面不愿意接受他,另一方面却又与他牵扯不清。"

　　素菀抿唇不语,只听到靳涵薇又说:"或许,像你这样子的,才叫真正的聪明吧! 这世上最能使人念念不忘的便是求不得,你让他可望而不可即,如此这般你在他的心目中,就永远会是最特别的一个。"

　　"公主,我……"素菀惶恐地抬起头。

　　靳涵薇挥了挥衣袖,打断素菀的解释:"罢了,你跟他的事与我有何干系! 下去收拾收拾东西吧!"

"公主愿意前往行宫？"素菀有些意外,她刚刚听到靳涵薇的质问,还以为她不愿前往了呢!

"当然!"靳涵薇勾唇一笑,眼中却显出落寞的神采,"为什么不去,这次许是我出嫁前最后一次走出这高高的宫墙了。"

"那奴婢这就去准备。"素菀告声退下。

临出房门时,她回头一眼,靳涵薇正站在窗前,淡看漫天云雾,目色中透出无尽的悲凉与苍茫。

六月二十日拂晓,御驾依时前往启山行宫,靳涵枫亲到宫门前送行。

一行辇驾浩浩荡荡从宫门驶出,他走到御辇前向靳王拜别,而后目光便不自觉地落到中间的一驾凤辇上。

纱幔低垂,他看不见车内的人。素菀站在随行宫女的队伍中,却远远地看到了他。他今日未穿惯常的白衣便服,而是一身玄色衣冠,凝重的色彩压得她胸口一滞。

在礼官的呼号声中,车驾缓缓启行,她低下头,跟上众人的脚步。

浩浩荡荡一行人到达太和宫已是两日后。

素菀尚是首次到得此处,一早就听闻整座太和行宫乃是倚着启山而建,其间景致风韵无不怡人,等真正看到后她才晓得传言非虚。

曲柱飞檐,庄重中带着几分清雅别致,更兼山间静幽清爽,凉风习习,果是避暑的佳处,除山下的主殿堂外,行宫另有一处摘星阁建在靠近山顶处,临风而立,山气萦绕,远远望之如置云雾缥缈中。

素菀跟随着靳涵薇在行宫西北面的一处偏殿里住下,与在王宫时相比,每日的生活清闲了不少,更少了许多拘束,使她颇有偷得浮生数日闲之感。舒服的日子过得久了,她也似乎渐渐忘记了此行真正的目的,不过好在时日尚多,靳王此次起码得在行宫住上月余——她不用急于一时。

另外还有一事也令她煞费脑筋,靳涵薇的心情却未如她预料中那样有所好转,宫女们劝了她好几回,又盛赞启山风景如画,想诱她出去走走,可靳涵薇均不为所动,依旧整日将自己关于寝殿内。对此,素菀也莫可奈何,这一日,她早起到

147

林间收集朝露以作泡茶之用，刚集了小半罐，忽然听到密草丛中传来窸窣的响动。

心念一动，她轻手轻脚地向着出声处走去，猫下腰，轻轻扒开草丛，果见一只甚肥胖的灰毛兔子正趴在地上，嘴中甚舒服地啃着嫩草。

素菀嘴角微勾，出手迅捷，也不见她如何动作，下一瞬那只兔子就到了她的手中。

抓住兔子的两只长耳朵，将它提了起来，她轻笑出声："还以为这么多年没练手生了呢！"

灰毛兔子睁着一双圆溜溜的眼，眼珠子骨碌碌地转着，大约是还没反应过来——它正好好地享用着它的早餐，怎么一眨眼的工夫就被人拎到了半空？

素菀心里有些小小的得意。

她这一手功夫乃是学自师父，而且多少还有点偷师的成分。七岁那年，父母第一次带她去北浮山，师父向她炫耀自己捕兔的本事，她十分不屑，师父就激她比试，她受激不过，结果却摔了不少跟头，不过后来摔得多了，她也就学乖了，偷偷留意师父的动作，渐渐地竟将这手功夫学了个十成足，甚至仗着人小灵活，大有青出于蓝的势头。

抚了抚兔子的皮毛，素菀心里有了主意。她也不再收集朝露了，提了兔子，步履轻松往回走去。


靳涵薇一觉醒来，无意中瞥见窗前几案上多了一只柳条编的笼子，笼子里面有只胖胖的灰兔子正在兜头乱转，样子很是讨人喜欢。

她走近案前，兔子觉察到有人走近，立刻蜷了身子缩到笼子一角，一双圆眼戒备地瞪向靳涵薇。

靳涵薇看着兔子，没有动作。

兔子见她似乎没有什么危险性，重又展开身子，在笼内转了一圈，悠哉哉地啃起了青草。

靳涵薇又看了好一会儿，忽然轻轻叹了口气。她唤来宫女："这是谁送来的？"说着，指指案上的兔笼。

"今儿一早素菀带来的，说是给公主解闷用的。"宫女回道。

"她人呢？"

"在花园里修剪花枝。"

"知道了，你先下去吧！"靳涵薇摆摆手。

"是。"宫女应声退下。

靳涵薇又对着兔笼看了看，而后伸出手去拎起兔笼。兔子吓得立刻停了啃叶子的动作，再次惊恐地瞪向她。

靳涵薇拎着兔笼闲步走到花园，果然看到素菀正在一株白兰花前徘徊。

"公主？"素菀听到脚步声，转过身，见到难得出房门的靳涵薇不免稍感惊讶，目光飘转到她手里提着的兔笼，又添了几分疑惑。

"这是你弄来的？"靳涵薇将手中的兔笼微扬。

素菀点头。

靳涵薇将兔笼递过，淡淡道："放了它吧！"

素菀接住，有些忐忑地问："公主不喜欢吗？"

靳涵薇缓缓摇了摇头，默然片刻，才轻声道："人已在笼中，又何苦多拿它来作陪呢！"

素菀蹲下身，将笼子放到地上，一手扶住笼子，一手拨开笼门，看着兔子小心翼翼地从笼中钻出身，然后"嗖"地窜入了花丛中，她静静说道："公主一直怪大王、世子还有您公主的身份与责任，困住您的自由，但奴婢却觉得，真正困住您的是您自己。身体上的束缚固然难解，但真正永不可解脱的却是以心为笼。"

以心为笼……

靳涵薇一震，看着她，眼中纷涌出复杂难明的情绪。

素菀慢慢站起身，弯腰行礼道："奴婢大胆直言，只求公主能够放开怀抱，世事难料，未到最后，为何要绝望呢？"

靳涵薇眸色暗了暗，缓缓背过身，默立半晌后，轻轻道："陪我四处走走吧！这太和行宫我还从未好好看过。"

日子继续一日日地过去，如山间的细流平缓淌过。靳涵薇在素菀的有意劝导下，终于不再终日自苦，偶尔也会出外去走个几步，去最多的是摘星阁。漫看满天云卷云舒，她的心境也渐渐开阔了一些。

素菀陪在她身畔，俯瞰山下云气氤氲，依稀可辨底下太和宫的楼宇，恍若海市蜃景。

　　繁华到极处，便成不真切。

　　"摘星阁上摘星辰。素菀，我们今晚就留在此处吧！"这一日再来摘星阁，靳涵薇突然出声道。

　　素菀思索了一会，摘星阁虽名曰阁，但其实只是一座精巧的亭台，山顶四下空旷，夜晚甚凉，又远离山下众人，在此过夜，实是不妥。

　　"公主想观星的话，在山下宫中也可以。"她犹豫着说。

　　靳涵薇摇头："那里的灯火太亮了。"

　　灯火太亮了，所以不适合看星星。

　　"那……奴婢去准备毡毯。"靳涵薇难得有兴致，素菀不便扫她的兴，只得妥协了，回身嘱咐随行的其他宫女看顾好公主，自己先行下山去取东西。

　　她回到偏殿，正好碰到靳涵枫派人从靳都送来一件云色织锦缎斗篷，说是山间天凉风大，以备不时之需。她心中一动，便一起带上了。

　　六月里，天黑得比较慢，靳涵薇抱膝坐在毡毯上，素菀则伴着她跪坐在一旁，不远处另聚着几个随行的宫人，众人一同看夜幕缓缓降下。

　　晚风沁凉，靳涵薇披着斗篷，目光落在悠远的夜空。今夜天清，正是观星的好时节。随着天空一点一点暗下，星辰也一颗一颗亮起，直至满天繁星织成一片熠熠光幕，灿烂已极。

　　"素菀，你是怎么进的宫？"幽静中靳涵薇忽然出声问。

　　素菀微怔，随即回道："生活艰难，所以卖身入宫为奴。"

　　"那你的家人呢？"靳涵薇转过头来。

　　"家人？"素菀垂下眼睫，过了片刻才轻声道，"都已不在人世了。"

　　"怎么——"靳涵薇惊觉收口，低了低头，"抱歉！"

　　料不到靳涵薇居然会道歉，素菀颇感诧异，她抬首看向她，眸中一瞬间如有轻雾漫过。

　　"公主言重了，那已经是很久以前的事了。"她缓缓道。

　　"你……愿意与我说说吗？"今夜星光明耀下，靳涵薇像有别样的情怀，很想听听他人的故事，听听属于他人的人生。

　　素菀愣了下，随即心口有些发紧，压贮在心中十年的过往，在今夜因这轻轻一语被勾起,仿若深埋地底的岩火乍然冲破重重桎梏,立时便要喷涌而出。

靳涵薇听她良久不语,于是抬头看她,但见素菀双目中波光明灭,似有幽光游动。看着那一双眼,她心里无端地感到一丝冷意。

"你……怎么了?"她忍不住出口问道。

素菀偷偷揪紧衣角,像是要借这个动作将所有的情绪都按捺回去。"没事。"她极力平稳下呼吸,缓缓说,"家父与家母均是在一场瘟疫中过世的,距今已十年有余了。他们过世后我便一个人四处讨生活,一直到两年前进宫。"

她喟然叹道:"父母生前,我未有尽孝,而在他们过世后,我也未能时时拜祭,实在愧为人子。"

靳涵薇沉默下来,过了半晌,方道:"你能如此想,想来他们在天之灵已能感觉到欣慰了。"

素菀凝目看她一眼,一双清眸比天上的星子更亮,也更深远不可测:"素菀谢过公主宽慰。"

靳涵薇却没有看到,她正仰首望向夜空,眼中倒映下点点星光。"我母后也是在我年少时离去的。她是个优雅温和的女子,只是她的眼睛里常常装着忧愁,当时我还小,尚不知道她身为一国之母为什么还会那么多的愁意,但我最近越来越多地想到她,突然之间就明白了,那愁意是在宫廷中埋葬了半生的无可奈何。"

"公主……"素菀轻声唤道。

靳涵薇转头看她,摇头说:"我没事,这两天我已经想通了许多事,只是今夜又有些感慨。"

素菀微笑颔首:"公主能想通就最好不过了。"

靳涵薇浅浅一笑,重又抬头:"看着这浩渺无际的星空,只觉红尘韶华不过转瞬,还有什么事是想不通的呢? 还有什么事是可以执著的? 不过是既来之则安之罢了!"

"嗯。"素菀轻轻应声,虽觉靳涵薇现在的想法似乎过于消极了些,但难得她内心平静了下来,比起月前的自怜自伤实已好过许多。她也仰起头,天悬银河,遥遥看去,黑色的夜幕上,星光缀成一片,清辉漫开,幻出点点华晕,朦胧而清透。

"真的好美……"她心里幽幽一声叹。靳涵薇已学着去放开怀抱、放下执著,那自己呢? 她心中的执著又该何去何从呢?

151

一时寂静，两人皆静静看着满天璀璨。

"素菀，谢谢你！"幽静中靳涵薇忽然出声说，"谢谢你这些日子以来一直陪在我身边。"

素菀脸上绽开微笑，心里忽然涌起一股难言的宁静平和。夜风拂过两人衣发，无声无痕。

夜如何其？夜未央。[1]

注释：

【1】夜如何其？夜未央。——《诗·小雅·庭燎》

## 第廿五章　再相见

自观星阁那夜后，靳涵薇的心情又似好了许多。

这日半夜，她睡得正香甜，忽然被殿外的喧哗声惊醒。坐起身，她忍不住皱紧眉，这段日子以来，她晚上一直睡得不踏实，今夜难得睡得舒服些，究竟是何人大半夜的跑到她的殿外喧闹？素菀她们也不知道制止吗？

披衣下床，刚要唤人时，素菀就急匆匆地跑了进来："不好了！公主！大王遇刺身亡了！"

靳涵薇心头剧跳，手足顿凉，眼前一片白茫茫的："你……说什么？"

素菀忙扶住她摇摇欲坠的身子："方才从大王的起居殿处传来消息，有刺客暗夜行刺，大王薨了。"

靳涵薇转头看她，目光却涣散得聚不起来。"怎么可能？不可能的，不可能的……"她喃喃说，"我要去看看，看看……"她嘴里这么说着，脚下却迈不开步子。

"公主节哀！"

素菀低垂下眼睑，怕掩不住眼内的冰冷恨意。靳王死了，他终于死了！心心念念了十年的仇人居然就这样子死去了，而她甚至还未见过他一面……十年的仇与恨，在心头压得太久太深，如今却一下子失去了宣泄的出口，她不知道心中涌动着的是激动，是兴奋，是遗憾，或是茫然？

"我不相信，我要去父王的起居殿……"靳涵薇反应过来，哭喊着推开素菀，跌跌撞撞地往外殿跑去。

素菀连忙跟在她后面。想到靳涵薇衣衫未整，她随手从衣架上抓过一件斗篷。

靳涵薇冲到外殿，殿门内外已黑压压地站了一圈人，见到她，都忙不迭地跪下来。靳涵薇看也不看他们一眼，穿过跪着的众人，径直就往门外跑去。

153

素莞兜起斗篷，便紧追着靳涵薇的脚步穿门而出。

众人低着头，均有些反应不及，待看到两人身影一前一后地消失在了夜幕中，方回过神来，赶忙追出门去。靳涵薇的一个近身宫女急叫道："公主，去不得啊！"

靳王是被刺客刺死的，可据刚才来传信的人说，那刺客突出重围，到现在也仍未抓住呢！保不准还在这行宫之内！

靳涵薇这时脚下奔得甚快，已完全听不到身后人的叫唤。昏暗中，她深一脚浅一脚地跑着，眼中水雾漫开。

不可能！不可能！她一遍遍地对自己说。父王的起居殿侍卫守卫森严，怎么可能会让刺客闯入！况且父王本身也身怀武艺……

但同时，心里也有另一个声音越来越清晰地响起来：没有一个下人敢谎报这样的消息，刺客能闯入父王寝殿，必然武功高强，而父王重病未愈，又怎生敌得过？父王他真的去了……

"啪"的一声，她重重地摔倒在地上。

他死了！他真的死了！再也看不到，再也听不到……

"父王……"眼泪终于决堤而出。

素莞一直不紧不慢地跟在靳涵薇身后不远处，几乎是冷眼看着她一路狂奔。她是故意如此，故意不追上她、阻止她，故意放她跑远，因为只有这样，自己才能一路跟随，才有机会有可能进入到靳王的起居殿，进而见到靳王……她一定要亲眼去见一见，见一见这个大仇人，哪怕他现在已经是一具尸体了！

但她跟了一阵便看到靳涵薇跌倒在地，犹豫了一下，她跑上前扶她。"公主，你怎么样？"

"别碰我！"靳涵薇趴在地上，抖着双肩，痛声呜咽，"你不要碰我……不要碰我……"

"公主……"借着月光清楚地看见她满面泪光，素莞有些不安地叫道。

"父王……不要……"一滴滴清泪顺着脸颊滑落，很快渗进泥土中。

素莞静静地看着她，眸光深晦如海。

任由靳涵薇哭了一会，她开口道："公主，还请节哀！现在行宫内还有许多事需要您来拿主意呢！"

"我？"靳涵薇有些迷茫地抬头。

"大王突然薨逝，行宫内众人无主，消息也应还未外传，公主若抢先一步取得大王身边的玉玺，就可以凭此主持大局。"素菀的语调十分平稳，但句句饱含深意，"而且大王并未立遗诏，若公主有心做什么，也不是完全没有可能。"

靳涵薇止住了哭声，奇怪地看了一眼素菀："你知道你在说什么吗？"

"奴婢乃是为公主考虑，公主有玉玺在手，届时便有资本与世子相商，便能自己掌控自己的命运。"

靳涵薇深看着素菀，半晌后她极缓慢地摇头，哽声道："我现在什么都不想管。"

"公主……"素菀还想再劝。

靳涵薇慢慢站起，脸上泪痕犹湿："我现在只想去见父王最后一面。"

素菀默然了，跟着靳涵薇继续往靳王的起居殿走去。


两人到了起居殿，果见里面十分混乱。

殿门口和外殿中，众多宫人跪了一地，高高低低、长长短短、真真假假的哭声混在一处，嘈杂震天。众人见到靳涵薇先是一惊，而后纷纷磕头："奴婢（奴才）拜见公主！"

靳涵薇不理他们，快步跑进内殿。素菀欲紧随其后，心念微动，转身问近旁的小太监："可有其他人来过？"

小太监稍感诧异，抹了把眼泪，摇头道："公主是第一个到的。"

素菀环视了一下殿中众人，又问："李总管呢？"

小太监知道她问的乃是大内总管李泉，当即回道："李总管去通知侍卫统领严大人去追捕刺客了。"

素菀放下心来，微一点头，启步往内殿走去。众人骤逢剧变，无人出来阻拦，也无人想到她以一介宫女的身份私自进入靳王寝殿并不合适，只道她是去贴身侍候公主的。

素菀入了内殿，便见到靳涵薇伏在榻旁悲声痛泣，而榻上躺着的正是她无时无刻不在记恨着的大仇人！

他平躺着，脸上是一片死一般的灰白，噢，他确实已经死了。

素菀眼中闪出深刻而复杂的光彩。

痛恨了十年的仇人就在眼前，而她却再也不能亲手复仇，亲手用剑刺进他的

155

胸膛，亲耳听到他临死的惨叫，亲眼看着他的鲜血溅出，用他的血来浇熄心头的火焰……

舒家数百条的人命，十年的刻骨深仇，只这样的结局，如何能够！

目光移到他的颈下，那是一道细而长的剑痕。一剑封喉，真是太便宜他了！

等等！素菀差点惊呼出声。这样的剑痕如此熟悉，快而准，印象中只有一个人能留下，而那个人有足够刺杀的能力与动机，且那动机恰是因为自己当日的有心一语。

纪晟！

她在心中默念着。

殿中更漏缓缓，窗外天色将明未明，靳涵薇与素菀两人，一者伏榻，一者默立，均是半宿未眠，外殿的哭声亦是半宿未绝。

夜将尽，随靳王巡幸行宫的几个嫔妃也哭着过来了，素菀见状，先行退出到外殿。

刚到外殿，即见大内总管李泉匆匆忙忙地闯进门来。

素菀心念一动，顾不得身份，急问道："又出什么事了？"

李泉视了她一眼，说道："刺客抓住了。"

素菀的心猛地一沉，一时呆立原地，脸上显出几分茫然。

李泉只道小宫女没经历过大场面，也未作多想，越过她，径直进内殿禀告。

未几，靳涵薇跑了出来，身后跟着李泉。

"刺客在哪，带我去见他！"哭了半夜，靳涵薇的双眼有些红肿，眼中却透着一股凛冽的寒光。

这寒光太熟悉了，素菀霍然醒神，张口劝说："公主，太危险了——"

靳涵薇不耐烦地打断她："本宫自有主张！"回头看向李泉。

李泉权衡了一下，道："严统领将其暂押在牢中，正连夜审问，不过刺客十分嘴硬，什么都不肯说，而且……"

"而且什么？"靳涵薇冷声问。

"刺客被捕时负隅顽抗，身中数箭，想来撑不了多久了。"

素菀心惊，忍不住面色变了变，幸好眼前两人都未留意到她。她强自定下心神，垂头静听。

靳涵薇语声冰冷："快死了？哼，带我去牢房！"

宫中女眷去见人犯，李泉也觉此举有所不妥，但靳涵薇的骄纵也是宫中出了名的……

他心中计较起来，靳王已死，宫中格局必然大变，自己目前虽是大内总管，但谁能晓得之后？世子登位后必然会重用身边的亲信，届时自己又该何去何从？世子向来宠爱这个幺妹，近来更因公主联姻边国一事，对其多了几分内疚，就连公主此次的随驾亦是世子向靳王进的言，自己若在此时得罪了公主，将来必不为新君所喜……

想到这里，他心里已有了主意，当下应声道："公主千金之躯不宜去那阴寒的牢房，不如由奴才前去令严统领将犯人押过来？"

靳涵薇颔首。

李泉起身离去。

"三公主，将那刺客带来这里，会不会不太妥当？万一他再次发难怎么办？"内殿中转出一个嫔妃，担心地问。

靳涵薇淡淡道："骆妃如果害怕，尽可先行回避。"

"你！"那骆妃被揭破了心事，面上一红，犹豫了下，终于甩袖离去。

靳涵薇又抬目扫了一圈周围人等："有谁害怕的就走。"

在她的目光逼视下，宫人们皆缩着身不敢动。

素菀连忙出声："请公主允许奴婢随侍左右。"

靳涵薇瞥了她一眼："随便你。"转身吩咐宫人将椅子搬到殿门外，然后在椅上坐下来，目色沉沉看着逐渐亮起的天空。

素菀侍立在她身后，神色如常，心里却渐渐乱成一团乱麻。

她无法猜测待靳涵薇看见纪晟后会有怎样的表现，也许靳涵薇已忘了那桑州城中的匆匆相遇，也许她还记得，可不管如何，他现在是她的杀父仇人，她刚才眼中的寒光是如此的熟悉，那底下是冰冷的杀意。

她也无法估计到自己将会怎样去面对纪晟，水外楼中初逢，一切都还仿如昨日。可是今日之局难道不是她一早就设计好的吗？槐花树下相别，她猜到了他的身份，却未完成绮容的托付，反利用了他对故人的情义。

手不自觉地放到胸口，衣衫下那块凤吟血玉紧紧贴在身上，像烙铁一样灼得

157

蘭①

她心口隐隐作痛。

不多久，李泉回来了，同行的还有一小队禁卫，当先一人是个身材魁梧、相貌威严的中年人，身着侍卫统领服色，应就是那严统领，但素菀的目光很快就落到了人群中的另一个人身上。

他被两个禁卫一左一右挟着往前走，身披铁链重枷，鬓发散乱，脸上满是血污，只依稀可辨出嘴角那一抹满不在乎的笑意，正是初见时的那种懒洋洋的笑。

纪晟……

素菀目不转睛地看着他，眼底是难以言明的沉重。他正好抬起头来，两人目光交接，他也看见了她，明亮的眸中闪过一丝异彩。

他料不到，他们居然会再次相逢，在这般的情形下，隔着数十步的距离，却远如天涯。

大约是怕冲撞了靳涵薇，李泉他们特地为他披上一件旧布袍子，掩了他一身破衣，但伤口的血汩汩涌出，很快就将袍子重新染红。素菀的目光下移，只见他的一条腿呈现不规则的扭曲，每拖出一步，脚下便留下一道血痕。

难怪他们要挟着他走，竟是如此！素菀撇过头，不忍再看。

李泉走在一行人前头，先行上来禀告靳涵薇："公主，犯人已带到。"

"属下拜见公主。"严统领率众禁卫跪下行礼。

靳涵薇目光往下一扫，咬牙道："带人犯上前。"

李泉挥手示意，一众禁卫分左右两列站定，挟着纪晟走路的两个禁卫将纪晟拖上前几步，一把把他摔在台阶下，同时将长戟抵在他后颈，以防他垂死发难。

大约摔倒时碰到了伤口，纪晟闷哼了一声。

靳涵薇一瞬不瞬地盯视着纪晟："是你杀了我父王？你是谁？为什么要这么做？是何人指使你的？"眼前的纪晟发散衣乱，一身血污，是以她并未认出他。

纪晟挣扎着抬起头，看清靳涵薇的样子，不禁微微一怔。

"大胆！"李泉见他目光无礼，为向靳涵薇献殷勤，忙跑上去拉起他的衣领，挥手便甩了他两个巴掌。

纪晟重伤无力，看着他手掌挥来，却躲不过，硬受两下重击后，当即吐出一口鲜血。

闻声转头，却正好看见他吐血的画面，素菀眼中一痛，掩在袖中的手慢慢攥紧。

"你说不说！"靳涵薇怒喝道，"究竟为何刺杀我父王？"

纪晟呵呵一笑，吐出口中的血沫："本公子想杀便杀，哪需要什么理由！"

"你！"靳涵薇怒极，推椅起身，疾上前，一脚踢在纪晟胸口，踢得他在地上连滚了两圈。

"公主！"素菀忙上前，扯住她。

"你干什么？"靳涵薇回看素菀。

素菀松开手："公主小心踢痛了脚。"

"我没事。"靳涵薇略略点头，走回座椅处。

"你还不老实交代吗？"她重在椅上坐下，侧目看纪晟。

纪晟大笑，边笑边又咳出好几口鲜血。

靳涵薇看得直皱眉："你笑什么？"

"我笑当日桑州城中那个……量小易醉的小姑娘，原来……原来也有这般狠辣的一面……"纪晟的声音渐低。

"什么？"靳涵薇大惊。

素菀低了眼，默叹一声。

这世上，有许多人不该相见，有许多人不该重逢。

审讯最终不了了之，因为人犯昏死了过去。

"公主，他只剩一口气了，怎么办？"李泉探了探纪晟的鼻息。

靳涵薇没料到自己那一脚会这么厉害，大惊之余又有些悸怕，她虽恨极这刺客，但如果真踢死了人，对于这样的事，到底是心中恐惧，而且这人说起来还是有过两面之缘的。

她慌乱无助地抬头看向素菀："素菀，他怎么这么不经打？"

素菀也是听得心头直冒凉气，强自定下神说："公主，这刺客乃是追查大王被害一事的重要线索，可不能就这样让他死了！"

靳涵薇连连点头："对，他还不能死！李总管，严统领，快带他下去，叫医官给他看看，千万别让他断了气！"

"是！"李泉、严统领忙领命。这人犯确实不能现在就死了，他若就这样被公主踢死了，他们二人的责任可不小！

"公主，人犯现在不宜移动，否则一个不小心可能就……不如命医官过来吧！"素菀又建言道。

靳涵薇点点头："对，还是让医官过来这里。"

"是。"严统领应声，回头吩咐手下火速去请医官过来。

两个禁卫应命而去。

素菀看看天色已大亮，低身对靳涵薇说："公主一夜未睡，是不是先进去休息下？"

靳涵薇指指纪晟道："那他怎么办？"

"这里有李总管和严统领在，若公主还不放心，奴婢也可继续在此照看。"

"也好。"哭了大半夜,又经刚才那一场折腾,靳涵薇确实身心俱疲,亦需要好好静一静来想一些事情。

素菀让其他宫女都跟着进去侍候靳涵薇,自己则留在殿门前。

"李总管,他流血这么多,能不能让我替他稍作包扎?否则不等医官过来,只怕他就要失血而亡了。"素菀看纪晟一身血迹,连周围地上都沾染上许多,心中又是一阵刺痛,但她面上却不露丝毫,和声静气地对李泉说。

李泉微笑颔首:"素菀姑娘真是好心,请便吧!"素菀是公主跟前的红人,如此顺水人情,何乐不为!更何况他也怕犯人流血过多,呆会救治不及,难得有人愿意出头给他包扎,更是省了自己的麻烦。

素菀移步走近纪晟,心跳逐渐加快,但说话声仍是力持镇定:"两位大哥能否退开一些,你们手上的长戟让我很害怕呢!"

守在纪晟旁边的禁卫转头看向严统领。严统领一挥手,示意他们退开——反正人犯都已经这样了,退开一些也没关系,不过他还是提醒了一句:"姑娘小心些,这恶徒十分凶悍,如果见他有醒来的迹象,请马上退开。"

素菀轻轻点头:"奴婢晓得,多谢严统领。"蹲下身开始为纪晟检查伤势。

这一检查,她的心已是透凉,纪晟受的伤何止凶险,他现在还能活着,简直是个奇迹!但这奇迹只怕也维持不了多久了。

他是经过怎样惨烈的战斗才落下这一身的伤?又是怎样的意志力才能使他撑到现在才昏过去?

手脚的外伤还在其次,关键是在胸口上的一刀,但素菀偏偏对此无能为力,她既不能为他点穴止血,也不能当着众人的面给他输渡真气,只是单纯的包扎根本就是于事无补。

取出白绢,她只能先挑那些大的外伤伤口,进行清理包扎,未免引人怀疑,她还得故意将手法放得笨拙一些,只如一般的平常女子在医治受伤的小动物。

对不起……她在心里一遍遍地说着。

医官还未到,但她却明白,即使到了,只怕也改变不了什么了。一切已成定局!

是懊悔吗?如果早知今日结局,当日桑州城中槐树之下,她是否还会选择欺骗?她是否会坦然言明真相?告诉他绮容的死本与靳王无关?

真是可怜、可恨!

161

可怜的是他，拼死杀了靳王，却原来是落入一早被人设下的圈套！枉送性命不说，还到死都不知自己只是充当别人报仇的工具。

可恨的是自己！利用与欺骗，原想寻一点助力，结果却害了一个无辜者的生命，更辜负了绮容临终的嘱托！

包扎的手忍不住微有颤抖。

舒浣啊舒浣，这就是你吗？你原来就是这般的模样！你称靳涵薇乃是以心为笼，你又何尝不是！蒙了眼，闭了心，诸般算计，不择手段，只为心中的仇恨，你的执著远胜于她！她渐解脱，你却越陷越深！谁比谁更可悲！

可是——

知道是执著又如何！知道是可悲又如何！仇难平，恨难消！自己这条复仇之路从一开始就已无再回头的可能……

对纪晟再内疚、再悔恨，可若重回当初，她是否真的会作出另一种选择呢？

医官终于到了，素菀站起身来，脚下竟有些踉跄。旁人只以为她是因为蹲得时间久了，但素菀却清楚，她是再也无法继续面对下去，她是如此的害怕医官的最终宣布……

医官上前，就地为纪晟诊脉，少顷起身向李泉与严统领禀道："这人伤得太厉害，失血太多，而且还被刺穿了肺部，已是回天乏术。"

两人吃惊，素菀低头闭上了眼，匆匆跑进殿中，不忍再听下去。

李泉转了转眼珠，问："还能拖多久？"

医官回道："他现在还没断气，已经是奇迹了，照他伤势，最多不过半日的时光。"

严统领皱眉沉吟："能不能先把他弄醒？"还未问出刺客身份，就这样由他死了，将来新君面前，如何交代？

"如此属下便尽力一试。"医官打开随身药箱，取出针药，正当准备扎针下去时，地上的人却突然睁开了眼。

"我醒着，不用白费力气了，本公子什么都不会说的。"纪晟一边说一边又咳出数口鲜血。

早在素菀为他包扎时，他就模模糊糊地醒过来了。感受到一股温软的气息萦绕在身旁，而后是一双柔软的手在他伤口处移动摸索，虽然没睁开眼，他却确认是她无疑。

重伤之余,他的感官却还敏锐,他清楚感觉到她为他裹伤的手在微微颤抖,指尖凉凉的滑过他的肌肤,于是便不想睁开眼了,看见了又如何,他与她什么都不能说,什么都不需说。

严统领气得跳脚,但却无计可施。李泉扬起了手,又生生止住,厉声喝道:"你说不说!"

纪晟呵呵一笑,闭了眼,再不复言。

为绮容复仇,他无悔,往昔恩,今次以命相偿,本是应当,可以在临终前再次见到她,大约已是上天最大的恩赐。

如此这般结局,也好……

素菀背靠在殿门后,一滴清泪缓缓滑落。

凤吟血玉依旧悬于胸口,压得心口如灌铅般沉重。


七月十五日,靳世子靳涵枫在靳王遇刺后的第三日到达太和行宫。

但他来时,那名行刺的刺客已于前日夜间不治身亡,死前并未透露一字半语,且后悬榜经月亦未有人知晓该人的身份,于是启山靳王被刺一案最终成为一宗悬案,正史上的寥寥数笔造就的是后世野史中许多段引人猜测的传奇。

不过,也只是如此而已。

对于这些后来的事,素菀均已不再关心,倒是靳涵枫来得如此迅速,让她微有诧异,靳涵薇派人于七月十四日,也就是靳王遇刺的第二天,传信去靳都,靳涵枫却这么快就到了,看来靳王遇刺当夜就有人将消息先行传回了靳都,那传递消息的会是谁呢?

她想了想,可能的人选实在不少,也就不再想了,反正靳涵薇无意利用此事取得一定的政治资本,那让靳涵枫顺利继位也无不可。反正,过不多久,一切都该终结了,不是吗?


七月十七日,靳世子扶棺返京,天下举丧。

素菀伴着靳涵薇回到晴翠宫,看着宫内处处白衣素缟,想着一趟启山之行竟然会是这样的收场,心里不禁五味杂陈。

163

杀靳王的是纪晟，但归根究底，却也与自己脱不了干系，所以她虽未手刃仇人，但至少也可以算作报了一半的仇，只是纪晟也因此而亡……

对他，她有着太多的愧疚，桑州水外楼的相遇，谁会料到会是这样的结局？或许，他不该遇见她……

是他错了，还是她错了？又或是天意错了？

因为心情抑郁，素菀回宫后每日只在晴翠宫中，寻常不出晴翠宫的宫门，只有在回宫第三天去了一次沁香园的旧屋，那日是绮容的百日祭。

原来只有短短百日而已，心中怎会觉得已是沧海桑田？

宫中禁私祭，小屋中她只能清酒一杯，洒于案前。

案上牌位有两个，一块题为"方绮容之神位"，并亡故之年、月、日，寥寥数字，写尽一生；另一块上则是空空如也，不着一字。

他的姓名，她只能刻于心上……

同回晴翠宫的靳涵薇也与她差不多，整日难得踏出宫门，虽然原因各异，但同样的，这场变故消耗了她们太多的心力。

与她们的生活状态完全相反的是靳涵枫。

大丧一毕，新君登基在即，礼司与钦天监相商后择定九日后为吉日，届时举行登基大典，地点是在朝阳殿。

一朝天子一朝臣，除旧布新，他有太多的事情要忙。

晃眼间，登基之日已至。

靳涵薇坐在晴翠宫的前院内，听着东面朝阳殿方向远远传来的山呼声，看着天际恍惚游离的云影，眼中空茫一片。

其实这里距朝阳殿这么远，应该是什么都听不见的，但她却觉得自己听到了，不仅听到了，还仿佛看到了。

隔着重重高墙，在那里，他的权势达到了一个新的起点。

昨日，靳涵枫来到晴翠宫，自从启山回来，这是首次。因为身份地位的变化，这一次她不能再闭门不纳。

他对着她说了好些话，但她听得清楚，他来只为一件事。

先王薨逝，身为公主的她依礼当守孝三年，如此一来，她与边国世子的婚期便得推后，他说，有一法可作变通，若她能在百日内出嫁，则能既合礼仪，又无须空耗三年光阴。

她听后，只余冷笑，然后一言不发地回了自己的寝殿。

这样的结局，该料到的，不是吗？新君临朝，更需要安稳各方面的势力，与周边各诸侯国搞好关系。

最后是素菀送他出晴翠宫，一去却隔了好半天后才回来。

她没问她为什么去了这么久，素菀看着她，目色复杂，但也未做解释。

拂晓时分，她让宫女搬了椅子到院中，听着卯时的钟鼓声遥遥传来，心内竟是前所未有的平静。

一切俱已尘埃落定，她便也不需要再多想什么了，只是她竟从来不知，这黎明时的宫城，原来是如此的空寂。

素菀侍立在不远处，静静地看着靳涵薇，眼眸深处浮起淡淡的怜悯。

## 第廿七章　中秋宴

流光易逝，不知不觉间，夏季已去，秋日的气息悄然而临。

新君临朝已半个月余，一切都好似重回旧轨，仿佛中间什么都未曾发生过。

八月十五，中秋佳节，天际，月轮盛大。

靳王于宫中设宴，列席宴上者除一众皇亲重臣与命妇宫妃外，另有一个身份特殊的人——边国前来迎亲的使者。

原本两国王室间的结姻，须按周之六礼，礼节最是隆重而繁复，但此时因为婚期提前，虽仍依从六礼，然时间安排上则紧迫了许多。

此次边国迎亲使者来到，靳王破例赐宴宫中，以示对这场联姻的重视。

不过，他虽重视，奈何另有一人却很不重视。

申时过后，韶乐奏起，众臣子入筵，随后酉时一到，雅乐起，诸命妇内眷入席，然而一直到酉时三刻，宴上却还不见靳国三公主靳涵薇的人影。

玉座之上，靳王靳涵枫微微有些不耐，已派人三催四请，可靳涵薇像是铁了心似的不愿前来。这半个多月以来，靳涵薇一直安分地呆在晴翠宫内，既不吵也不闹，举止行宜俱都看不出任何问题，他还以为她已经想通了，却没想到，当此关系国体的重要关头，她竟如此任性，简直是存心要摆他一道。

他叫过贴身的内侍小安子，贴耳吩咐道："你再去晴翠宫一趟，就说是御旨，要公主前来参加饮宴。"

小安子领命退下，急急赶往晴翠宫，方才大王吩咐他时声音虽小却威严肃重，隐隐有冰冷寒意，他自小常侍君畔，惯常察颜观色，又颇为清楚当今君上的心性，知道他对靳涵薇这个亲妹向来宽厚，但此次怕是真的已动了怒气。

一路心急火燎地赶到晴翠宫，一进宫门，他就看到素菀在院中来来回回地走着，脸上也是一副焦急模样。小安子常跟在靳涵枫左右，自然也是认识素菀的，当即叫道："素菀姑娘，大王命奴才来请公主赴宴。"

素菀一听就觉头疼，都已经来了好几拨催请的人了，可靳涵薇摆明着是不想去的，任他来多少人也只作不理。主子这样子，只难为了他们这些底下的人。

小安子见素菀面带难色，又说："大王说，这是御旨。"言下之意，靳涵薇若是再不去，便是抗旨不遵。

素菀一怔，靳涵枫的言下之意她自是明白，可是想到靳涵薇……她觉得脑袋更加疼起来。

小安子平日与素菀接触也较多，当下好意提醒道："大王已经有些生气了，公主如果再推脱，只怕……"

他话说到一半便住了口，但素菀乃是聪明人，焉有不明白之理！靳涵枫现在已经是一国之君，身份不同以往，处于那个位子上的人，最厌恶的大约就是别人抗旨违逆。以往他身为世子时，或许会觉得妹妹的一点任性和拂逆是一种趣味，但现在恐怕就不会再这样认为了，尤其靳涵薇今日之举无异于是让他在群臣和外使面前下不了台。

"请公公在此稍待，奴婢这就进去再劝劝公主。"素菀无奈道。事到如今，她也只能再试上一试。可是以她对靳涵薇的了解，靳涵枫越是这样说，只怕靳涵薇越是不会轻易服软。

回想起初见两人时，这两兄妹之间的关系是那般的亲近和睦，可如今……

不知是该归咎于世事多变、造化弄人？抑或，这是出身于王族的必然结果？

走进靳涵薇的寝殿内，素菀便看到靳涵薇正坐在灯下，手里捧了一本书在看。

素菀嘴角溢出一丝苦笑，现在这个时候，她还看得进书？走至近旁，果见靳涵薇目光怔忡，手上书籍的书页也未有翻动。

素菀暗暗一叹，启唇说："公主，大王又派人来请你了。"

靳涵薇头也不抬地道："不是说过了，再来多少人我也不过去，他们要饮酒作乐，那便让他们自己热闹个够，拉上我作甚！"

早知她会如此回答，素菀又是一叹："这次派来的人是大王身边的小安子，他说，大王下了御旨请公主前往，公主若还拒绝，似乎不妥。"

闻言，靳涵薇终于从书上抬起眼睛，目光轻转，带有缕缕嘲讽："怎么？连御旨都搬出来了？我若还不去，他便要以抗旨的罪名来治我？"

素菀不作声，心里暗暗道，你现在有与边国的婚约在身，靳涵枫是不会太为难你的，至多不过禁足数日，反正你现在整天闷在晴翠宫里，禁不禁足也没什么区别，但是这晴翠宫中的其他人就难说了，这世上有一个词叫"迁怒"，公主逆了王上老兄的意，便是底下的人劝导不力，对于上位者来说，这样的逻辑再合理不过。

"你去告诉传话的人，除非派侍卫来将本宫绑上殿，否则本宫是怎么都不会去的。"靳涵薇淡淡一语，眼光重新落回到书上，算是结束了这场谈话。

素菀默然无语，退出殿门，多少有点自怨自艾，自从来到靳涵薇身边后，好事没碰上多少，反而霉运连连。

她走回院中，小安子依旧等在那里，见到她摇着头走出来，便知道自己白跑了一趟。

唉，白跑一趟也就罢了，问题是该怎么样向靳涵枫回禀，如果实话实说，那么，一场雷霆之怒怕是免不了了。

素菀一脸郁闷的表情，对小安子说道："能否请公公回报大王，就说公主身体违和，所以不能前往？"

小安子也是苦着脸："素菀姑娘，您别和小的开玩笑了，如果我这样说的话，那就是欺君之罪。"

素菀长长叹了口气。

小安子看着她，忽然灵机一动："不如由姑娘亲自去说明？"他在靳涵枫身边混了这么久，多少也知道些事，靳涵枫对素菀一直另眼相看，由她去回禀，说不定能够平息圣怒……

素菀一愣。

小安子告求道："素菀姑娘，你也不希望看见大王责罚公主吧？还有咱们这些底下人，办事不力，以后在大王面前的日子就难过了。"

素菀沉吟片刻，终于点头同意。

总算将一个烫手山芋给转了手……小安子眉开眼笑，当即带着素菀前去宫宴的朝阳殿。

到了朝阳殿，他先进去禀告，素菀则先在廊下静候。

169

殿内有袅袅的丝竹声传来，微风中有丹桂的淡淡香气。素菀抬头看了看天边的月轮，如明珠玉盘般光洁温润。

又是一年中秋，正是家人团聚的好时候，靳都中千家万户大概就在享受着这样的幸福，可是自己却再没有了这样的机会。

正如此想着，左边廊下来了一队舞姬歌女，应是要入殿中献艺，素菀侧身让开一步，随意地瞥了她们一眼，只是这一眼却让她当即变了脸色。

这队舞姬一共十数人，其中一人容貌明丽，双眸透亮，虽然她脸上浓妆艳抹，但素菀还是一下就认出了她。

居然是秦怀锦！

桑州城一别数月，她竟然会出现在靳王宫！

她为何而来，素菀心念一转即明了。纪晟已死，绘影的榜文在外贴了那么久，秦怀锦自然已经知道了此事，以她对纪晟的深情，她混入宫中想做什么，不言自明！

眼看一行人即将错身而过，素菀来不及思索，看准时机，一下摔出身去，正好跌在秦怀锦的身上，手下使力将她的衣服拉破了一道大口子。

秦怀锦被这突如其来的变故吓了一大跳，待看清素菀的脸，她更是一下子变得面无血色。

素菀摇摇晃晃地站直身体，连声道歉："不好意思，姑娘，我刚刚脚下滑了一下，撞到你了，真是对不起！哎呀，我还把你的衣服给弄破了，这可怎么办？"

她唱做俱佳，生生把一出意外撞人并意外挂破别人衣服的戏码给演了个十足。

秦怀锦完全傻眼了，领队的舞姬则是哀叫连连："怎么回事，怎么把衣服都弄破了，她马上就要进去表演了！这下如何是好！"

这时，一个内侍走了过来，问道："时间到了，你们怎么还在这里磨蹭？还不快进去！"

领队的舞姬苦着脸道："公公，这妮子的衣服被这位小宫女给弄破了，这下可怎么办？"

内侍看了眼秦怀锦和素菀，皱起了眉，想了想后说："现在换衣服也来不及了，贵宾们都还在里面等着看表演呢！算了，少一个人就少一个人，应该也没什么关系。"

秦怀锦反应过来,刚要出声,素菀眼明手快,一把拉住她,口中又是一连串的道歉,将她的话都堵住了。"对不起,姑娘,我将你的衣服弄坏了,我身上带着针线,我带你到那边缝补一下吧!"说着,便连拖带拽地将秦怀锦拉至一边。

那内侍和其他舞姬忙着准备进殿表演,一时无人注意到她俩,就算注意到了,这样一场小插曲,估计也无人在意。

在离开众人稍远距离后,秦怀锦甩开素菀的手,冷声问道:"你想干什么!"

素菀微微笑了笑,顺势放开她:"这句话,不是该由我来问姑娘的吗?"

秦怀锦皱眉看着她身上的服饰:"你是靳王宫的宫女?"

"姑娘是靳王宫的舞姬?"素菀也学她打量她的衣着,只见她穿着紧身的艳丽舞衣,下裙彩带飘飘,臂上挽着一根红色披帛,头上则梳着飞天髻,这番装扮比起第一次见她时她所穿戴的黑衣黑裙,风格上实在是天差地别,也亏自己对她印象深刻,才能一眼认出她。

"你想要阻止我吗?"秦怀锦柳眉倒竖,眼中射出冷冽的光芒。

素菀摇了摇头,往四下里扫了一眼,时间紧迫,她不能再和她多废话了,于是直截了当地道:"两个选择,一个你继续做你刚才想做的事,不过我要提醒你,以你的武功,这是自寻死路。"

看到秦怀锦脸上不服气的表情,她轻轻地一笑:"你连我都不一定打得过,我敢保证,你一旦在那个殿中出手,准保会被刺成蜂窝。"

秦怀锦压抑住眼中的怒火,尽量平心静气地问:"那第二个选择呢?"

素菀眸色暗了暗:"第二,你装肚痛,然后寻机会立刻离开靳王宫,我会告诉你纪晟的尸体掩埋于何处,让你可以带着他归葬故里。"

秦怀锦心中一震:"你知道他……在哪里?"

素菀点头:"你现在就可以做出选择了,我没有太多的时间陪你。"

秦怀锦紧紧地咬住唇。

素菀看着她,温言道:"如果纪晟还在世,肯定不希望你为他冒险。"

终于,秦怀锦垂下了头,哑着声说:"告诉我,他的尸骨在何处……"

素菀稍稍松了一口气,总算阻止住了她,否则自己所犯的罪孽便又多了一笔。害死纪晟已是她难以赎还的罪,借秦怀锦的手,让他可以好好地安葬故土,或许这是她对他唯一能做的事了。

171

## 第廿八章　情难诉

　　正当素菀在殿外劝服秦怀锦及早离开时,另一厢,朝阳殿中,靳涵枫也听完了小安子的禀告。

　　听到靳涵薇没来,素菀却来了,他心里也不知该作何感想。

　　靳涵薇果然是拿定主意,说什么都不肯过来了,而素菀来则是为了怕他责罚靳涵薇吧!

　　她对她还真是尽心尽责!

　　拿起桌上的酒杯,他昂头一饮而尽。殿中歌舞升平,舞姬歌女们优美的舞姿、婉转的歌声,看在他眼中、听在他耳中,只觉得寡然无味。目光转到下方席上众人,一双双似醉非醉的眼睛,一张张仿佛恰到好处的笑脸,看得他更觉厌烦。

　　放下酒杯,看到边国使臣的目光正对着面前案上的酒菜,他心中微动,问道:"沈大人停箸不食,可是酒菜不合胃口?"

　　"哪里,如此珍馐美味,下官都不知道该吃哪一样才好了。"沈大人略略欠身,答道,"只是不能见过公主,实在可惜,鄙国世子还有一件礼物要在下转交公主呢!"

　　"呃,不知是什么礼物?"靳涵枫有了些兴趣,传言边国世子因为幼年时的一场大病,头脑有些问题,今年五月的桑州集英会上也有人证实了这一点,不过这位世子的命还是颇硬,被刺客刺了一剑也没死,如今他会有什么礼物要送给他未来的妻子呢?

　　沈大人取出身边的一个锦盒:"乃是世子的一幅自画像,不过世子交待只能交由公主亲自打开。"

　　靳涵枫微微颔首,心道这个边世子还不算傻得太厉害,或者是有人指点,这样的礼物的确要比金珠美玉来得特别些,想必靳涵薇也会比较有兴趣接受。

当下,他含笑道:"边世子果然是个有心人,这礼物舍妹一定会很喜欢的。不过,她今天身体有些不适,所以未能前来赴宴。"

"哦,公主玉体无恙吧?"沈大人关切地问。

"只是偶染风寒,劳大人过问了。"靳涵枫的目光飘向殿门,又道,"公主的贴身宫女正在殿外,世子的礼物,大人托交宫女带去给公主。"

沈大人侧首想了想,点头:"既然下官无缘见到公主,也只能如此了。"

靳涵枫笑了下,朝小安子点点头。小安子会意,前去宣素菀进殿。

这时,殿门外素菀已说服了秦怀锦离开,听到宣召,她踏步进入殿门。

刚才殿上的众人都听到靳涵枫与边国使臣交谈,看到一个宫女走了进来,便就猜到这就是公主的贴身侍女。

浅色宫衣,银白的束腰宫绦,果然是眉目清秀,素雅天成。席上众人多有没见过靳涵薇的,见到素菀后,都忍不住在猜测,小小侍女就已是如此的清丽不凡,那公主岂不是更加美貌?

素菀走到御案,俯身行大礼:"奴婢见过大王。"

靳涵枫看着她,眼睛熠熠生辉:"平身吧!"他细细端详着她,最近国事繁忙,又有好些时日没见到她了,她似乎出落得更加秀美动人了。

好一会儿,他才移开目光,对沈大人道:"这位就是公主的侍女,大人可将东西交给她。"

沈大人点头称是。

见素菀微有疑惑,靳涵枫解释道:"这位是从边国来的沈大人,奉边国世子之命,有一样礼物要交给公主,你将礼物拿去交予公主即可。"

素菀明白了,却同时又有了更深的疑惑:边亦远在搞什么名堂?他会有什么东西要交给靳涵薇?嗯,想必是什么定情信物吧!只是这两国间的一纸婚约到头不过一场权谋而已,他做戏做得还真是全套。

她移步来到那个沈大人的桌前,先是一礼道:"奴婢替公主谢过边世子的厚意。"随后接过沈大人手中的锦盒。

接过了礼物,素菀想着也该是时候告辞了,这样的场合本不该是她这样身份的人能来的,而且观靳涵枫的脸色似乎也未见什么怒色,想必就靳涵薇拒绝出席

173

宫宴一事,他应该并无介怀,倒是自己和小安子有些担心过头了。

她捧着礼盒,正准备高声退下,忽听到靳涵枫说:"公主出嫁在即,本王这做兄长的理应多加关怀,然而,前段时间国事繁重,本王一直无暇去看望她,素菀,你可先到偏殿暂待,待宫宴结束后,本王与你一起前往晴翠宫。"

靳涵枫都这么说了,素菀只得先到偏殿等候,有些想不通,靳涵枫想去看望靳涵薇,呆会儿宫宴结束后自己过去就可以了,何必非得拉她一道,他又不是不认识路,需要她带路。

素菀在偏殿等着,视线落在手中的锦盒上,微微有些好奇,边亦远到底送给靳涵薇什么东西? 靳涵薇对于这个素未谋面的未婚夫可一点好感都没有,也不晓得这礼物会不会被她一把扔出去……或许等下回到晴翠宫后就能知道了。

戌时过后,宫宴总算结束了,素菀已在偏殿等得有些百无聊赖。

靳涵枫进来时,便见到她坐在灯下剪着烛花,红烛美人,相映成趣。靳涵枫忽然想起"红袖添香夜读书"之句,想着诗中意境或许就如眼前之景。

素菀闻得脚步声,转过头,见是靳涵枫,忙跪下行礼。靳涵枫却抢先一步,扶住了她,笑道:"这些日子看到人就朝我下跪,跪得我头都晕了,你怎么也学这些人一样。"

"大王现在是一国之君,尊下有别,礼不可废。"素菀垂首道。

靳涵枫看着她,忽然觉得一丝烦躁:"素菀,你为何总是这样? 你明明知道……明明知道我对你的心意,却为什么总是不肯接受? "

素菀心中一惊,倏然抬起头,觉得靳涵枫的眼中有一丝异样的光芒。

"素菀,别再拒绝我了。"靳涵枫说着朝她走近了一步,他与她原本就站得颇近,这样一来两人便几乎贴在了一起。

素菀的脸一下子绯红起来,心跳的速度猛然加快,她想不到等他一起去晴翠宫会使她碰到这样的情况。

"大王,您喝多了! "她往后退开一步,想要重新拉开她和他之间的距离。

靳涵枫却不依不饶,她退后一步,他便往前逼近一步,一直将她逼到殿柱前:"我是喝了酒,但并没有喝醉。"他伸臂困住她在殿柱与他之间。

闻到他身上的酒气,素菀忍不住皱了皱眉,还说没醉,这酒气分明就是喝了不少的证明,否则以靳涵枫一向的表现,绝不像是会做出这样的轻浮举动。

不过,现在想这些也无用,重要的是——该如何脱身?

秋衫仍是单薄,他的体温透衫而入,他温热的夹带着酒气的气息吹拂在她脸上,让她耳边的警铃大作。

"素菀,莫要再推拒我了。"他低语的声音在她耳边响起,好似最动听最醉人的音乐。

但素菀却头脑清醒得很,莫再推拒,怎能不推拒!

她很想一记手刀劈晕了他,却偏偏不能;她也很想一把把他推得远远的,却又不得不顾忌对方的身份……

正在和自己较劲,旁边忽然响起一声惊诧声,还有几下倒吸气的声音。

素菀有些懊恼,注意力都集中在靳涵枫身上,居然连殿中来了其他人都不知道。但随即她又心喜,因为靳涵枫的动作一僵,她趁机脱开了他的掌握。

这才有工夫去看殿中来了什么人,原来是小安子和几个宫女。小安子张大着嘴,显然刚才那样的景象他还是第一次看见。

他愣了愣,随即反应过来,自己居然搅了主子的好事!

靳涵枫这时也回过神来,转头去看素菀。素菀本就惊魂未定,见状赶忙又退开了好几步。

靳涵枫又回头去看小安子等人,大手一挥:"还不退下。"

素菀心里哀叫,不是吧! 看着小安子和宫女们如赦大令、迅速地退出殿外,她也直想拔腿跟着一起走。

"素菀……"靳涵枫又转回头来看她。

"大王,奴婢也先告退了。"不能再犹豫了,素菀当机立断。

看着她欲往殿门走去,靳涵枫疾步上前拦住她。

"大王!"素菀的声音中终于泄露出了一丝丝惊恐。

他该真不会准备逼迫她吧! 她的一颗心跳得高高的,警备地盯视着他,却怎料靳涵枫抚了抚额头,声音闷闷地道:"我刚刚有些不清醒,吓着你了吗?"

素菀松了一口气,这么一惊一乍,真是耗费心力。

她定了定神,还是觉得此地不宜久留,说道:"奴婢无碍,大王可能喝得多了些,不如叫宫女去取些醒酒汤来醒酒,至于前去看望公主一事,还是等他日再说吧!"

靳涵枫点点头："也好。"

"大王若没什么吩咐的话，奴婢就回晴翠宫了。"素菀还是心心念念着离开。

靳涵枫目色复杂地看了她一眼，终于挥手："没事了，你走吧！"

"是。"素菀连忙抱起桌案上的锦盒，而后往殿门退去，生怕靳涵枫改了主意。

"素菀！"才行了两步，突然靳涵枫再次叫住她。

素菀觉得自己想要骂人，甚至还想打人，对象就是眼前这个靳王。

她一抬头，却发现靳涵枫眼中有着沉沉的悲哀，那样深重，使她忍不住心头一颤。

"素菀，我有没有跟你说过，你的眼睛很好看，亮得像天上的星星，清澈得好比山涧中的溪水，只是——"

他叹息似地说道："只是让人看不透。"

素菀身形一呆。

靳涵枫定定地望住她："为什么我越是想走进你心里，就越是觉得你离我越远呢？我想不通，我们之间的距离究竟在哪里？你说是身份，但我却觉得，你根本不是那种会把身份地位放在眼里的人。素菀，你告诉我好吗？究竟隔在我们之间的是什么？我要怎样做才能拉近你我之间的距离？"

素菀垂下了眸，错开与他的视线，心里有涩意涌起。

我怎么能够告诉你，我们之间隔着的是上代血仇的距离，隔着的是整座江山的距离，即使倾尽韶华，你与我，也不过是一场真心与欺骗，难有相知相许的一天。

# 第廿九章　往昔恨

走在回晴翠宫的路上，素菀还有些恍恍惚惚。

方才靳涵枫的那最后几句话不是没有在她心里激起涟漪，那般深情的告白，任天下任何一个女子都不能不动容，即便是她，也一样。她再铁石心肠，却也动心。

只是，她却不能给他任何回应，只能选择落荒而逃。

她默默地想着，如果她没有背负那样的血仇，或者他不是那个人的儿子，或许他们现在早就已经携手并肩、月下漫步，只可惜，这个世上没有如果。

她抬头望向天际，但见明月皎洁，月光流泻，清辉如水般洒下，然而她却觉得月冷如霜，披在身上，那寒意一点一滴地渗入体内，连心都冻结成一片，而后碎成一地冰碴。

脚步虚虚浮浮地回到晴翠宫，值夜的宫人告诉她靳涵薇已经睡下了，她茫茫然地点头，然后回自己的房间，屋子里漆黑一片，本已走得烂熟的路，却在进门时被门槛绊了一下，虽然勉强站稳了，抱在怀里的锦盒却一下子摔了出去。

她苦笑了一声，掏出火摺，先点亮了屋内的烛火，然后捡起掉在地上的盒子。

锦盒已经被摔开了，原来里面是一卷画轴。

素菀摇摇头，边亦远还真是没有新意，每次送人东西，都是送画卷。

只见画轴已经被摔得半开，她弯腰捡起，无意间瞄见卷面上的内容，竟是一幅画像。

素菀把画拾起，为了检查有无破损，她将画放到桌上，展开。

待看清画上的人像，素菀有些诧异，这幅画像画的居然是边亦远，简单的线条勾勒，并未着色，但却画得惟妙惟肖。

素菀微微皱起了眉，边亦远究竟想做什么，送来这么一幅画，他的用意何在？

菀

他难道忘了早在青石镇,靳涵枫和靳涵薇都见过他一面? 他这么做难道是来考校他们的记忆力?

虽说只是萍水相逢而已,但也难保他们认不出来。

素菀的目光移到画上的一行题字,不过是简单的落款,但这作画的时间⋯⋯

素菀又仔细看了一遍,确信自己没有看错。

五月初七⋯⋯

恰是她与边亦远桑州相会那日!

他知道她是靳涵薇身边的侍女,他送画给靳涵薇,便算准了自己一定会看见,他是想借此来提醒她什么? 是当日的约定吗? 难道说,边国已经准备好一切,即将出兵了?

素菀心头微微有些沉重感,战事到来,看来这天下真要大乱了。

看着画上的人,她心有踟蹰,她该遵守与他的约定吗?

如果换作是在数月之前的桑州,对于这个问题,她的回答当然是"是",但是现在她的心里却有些为难起来。

换作当初,帮助边亦远灭靳国,乃是利人利己之举,她何乐而不为! 否则以她一人之力,如何能报家仇!

但现在,自从上任靳王死后,她报仇的心似乎淡了许多,害她父母,诛她全族的元凶乃是靳王,如今他已死了,她不由扪心自问,她有必要将这恨意牵连至整个靳国吗?

可若是就此放弃,她又实在难以心甘!

那是那般的深仇大恨啊! 她能够就此放弃吗?

素菀一下子跌坐在椅子上,想起那场噩梦般的过去。

十年前的荆南郡,舒家乃是第一望族。

说是望族,并不是说舒家出了多少王侯高官,虽然舒家亦是世缨之家,但实际上到了她的父亲舒远这一代,舒家便再无任何子弟在朝中为官了。

舒家子弟多是饱学之士,其中不乏当代鸿儒,但秉承着"乱世不做官"的家训,舒家上下并无一人选择出仕之路。

虽然家境甚殷,但舒家家训,凡舒家子弟从成年起就必须从事劳作,以耕读为业,以好逸恶劳为耻。同时,舒家亦是积善之家,每逢荆南郡发生什么天灾人祸,舒家必定开仓赈灾，扶危济困。

舒浣就出身在这样的家族。

她的父亲舒远乃是舒家子弟中的出类拔萃者。他少有才名，一手诗词名动天下，丹青妙笔更是世所推崇。

舒远二十岁时开始负籍远游，立志读万卷书、行万里路。在遍游天下的这期间，他结识了她的母亲。其实，以父亲的才名与人品，多有名门淑媛想嫁入舒家，可是父亲却对母亲情有独钟。

关于母亲的出身，素菀却并不是很清楚，舒家里的人对此也似乎讳莫如深。

她只知道，母亲名叫宁然，在初识父亲时，曾化名为李寒烟，这便是《寒烟远岱图》一名的由来。

父亲是个文弱书生，然而母亲的武艺却是不凡，关于他们的初遇，母亲曾当做笑话来对她讲过，可惜她当时年幼，记得并不是十分清楚，只依稀记得那是个很有趣的故事，好像起因是母亲抢了父亲的什么东西。后来，她曾无数次的懊悔，当时她为何不听得仔细些，如今再也无人能将整个故事告诉她了。

父亲对母亲是一见钟情，但母亲初识父亲时似乎对他并无好感，想想也是，母亲武功高强怎么会一下子就喜欢父亲那样的文弱书生呢！

他们之间的故事，素菀知道得并不是太多，大约他们是想等到她长大时再告诉她吧！可惜，后来他们却再也没有了这样的机会。

事情的起因是父亲历时十数年、耗费巨大心血绘就的一张地图，名为《千嶂里》，这张地图上详细地绘出了天下各处的兵家险地，而且有好些地方更是当时罕有人知的奇地。

父亲原意是将这张图交给一个有能力一统天下的仁君，以助他行兵布阵，可是他的这个愿望还没达成，觊觎这张图的人就来了。

靳王便是其中最无耻、最心狠手辣的一个。

当时，父亲已经坐上了舒家的当家之位，靳王在威逼利诱均告无效的情况下，索性派兵进入荆南郡，以全族人的性命相胁，逼父亲交出《千嶂里》，父亲无奈，最终只得妥协。靳王在图到手后，因为怕父亲会绘出另外一张相同的图，竟然狠心下了毒手，并且是以斩草除根的方式，灭了舒家三百一十七口人。

全族上下，只有她因为母亲一早设法将她送了出去，这才逃过了这一劫……

萧 X

看着亲人的鲜血，看着舒府那漫天的火光，当年年仅七岁的她暗下决心，誓报此血海深仇！

后来，她根据母亲临终前的吩咐，历尽艰辛，辗转千里，来到了北浮山，找到了父母生前的好友谢岱，也就是她后来的师傅。

为报深仇，在北浮山上，她不分寒暑，刻苦习武，艺成后才下了山。

再然后，便是匿身宫廷，伺机报仇……

往事已经如青烟般散去，但心里的仇恨也能够如此说忘就忘，说放下就放下的吗？

素菀看着自己的掌心，那里空无一物，可原本她是拥有着这世间最美好的一切！

她不能……

她做不到！

能轻易放下的仇恨便不叫仇恨了……

这仇她在心里记了十年，这恨刻入她的每一分骨髓！

十年来，她日思夜想的便是如何用她的剑刺穿仇人的胸膛，如何用他们的鲜血来洗净她心中的鲜血！

十年来，这是她活着唯一的目的，是她历尽艰辛、努力习武的目标，是支撑她生命的信念……

现在，如要她放弃，那她这十年的生活岂不是一场最荒唐的笑剧？

她知道这是执念，但若将这执念抽离她，她的生命便再也没了重心，没了生存下去的目标，她就真的成了这世间上的一抹游魂，无凭无倚，不知归属……

目光重回眼前的画像，她盯着那一行字看了许久。

既然已是恨重难返，那便毅然决然地走到头！

她抬头看着窗外，天上明月依旧高照，月光如水洒下。

她在心内默念：靳涵枫，莫怪我，要怪就怪上苍弄人，你我今生注定对立！你父亲一生最想要的就是一统天下，为此当日不惜灭我全族，如今我便要你靳国城破国倾！


第二日一早，素菀带着边亦远的画像去见靳涵薇。

"公主,这是边国世子派使者送上的礼物。"她将锦盒捧至靳涵薇的面前。

靳涵薇皱了皱眉:"是什么东西?我不要,你拿去扔了吧!"

"可是,这是边国世子精心准备的礼物,公主不看一下就要扔掉吗?"素菀说得并没有错,这礼物确是边亦远"精心"准备的,只不过,针对的对象不是靳涵薇,而是她。

靳涵薇挥手道:"有什么好看的,我对这没兴趣,你快拿去扔了,扔得越远越好,或者一把火烧了也行,总之不要让我看到它,免得我心烦!"

素菀点头应是,退出门外,心内稍感可惜,怎么说这也是边国世子的墨宝,画上的他看去也颇为潇洒俊逸,就这么一把火给烧了,还真是有点……暴殄天物?

她捧着锦盒来到晴翠宫的小厨房,将画连同盒子一起投进了灶头中,看着火苗慢慢吞噬了整个盒子,终成灰烬……

## 第三十章　烽火起

边国使臣离开了，两国婚期已经议定，就在一个月后的九月十五。

宫中上下都开始为这件即将到来的喜事忙碌起来，除了晴翠宫。国丧之后，有这样一件大喜事，连整个靳都都增添了几分喜气。

可就在这个时候，一件突如其来的事中断了这种喜庆的气氛。

说是突如其来，其实靳王宫内还有一个人对此并不意外，简直就是预料之中。那人便是素菀。

有那晚桑州城的密议，再加上他那轴画卷上的提醒，她早估计到战事的濒临。不过，还是没想到，竟是北澹先出兵，然而细想一下也就能想通了，北澹本来就早与边国暗中结盟，由它先行行动，也是可以理解的。

北澹军队突破昭益关、攻入边境的消息传来，靳涵枫就迅速召集朝中众臣商议对策，这是他登基后第一场战事，不容有失。

商议的结果是迅速派兵迎战，北澹这次率兵十五万南下，来势汹汹，直往靳都而来，显然不是想仅仅劫掠一番就回去的。

尤其是得知这次领兵的人乃是北澹王子时泓，这个人也算是他的老对手了。

上次因为他偷盗《千嶂里》一事，他追查他至青石镇，终于在那里抓住了他，并将他关押在镇郊的密牢中。可是，后来还不等他将其押送回靳都，居然就被人中途救了去。

没有追回《千嶂里》，又让时泓逃走了，他后来只能选择前往宁国桑州，将靳涵薇带回来……

这次，时泓亲自率兵南下，大概就是为了报前次青石镇被捕的一箭之仇。

除迅速派兵迎战外，另有大臣建议向边国求援，北澹兵向来骁勇善战，而时泓也不是什么易予之辈，加上这次南下的北澹军马有十五万之众，以靳国目前的实力，要想赢得这场战争的胜利，恐怕得借助边国的军力。

靳涵枫思虑了一下，觉得确实如此。靳国现已同边国联姻，若向边国借兵应该不会太难。

当下派使臣带着金珠钱帛和他的亲笔书函出使边国。

使臣到达边都后，求见边王，递上国书和礼物，边王阅书后，慨然答应，随即派大将领兵五万奔赴靳国。

边军一到，靳军果然如虎添翼，接连胜了好几场，朝阳殿中靳涵枫听着捷报频传，深感快慰。他下令一鼓作气将北澹军彻底赶出靳国。

可就在此时，事情忽然起了剧变。

听到前线逃回来的探子的报告，他惊得差点从金座上摔了下来。

"你说什么？再说一遍。"他惊觉自己的声音都变了调，像极了夜枭的嘶叫。

探子伏在底下，痛声道："大王，边军跟北澹是一伙的，他们将我们的军机泄露给了北澹，使我们在追击北澹军时陷入重围，而本该出现支援的边军也突然倒戈相向，帮北澹军一起攻击我们。我军顿时大败，十数万的将士几乎全军覆没。"

靳涵枫听得惊异莫名，更是痛心莫名，好半晌他才缓过一口气来，下令重整军备。

可就在此时，一个更大的噩耗传了过来。一夜之间，靳都城外出现了无数的边军，将靳都重重围住。

靳涵枫亲自登上城楼，看着城下密密麻麻的边军，顿时眼前一阵晕眩。身旁的侍卫急忙扶住他。

"怎么会这样？"他睁开眼问。这么多的边军难道都是长着翅膀飞来的不成，为何事先没有收到半点消息？

一旁，已升为禁军统领的丙寅回道："边王明里说派兵五万，实际上却还有十万大军跟在后头。边军向来以行军迅速而著称，这十万军队便是趁我们不备时突然杀到了靳都城下。"

可恶！

靳涵枫一拳击在城墙上，顿时青砖碎开，粉末簌簌地飘落到楼下。

他望向边军中军帐前那一面大大的旗帜，依稀可见，那上面乃是一个"边"字。

边？难道领军是边王？

丙寅注意到他目光的方向，说道："据探子回报，这次围攻靳都的边军主帅乃是边国世子边亦远。"

什么！

靳涵枫一愣，那个传闻中痴傻的边世子也能领军作战？

他回首看楼下，只见边军内外法度严密，十万人围于城外却不见丝毫紊乱，也没有发出任何嘈杂的声音，那黑压压的盔甲的颜色一直延伸向远处，一眼望不见尽头。

好一个痴傻的边世子！原来天下人都被你们父子俩愚弄了……

心口气血翻滚，他抑制不住，终于喷出了一口鲜血，紧接着眼前一黑，昏死过去。

在边军围住靳都的当天，靳王因为气急攻心，晕倒在了靳都的城楼上。

昏昏沉沉中，靳涵枫感到身边似有一个人在细心照料着他，为他喂药，还替他更换额头上的湿巾，那人身上有着淡淡的荷花一般清雅的香气，那人抚在他额上的手温暖柔软……

她是谁？他极力地想睁开眼看清她，却怎么也看不清。

也不知过了多久，或许很短，或许很长，他终于清醒过来，只觉胸口仍是闷闷的，极不舒服。

他呻吟了一声，终于惊起伏在榻边几案上小憩的一条人影。

"你醒了！"她惊喜地欢叫道。

靳涵枫看着她，觉得眼前的一切就如梦境般不真实。

素菀见靳涵枫呆呆地看着自己，担心地问："你怎么了？是不是还是不舒服？我这就去喊御医过来。"说着，她转身欲走。

靳涵枫连忙叫住她："我没事了。"出口才发现自己的声音嘶哑得不像样子。

素菀端过桌上的一杯温水，柔声道："你先喝口水，润润喉咙。"

靳涵枫点头，伸手想去接杯子，素菀却微微侧身避过，然后扶起他，亲手喂到他唇边。

靳涵枫慢慢喝水，眼睛却一眨不眨地看着素菀。

素菀感觉到了："怎么了？为什么这么看着我？"

"我怕这是梦，眼睛一眨，梦就醒了。"靳涵枫自然而然地脱口说出心里话。

素菀一怔，随即脸上晕开一抹绯红："小安子他们还在外殿候着，还有丙寅大人他们也都担心得不得了，我去喊他们进来。"

这次靳涵枫想要喊住她却是来不及了，只能看着她轻袅的背影飘出了殿门，心头有丝丝缕缕的甜蜜泛开。

想不到一场厄运，一次急病能让她来到他的身边，这是不是也算上天的一种补偿？

不一会儿，便见素菀带着小安子和丙寅两人进来了，其他人应该还被挡在外殿，以免进来太多的人，打扰他休息。

看到靳涵枫醒来了，小安子和丙寅都欣喜不已。

靳涵枫坐直身问："城外的情况怎么样了？"

丙寅回答："边军已经开始攻城了，不过攻势还不太猛烈，应当只是试探。"

"城中现在有多少兵力？"靳涵枫又问。

"禁军加上宫中的侍卫，还有其他一些人马，总共约是四万人。"

靳涵枫皱起了眉，靳都近半的兵力都被抽调去抗击北澹了，现在靳都的防卫十分薄弱，要想凭着这四万人守住靳都，委实过于困难，现在唯一能指望的就是另一路北上抗击北澹的靳军能及时回援。

"城中的粮草是否足够？"他又问出一个关键的问题。

丙寅点头："城中粮草倒是充裕，就是兵力有所不足。"

靳涵枫微一颔首："下令各城门的将领严守城门。"但愿能够撑至援军到来。

丙寅领命离开。


在御医的治疗和素菀的精心照料下，靳涵枫的病很快好转，他每日亲自上城楼激励将士作战。

一连数日，边军的攻势都不是很猛烈，这使得他有些疑惑，他们似乎是在等待着什么……

他的疑惑很快就得到了证实。

九月初一夜，星月无踪，整个天幕没有一丝光亮。晚上，边军中止了攻击，靳

185

都城也陷入一片宁静中。

然而,子时刚过,城中南面忽地一道火光冲天,打破了夜的寂静。

靳涵枫操劳了一日,睡得正沉,突然迷迷糊糊地听到寝殿外传来一阵骚动,他猛地惊醒过来。

"大王,不好了!"小安子慌慌张张地跑了进来,连一声通报都未来得及。

靳涵枫的心猛地一沉:"发生什么事了?"

"城中的粮草被烧了。"小安子的说话声带上了哭腔。

靳涵枫一下子跳下床来,赤脚跑到殿门外,抬头,南边天空火光漫天,映红了大半个天际。

那正是贮存粮草的地方……

他一下子跌坐在地上,心头只有一个悲凉的念头:难道上天真要灭亡靳国?

# 第卅一章　梦醒处

这次边军突如其来的倒戈相向,靳都上下完全没有准备,城中的百姓原就处于深深的恐惧中,现下粮草被烧,更是民心不稳,城内人人自危,深怕明日边军便会破城而入,而宫中亦是处处一片恐慌状态,宫人们交耳谈论的都是边军这样、边军那样。

唯有靳涵枫心中虽焦虑,面上却还镇定。素菀看不出他镇定的理由,如今的靳都还有守住的可能吗? 还是说,他想死守靳都,战至一兵一卒?

史书上多有孤城被围,城中百姓易子而食、烧骨为柴的记载,难道这样的惨剧即将要在今日的靳都重演?

她疑惑着,这日再去御书房,便看到他在书写诏书。她端茶过去,暗暗留意,果见是他下诏给守城的武将。

联想起宫中的传言,据说一连数日的攻城,城外的护城河的河水都已经染成了血色,据说,官兵统一收缴城中百姓的余粮,民众每日的食量交由衙门限时限量发放……

看来靳涵枫是真的下了死守的决心,然而她却不准备给他这样的机会。

靳涵枫放下笔,抬起头来,看着她,脸上浮现出温和的笑容:"怎么今天这么早就过来了? "

素菀回以淡淡的一笑:"听小安子说,大王又一夜没睡,我心里……所以过来看看。"从近处看,他的脸色果然有些憔悴,眼下一圈淡淡的青黑。

"你担心我? "靳涵枫心口一热,本是疲惫的眼中亮了亮。

素菀微带羞涩地点头,她将茶盏放到他的书桌上:"现在局势紧迫,我一介女流帮不上什么忙,也不能为大王分忧,只能做做这样的小事。"

看着她脸上的红晕，靳涵枫有些痴了。"你只要能陪在我身边就好，看见你便能让我忘记所有的劳累。"他发自内心地说。有她在侧，即使身处绝境，即使坐困孤城，他亦觉得温馨甜蜜。

素菀低了低头，看似娇羞，却是有意无意地错开他热烈而真挚的目光。最近靳涵枫越来越多地这样看她，让她无端端觉得有些恐慌，像是怕承受不住他目光中的重量。

"大王一夜未睡，是不是又出什么事了？"她明智地转开话题。

靳涵枫微微摇头："边军的攻势虽紧迫，但这两天宫内还是安全的，只是粮草紧缺，的确是一大问题。"

靳涵枫所说的，素菀当然明白。

她何止明白，甚至清楚边亦远赶在秋收之前发动这场战事，很大一部分原因便是出于这方面的考虑。

两军相争，粮草先行。靳都内外，边、靳两方兵力悬殊，靳国所能倚仗者，不过是"城坚粮丰"四字，靳涵枫原先想的是坚守靳都，待各地的援军一到，靳都之围自然可解。而原本以城中的粮草储备，要坚守个两三个月也应当不成问题，可是如今城内贮存的粮草全部被焚烧，离秋收之期又尚有月余，民间储粮亦是不足，现在城中上下人人惊惶恐慌，这样下去，这城还如何能够守住！

靳涵枫苦心思虑着，一是如何解除靳都的危机，二是找出城中的内奸。对此，素菀冷眼旁观，看得再清楚不过。

只可惜，她再清楚却也不能给他任何建议，不仅不能给他建议，反而要继续给他制造烦恼……她不无惋惜地想着。

她这段日子以来，一直故意接近靳涵枫，为的就是探知城中粮草的贮藏处，以及那里的兵力守备状况。然后按照与边亦远的协议，她设法纵火烧了靳都城中的粮草，使得靳军粮草不济。

靳涵枫大约怎么也想不到，她就是那个他想要抓出的内奸。

"援军还有多久才能到？"素菀问道。

"北上征伐北澹的大军现在大约是行至朱湄河一带，若及时回援的话，到达靳都应该只需八九日。"靳涵枫回答。

他未说实话，素菀心内敞亮。

北上的大军回援,回到靳都的确只需要八九日,但这只是乐观的估计,且是完全不合现实的,实际上靳都的处境远比这要糟糕。试想,如果大军真的心急赶来回援,边军必定一早就在半路设伏,以逸待劳,届时援军必然中伏,更遑论边军还可与北澹军南北夹击,所以若领军的将领稍有头脑,这援军的到来便绝对不会那么快。

靳涵枫见素菀沉默不语,以为她心中害怕,忍不住伸出手去握住她的柔荑。素菀一惊,下意识地便想甩脱,好在她及时想到两人现时的身份,遏制住了这个念头。不过虽然只能任由他握住,她的手仍是难以自控地微有颤抖。

靳涵枫却由此认定她果然是在害怕边军,心中柔情泛滥,手上轻轻一带,便将她揽入自己的怀中:"你放心,我一定会护你周全,绝对不会让任何人伤你分毫。"

素菀被他拉入怀中,几乎想要咬唇来压制着不去做反抗的动作,从未与一个男子如此亲近,更何况那个男子还是自己的仇敌,她内心的反感可想而知。

正当她竭力保持平静,耳边忽然传来靳涵枫的这句话。她蓦地愣住了。向来擅长察言观色,惯于看穿别人的心思,她能听出靳涵枫的话是出自真心,发自肺腑的,也正因如此,她的心里隐隐有一丝负疚的感觉。

她抬起头看他,却见他正凝眸看着自己,眼神专注温润,她不禁也有些恍惚。

四目交投,靳涵枫柔情满溢,口中喃喃道:"素菀……"目光凝注到她晶莹粉润的樱唇上,那绯红却透明的色彩如此鲜活诱人,引得他不自觉地低下头去,想要触上这抹红润。

看着他逐渐在眼前放大的脸,素菀却猛然惊醒,一下子瞪大了眼睛,来不及多作考虑,她连忙侧过头,紧接着便觉到耳垂下软软的一点触感,他温热的气息传到了她的耳间。

脸一下变得通红,也不知是羞是恼。她挣扎着动了下身子,靳涵枫终于也回过神来。觉察到自己方才干了什么,他微感窘迫,不好意思地低了低头,心里却有一丝甜意泛起,刚刚那柔柔软软的触感从唇间一直窜入了他心里面。

感到怀中的她又稍稍动弹了一下身子,他只得将她放开。

素菀身体终得自由,不由在心里轻轻吁了一口气,当下也不敢再和靳涵枫独处一室了。

正寻思着该找何种借口脱身而去,门外忽然有脚步声传来,随之是内侍进来通报："大王,禁军统领丙大人求见。"

来得真是及时！素菀忍不住要为丙寅的及时到来而欢呼。她退开桌旁,弯身一礼道："大王有正事需忙,素菀就先行告退了。"

靳涵枫微微颔首,眼中却有些不舍,无奈国事为重,只能暂且放她离开。

丙寅进到御书房,便看到靳涵枫脸带失望之色看着窗外。

他微有疑惑,却也不便多问主子的事。

"什么事？"靳涵枫转过头来看他。

丙寅连忙回道："启禀大王,城中的余粮已经收缴完毕了。"

"哦,一共有多少？"靳涵枫精神一凛,急切地问道。

"属下已经清点清楚,一共可以支撑五天。"丙寅回答得有些底气不足,他知道五天的粮草对于现在的靳都来说,什么都改变不了。

靳涵枫的肩膀一下子垮了下去,默然无语。

丙寅有点担忧地叫了声："大王？"

靳涵枫长长叹了叹气,问起另一个他所关心的问题："追查纵火烧粮嫌犯一事有没有结果？"

丙寅摇了摇头："问过当夜巡守粮草场的所有士兵,均道那晚没有看到任何可疑人物出现。属下推测,这纵火的人一定早就探知到了粮草场附近的地形,且轻功卓绝,又使用了威力巨大的火器,否则不可能将所有的粮草一举焚毁。"

"那样的话,这纵火烧粮一事便是一早就是边军攻城的一环计谋,否则不可能在短时间内将一切筹划得这般齐备。"靳涵枫沉思道。

丙寅点头："大王所言甚是,而且那人,或者那些人,一定就隐匿在军中或宫中,否则无法算知粮草贮藏的虚实和守卫交班的时间。"

靳涵枫沉声道："这个内奸可恶至极,一定要尽快将他找出,否则只怕接下来为祸更剧。"他挥挥手,又道,"你先下去吧！我要静下心来好好想一想。"

"是！"丙寅应声退下。

靳涵枫离开书桌,慢慢在书房踱起步来,他长眉紧锁,细细思索着。

内奸如果是在军中,必定是居于高位,或是专职负责粮草事宜,但这些人都是由他亲自挑选提拔的,应当不会存有二心；如果人是在宫中,那一定是就在他左右,否则也不能探听到这般的机密。

究竟会是何人？

这样去猜测、排查实在是茫然无头绪……

那或者……

他脚步一顿，心里渐渐有了方向。

或者该引蛇出洞？内奸一次得手，绝不会就此偃旗息鼓，他所要做的便是为他制造一个香饵，诱他再次出手，届时设下圈套，即能将他一网成擒。

只是——

该以什么做香饵，才能引致对方的出手呢？

素菀在晴翠宫刚用过午饭，有宫女前来召唤，说是靳涵薇想见她。

素菀一愣，靳涵薇现在每日在宫中小佛堂内吃斋念佛，对别的事都是漠不关心，怎么突然会想要见她呢？

难道是她听说自己最近与靳涵枫走得颇近，所以准备问责她？

带着疑问，她来到晴翠宫西后院的小佛堂中。推门便见靳涵薇一身素衣地跪在佛像前，低首合十地念着经文。

"奴婢见过公主。"素菀上前行礼。

靳涵薇又念了一声佛号，站起身来，道："佛前众生平等，你不必向我行大礼。"

素菀轻轻应了一声，起身问："不知公主传唤奴婢，有何吩咐？"

靳涵薇侧目看了她一眼："好几日未曾见你，所以叫你过来随便聊聊。"

素菀点头应是，心中疑惑不减。

"听说你最近常常前往御书房？"靳涵薇淡淡开口问道。

素菀心头一突，脸上却依旧平静如故，恭声道："边军围城，奴婢心下担忧，所以常去御书房了解一下战事的现况。"

"心有担忧？你是担忧战况，还是担忧人呢？"靳涵薇继续不急不缓地问。

素菀咬唇不语。

靳涵薇又瞥了她一眼，忽然话锋一转，问："靳都还能支撑几日？"

素菀一怔，难道靳涵薇也开始担心战事了？

想了想后，她答道："大王说，若援军到来，应该只需八九日。靳都只要撑过这几日就安全了。"

"你相信？"靳涵薇眉尖微挑。

素菀沉默下来，半响后才答："大王一定会护卫公主周全的。"这句倒是实话，她已经敏感地觉察到这几日晴翠宫的侍卫多了好些，更有一流高手在内，应是靳涵枫预作的准备。

靳涵薇也沉默下来，好一会儿后，她闭了闭眼念道："战鼓响处，从来生死难测，世事变幻，很多时候总是事与愿违。"

听她如此说，素菀心间莫名有些悲凉的感觉泛起，她当然知道战火之下，宫内像靳涵薇这样的手无缚鸡之力的弱女子最是难以自保，她的公主身份带给她的也只会是更多的厄运。

她待说些什么宽慰的话，却突然觉得自己很是虚伪，一方面在筹谋着灭亡她的国家，另一方面却说着冠冕堂皇的托辞。

靳涵薇张目看向素菀，无力地挥手："你走吧，希望他真能护你周全。"

闻言，素菀心内不由苦笑不得，看来靳涵薇是认为自己故意接近靳涵枫乃是为了寻求他的庇护。

一边离开小佛堂，她一边轻叹，靳涵薇只猜对了一半，她确实是故意接近靳涵枫，然而目的却绝没有这般"纯良"。

准备走回自己的房间，路上却意外听到宫人间的交谈，说是靳王准备弃城突围。素菀微有错愕，出了晴翠宫，四下一逛，果然宫中已传得沸沸扬扬。

她疑惑起来，早上还看到靳涵枫有死守城池之意，怎么才小半天，他就改了主意？而且就算是要弃城突围，也不必弄得如此人尽皆知吧！一旦消息传到边军耳中，他还如何能够突围？他此举究竟是何意图？

突然出了意料外的状况，素菀有些不安起来，仿佛快要布至终局的棋突然有了意外的变化，虽只是小小的一个变化，却让她的计划受到了干扰。

是否还要照计划而行？她犹豫起来。

细细想了一番，她打定主意，不管靳涵枫是何打算，这靳国各处关隘的布兵图她还是得偷，否则就算攻陷了靳都，但要想尽快取下整个靳国却没这么容易。

从第一次进御书房那日起，她就着意在御书房内寻找此物，但直至目前还未见到它的丝毫踪迹，靳涵枫究竟把它放在哪里了？

接下来，素菀依旧每日前往御书房为靳涵枫送茶和点心，暗中细细探查。这日,她在帮他整理文书时却意外瞧见布兵图正夹放在一些旧奏折中。

难道这就所谓的越不起眼的角落越是藏有大秘密?她心内狂喜,未免迟则生变,她当夜便准备偷盗。

然而,当夜晚潜入房中,原本漆黑一片的房间却一下子变得灯火通明,她这才明白过来自己犯了多严重的错误。

# 第卅二章　剑沫血

"将她的面巾拿下!"靳涵枫冷声喝道。方才见到人犯时,他多少有些意外,没想到这个内奸居然是个女子。

得令的丙寅一把扯下人犯的面巾。黑巾揭开,一张清秀素白的脸完完全全、无任何遮挡地显现在靳涵枫面前。

看清那张熟悉的脸庞,靳涵枫惊得一下滞住了呼吸,觉得心头似被人猛地重击一下,眼眸中全然是难以置信的错愕与惊诧,而丙寅更是目瞪口呆,手中抓着的黑巾无意识地掉落在地。

"怎么会是你!"半晌,靳涵枫才低低叫道,眼神像是被利刃刺伤了一样,满溢着痛苦之色。

素菀抬头迎上他的目光,微微苍白的脸上不带一丝情绪,她在束手就擒的那一刻即已明了,会有这样的结果,也早就做好了这样的准备,如今她只是那么平静地看着他,眼中无喜无悲、无伤无怨、无哀无痛,有的不过是一分决然的快意。

一切都已走到了最后,一切都已走到了终局,那便让一切都就此落幕吧!

"为什么?"靳涵枫低咆着,喑哑的声音似是从胸腔内直接发出,"为什么会是你! 你为什么要这样做?"

素菀的头轻轻别过:"多说何益,既已落入你手中,要杀要剐,悉听尊便!"

靳涵枫痛苦地连连摇头,激动地上前握住素菀的双肩:"我不相信! 不相信……告诉我,不是你做的——"

素菀回头看他,眼中浮起一丝似笑非笑的讽意:"我告诉你,你就会相信吗?"

靳涵枫微怔。

素菀又道:"我这身装扮,又是当场被捕,你心里明明已经确信了,又何必再说这样的话呢！"语声中似讥诮，又似怜悯。

靳涵枫目中痛意刻骨，抓住素菀双肩的手无力地垂下："告诉我，是有人威胁你这么做吗？"

"没有！"素菀回答得干脆至极。

靳涵枫痛苦地一闭眸，手慢慢攥握："先前放火烧毁粮草的人也是你？"既然已经知道城中的内奸是她，那么，不难推出前日纵火之人也是她，她一直在他身边，有心留意下，能知晓粮草的贮存之地，并不奇怪。

"不错。"素菀下颌微抬，爽快承认。

"为什么？"靳涵枫觉得心中如有一把利锥刺入，而后缓慢绞动，那一阵一阵的痛意传出，散入四肢百骸，连他的手亦不由自控地轻轻颤动起来。

"你为何要这样做？难道你从一开始接近我就是怀有这样的目的？"靳涵枫无法再思考下去，这样的猜测使他的心更沉更痛，但他的眼中仍藏着一丝仅存的希冀，盼望着素菀能够否认他的话。他无法可想，如果从一开始她就是为了做内应才来接近他，那么他与她之间所经历的一切又算作是什么！她对他所说的一切、所做的一切又有几分真？几分假？

他看着她，目光中流转着深沉的祈求，然而素菀却不给他丝毫自欺的机会，硬生生将他最后的希冀击打得粉碎："没错，我从入宫那天起便是想着今日，一直以来的隐忍都是为了有遭一日能够亲手让你靳国城破国倾。"

她的眸色深晦："打从我第一次遇见你，我就已开始有目的地筹划一切，后来我发觉你对我有企图，我便利用这一点，接近你身边，进而暗中探听消息。"

"有企图……原来你竟是如此看待我的心意……"靳涵枫忍不住苦笑，痛到极处的感觉原来是这般的麻木，"既然你准备利用我，那你为何一开始时对我并不亲近，反而处处保持着距离？"

素菀嗤笑一声："你那时对我不过是一时的兴趣，我若让你太早达成心愿，不过使自己沦为你的玩物而已。玩物被厌倦后就只有被丢弃的下场，那样岂非不仅不能达成我的目的，反而赔掉了自己的清白。"

"你……原来是这样看我的，我在你眼里，原来就是这样的下作与不堪！哈……"靳涵枫狂笑起来，脸上却并无半丝笑意，只有难言的悲哀与酸痛。他胸口气血翻滚，紧接着喉咙处便是一股腥甜味。

素菀静静地看着他发狂的模样,他的表情失魂落魄,笑容则完全不带生气,苍白得像破败的白墙上剥落下来的粉尘。

素菀觉得疑惑,她该感到畅快的,该有复仇后的快感的,她该继续用尖刻的言语将对方刺得体无完肤的,然而,她却为何没有这样的感觉,也无法再继续?甚至心头会有一丝丝的悲凉与苦涩蔓延开来?她在为谁而悲?为谁感到苦涩?

她无法辨清,或者说,她下意识地回避着,不想辨清。

好一会儿,靳涵枫止住了狂笑,看向她的目光仿佛碎成了一寸一寸。"你如此苦心孤诣、费尽心机,结果却功败垂成,应该感到很失望吧!"

素菀冷冷一笑:"谁告诉你,我失败了?"

靳涵枫一愣。

仿佛为了印证素菀的话,南面的宫门方向忽然传来一阵"隆隆"的巨响,似什么东西轰然倒塌,伴随着这声巨响而来的是瞬时亮起的火光,在暗如永夜的天空中,分外扎眼,也分外惊人。

"你!……"靳涵枫脸色大变。那巨响、那火光是难以错认的标志,还有那沉闷的、如同潮水一般涌来的脚步声、交战声……敌军已经攻入宫城了!

短短一瞬却好比一生一世那么漫长。靳涵枫极力克制住颤抖的身子,但脚下一个踉跄,身体还是不受控制地晃动了几下,幸好一旁的丙寅眼明手快,赶忙扶住了他。

"你做了什么?"他直愣愣地看着素菀,眼底已是绝望。

"你虽设计抓住了我,但却晚了一步。"素菀口气轻轻地答道,"我已用你的印鉴写了一纸手令,调走了守卫南门的三千禁军。"

闻言,靳涵枫终于再难抑制心中的愤恨,他一把挣脱丙寅扶住他的手,上前一大步:"你这几日对我态度大改,时刻伴我左右,又经常进出我的书房嘘寒问暖,便是为了拿到我的印鉴?"

"不然你以为呢!"素菀一咬舌尖,竭力让自己保持平静。

"哈哈……"靳涵枫再次放声大笑起来,声音好比野兽挣扎的啸声,令人闻之悚然,"靳涵枫,你真正是天下第一的大傻瓜、大笨蛋!"

他昂首望向天际,南面天空的红光又扩大了几分,映入他的眼中如同一片无边的红色血雾。

素菀看着他，说不清此刻的感觉，心里似有微涩的苦意慢慢泛开。他是她的仇人，他与她一开始便该是这样的结局，不是吗？为何她看着他的狂态，竟会觉得心痛？

眼见靳涵枫脸上显出癫狂之色，丙寅不由担心非常，听着远处传来的刀枪交击的声响渐渐在逼近，他出声劝道："大王，敌军快来了，您还是赶快走吧，留得青山在，不怕没柴烧。"

对于他的劝说，靳涵枫却似浑然未觉，丙寅只得跪下，以额触地："大王，还请您速离此处，再不走就来不及了！您身系一国之存亡，万不可自暴自弃啊！"说着，他重重地磕起头来。

周围的其他侍卫也接连跪下，众声齐呼："请大王速离！"

靳涵枫猛然惊醒，回身看跪了一地的侍卫，脸上满是悲怆："靳都陷落，我还能去往何处？"

丙寅抬起头来，额上血肉模糊："大王可南下暂避，而后积聚各地勤王力量，夺回靳都便指日可待。"

靳涵枫原是聪明人，只是一时被悲痛蒙住了心智，这时逐渐回复冷静，便已将情势看得透彻。心知丙寅所言无差，只要留得性命，不怕将来没有反扑的机会。

他缓缓点头，下令道："调集宫中剩余的禁军与侍卫，准备突围。"

丙寅松了一口气，站起身去调集最后的兵力。

一个侍卫牵马过来，靳涵枫在众人的拥簇下，正准备骑上马，忽地回头看一眼素菀。

她的颈上仍架着刀，一动不动地站在那，目光清冷而决然，隐有一抹让他难以忍受的嘲讽。

她在嘲讽些什么？是他的自作多情，还是他的自以为是？靳涵枫感到胸口又是一阵窒息般的痛楚。

锥心的痛，亦是锥心的恨！

身旁的侍卫注意到他的目光，谨慎问道："大王，这……女子该如何处置？"

素菀听见了，嘴角轻勾，露出一个微笑。

靳涵枫看得一怔，素菀的笑容一向是清浅淡然的，可现在的这个笑却含着一股妖娆娇媚的意味，明丽之极，却亦有一种花开至荼蘼的凄艳。

197

她毫不退缩地直视着他的眼睛，眸中傲意凛然，仿佛在看一小撮最卑贱不过的尘土。

她只将他视作敌人，且是一个最失败不过的敌人……靳涵枫回想起最近这段日子，虽然国事纷扰，但她的温柔娇怯，她的体贴劝慰却如寒夜中的烛火，照亮温暖了他的心，是他继续支持的力量，却怎料到最后才发现，这一切原来都是伪装，是欺骗，是利用！

他对她的付出与等待，在她看来，只怕不过是笑话一场！

心中恨意涌起，再难自持！顿时长剑出鞘！

青芒闪动，素菀看着急速迫近的剑锋，心里忽地一空，万千纠葛的思绪尽皆化为飞烟散去。

一切都已结束了吗？看着胸口绽放出的红色的花朵，她如此想着。

丙寅率着一队精甲骑兵回来，正好看到素菀中剑倒地的情形，他愣了愣，随后反应过来，向着兀自呆立的靳涵枫道："大王，请快上马！边军已经杀过来了！"

靳涵枫看看手中的宝剑，剑尖上犹挂着滴滴血珠。

是她的血……这个认知使他的手一抖，宝剑也随之坠地。

外间的喊杀声越来越逼近了，丙寅不及思索地扶着靳涵枫上马："大王，现在不是伤怀的时候，请您振作！您是一国之君，是靳国上下万千子民的希望啊！"

靳涵枫身躯一震，他长长一叹，回头看了一眼身后的宫殿："我靳涵枫当天立誓，我总有一天会回来的。"

他扬鞭向着宫门方向一指，对着底下的众人道："儿郎们，随我杀出靳都！"

漫天火光中，一众人策马离去，只留下匍在地上的一条孤单的人影，一动不动的身躯下，比火光更红的鲜血蜿蜒洇开……


边亦远亲自领军杀入宫城，一路上碰到的除少数负隅顽抗的宫中侍卫外，大多数均是仓惶奔逃的内监与宫女，一见边军的面，他们或者瑟瑟发抖地低伏在地，或者向着相反的方向继续奔逃。

入城之前，边亦远便颁下军令，除武力反抗者，一众将士不得伤害普通的内监宫女和各宫的女眷，更不得趁机掳掠女子与财物。他亲自率军入宫也是为了防止此类事件的发生。

刚刚有士兵禀告，靳王靳涵枫在一列靳兵的掩护下已经突破重围，杀出王宫了。他心中一惊，随即想到素菀那边恐怕出了岔子，否则她是不会这么容易放靳涵枫成功出逃的。

她会出了什么事？她是跟在靳涵枫身旁，继续等待时机呢，还是仍在这宫廷之中呢？他放目望望四周的火光和拼杀，心里略有些着急。

抓过身边的一个内监，他问道："御书房在何处？"

御书房乃是收藏传国玉玺、调兵虎符，以及各种重要文书的地方，靳涵枫在离宫前不会不带走这些东西，换言之，那里说不定是靳涵枫离宫前去过的最后一处地方，如果素菀是跟他在一起，那里或许会有她留下的暗记。

内监战战栗栗地指了一个方向。

边亦远一紧马腹，急往那个方向赶去，然而到达御书房后，他一番搜索下仍是一无所获。传国玉玺、虎符等物果然已被靳涵枫带走了，但却并没找到素菀留下的任何暗记。

他有些丧气地走出御书房，这时，一个士兵前来禀告："世子，靳王宫已经全部被攻陷，初步清点之后发现除靳王逃脱后，连靳国公主也不知所终了。此外，刚刚陈副将在一处宫殿前发现一名身受重伤的女子，她身穿黑色夜行衣，似乎有点古怪，不像一般的宫中女子，所以派属下来询问世子处置事宜。"

闻言，边亦远微微一愣，随即灵光乍闪，身穿夜行衣，难道会是她？

"那名女子在何处？"他问。

"就在前面不远处。"士兵回道。

边亦远一点头："带我过去。"

"是。"士兵应声，领着边亦远前往。

不多久，边亦远就见到了令他惊心的一幕。

那名重伤的女子果然是素菀，她早就昏迷了过去，躺在一地的血泊中，那张熟悉的脸庞惨白、毫无血色。

边亦远的心脏猛地收紧了，在他的印象中，素菀虽然外表柔弱，但内在却总是那么的强硬坚韧，再加上武艺高强，使他从未想到过她会以这般姿态、如此突兀地出现他眼前。

一位中年将领上前禀道："末将已点了她的穴道，止住了流血，但她失血过多，

199

应该是回天乏术了。"

边亦远心头一突,疾步上前,一手扶起素菀,一手急探她的鼻息,还好尚有一线生机。

他头也不回地对着身后的众人喊道:"快将随军的医官们都叫过来。"

怀中的躯体软软的,却感受不到一丝一毫温暖的体温,他忍不住用双手紧紧抱住她,心中一遍遍地叫喊着:"你可千万不能有事、不能有事……"

## 第卅三章 宿缘错

边国，长祈殿中，边王快步走入，身上早朝穿的珠玉冠和玄色袍服还尚未来得及换下。

他的身后紧跟着一人，却是本应当远在靳国的边国世子边亦远。

殿中的宫人见到大王驾到，慌忙跪了一地。

边王一挥手，打发宫人全部离开。于是，偌大的殿中便只剩下了两人。

静默良久，边王看着边亦远，痛心疾首："你素来冷静，今次怎么如此不分轻重？"

边亦远低头不语。

"十五万大军滞留靳都，你身为主帅，却跑到千里之外的边国！"边王在殿中踱步，眉间已隐有怒气升腾，"你知道你的行为可能会招致怎样的后果吗？"

"儿臣知道。"

"你知道？"闻言，边王顿时暴跳如雷，"知道你还这么做！"

他来回踱着步，越走越快："让靳王从靳都逃出，本已留下了后患，只要他还活着，振臂一呼，靳国各地的驻军以勤王之名聚集，但你原还可借这个机会亡羊补牢，趁机使靳国各地分散的反抗力量聚拢一处，一起消灭，那样的话，比起将来耗时耗力地逐个击破要方便得多，可你偏偏又在这个紧要关头离开靳国！

"还有北澹，我们与北澹的联盟本就是各有所图，如果你是北澹的主帅，你会放过这样的机会吗？"

"不会。"边亦远闭目垂首。

"你究竟是如何想的！"边王厉声斥问。

"儿臣……"边亦远抬起头，目中似有朗朗星辰，"儿臣认为，万里江山失了可复取，人却只此一命，失了便再难挽回。"

"荒唐！"边王怒喝，"什么人竟可让你与万里江山并提！"

边亦远默然一瞬，张口回答："她叫舒浣。"

"什么！"边王猝然呆立当场，眼中是难以置信的惊愕。

舒浣……

这个名字他知道，但却绝想不到今时今地会从边亦远的口中听到。这个名字的主人，明明早在十年前就去世了，难道是人有重名？他疑惑起来。

"她的父亲叫舒远。"边亦远继续说，一句话将边王的疑惑全然打碎。

"她没死？"边王喃喃道，眼中的惊愕渐渐变成欣喜。

边亦远轻轻点头："她现在还没死，不过你若不救她，她就必死无疑了。"

冷静下来，边王凝目看边亦远："她真是舒浣？还是你为了让我出手救她，而说谎来诓我？"

边亦远一怔，回道："儿臣不敢。"

边王冷笑："你连十五万大军都可以扔到一旁，还有什么是不敢的。"

边亦远无奈："父王若不信，尽可移步去一看，届时就会知道儿臣没有撒谎。"

"呃？"边王语声微微上扬。

"她的容貌肖似其母，当初儿臣也是据此认出她的，父王去看了便知。"

"她长得像……"边王又是一个怔怔，心下已有几分相信，松口道，"好，你这就带路吧！"

边王呆呆地看着床上的少女，深埋记忆中十多年的容颜再次出现在眼前，似幻似真。

无意识地伸出手去，想要触上那张脸。

边亦远一惊，忙叫道："父王！"

边王蓦然回神，看看边亦远，缩回手。

"父王这下该相信了吧！"边亦远道。

边王眉心微皱，问道："你擅离军中，便是为了她？"

边亦远垂了垂眸，没有正面回答："她胸口受了一剑，虽然没有正中心脏，但剑气伤及五脏与心脉，军中的医官个个束手无策，请来的其他大夫也都说不治，我想，或许只有以父王的医术能够救她一命，所以就将她带回了边国。"

边王默不作声，在床边的软凳上坐下，伸出手来，为病人号脉。

边亦远心里略略松了一口气。

半晌，边王放开素菀的手腕，边亦远急问："怎么样？还有救吗？"

边王站起身来，吩咐一旁的宫人："去将本王寝宫中的药箱取来。"

边亦远又松了一口气。边王移目看他一眼，静静道："你送来得及时，又一直用真气护住她的心脉，不然她现在早就死了。"他话锋一转，又问，"她为何会伤得如此重？何人下的手？我刚才为她把脉时，发现她内息虽乱，却仍可觉出她内力颇深，武功应当不弱，否则换作常人受这一剑，早就已经去见阎王了。"

边亦远眸色一沉，低声道："伤她的是靳涵枫。"

"靳涵枫？"边王一怔，随即想起这是新任靳王的名字，不禁有些奇怪，她怎么会和靳王扯上关系的？又怎么会被边亦远所救？

他将疑惑问出口。

边亦远想了想，挑重点说："她欲为父母报仇，一直隐匿在靳王宫中做宫女，后来我遇上她，便邀她一起合作，以便将来能够里应外合，一举拿下靳国。今次靳都之战，我与她约好，由她放火烧了城中的粮草，不过，到最后粮草虽被烧掉了，她的身份却很快暴露了，靳涵枫刺了她一剑，我率军入靳都，救起她时，她便已昏死过去。"

"她是为了帮我才使得身份暴露，害她重伤已是我之过失，如果她因此横死，那我就更加对不起她了。"边亦远移眸看向素菀，但见她肤色苍白如雪，气若游丝，心中黯然有愧，"所以我大胆远离军中，将她带至边国。"

虽是长话短说，但寥寥数语，边王也已听得惊异莫名，可以料想其中曲折之多。原来还有这样的内情，他忍不住便是长长一叹："你既早已知晓她的身份，为何从未对我提起过？"

边亦远低了头："我原想此事不急，待灭掉靳国后，再告知父王也不晚，却不曾想后来会有这样的变故。"

"是吗？"边王深深瞧他一眼，心思通明，"你是怕我知道后会反对你的计划，才不告诉我的吧！"

边亦远无话可说，沉默半晌，方道："父王英明，儿臣的确是因为有这样的担心，故而对您隐瞒，我想如果您知道那两人的后人还在世，大约是不会同意我要舒浣为我做内应,甚至将她置于险地。"

边王转头看向床上重伤昏迷的素菀,幽幽叹道:"你的确猜得不错,我亏欠她母亲甚多,若知道她还在世,便绝不会让她冒这样大的险。"

"父王当年的事,儿臣也略晓一些。"边亦远接口道。

"她的确长得与她母亲很相像……"边王注视着素菀,脑海中却浮现出另一个人影,"当年我初识她母亲时,她的年纪也与她现在差不多……还记得,她当时刚刚艺成下山,一点江湖经验也没有,经过一个小县城时,听说当地的知县鱼肉百姓,便想去砸衙门的牌子,结果到了衙门后却发现自己剑匣中的剑被人换成了一柄青竹伞……你知道是谁换了她的剑吗?"

"是父王换的吗?"

边王点头,脸上露出一抹温柔的笑意:"她师傅在她临下山时赠她剑匣,剑藏匣中,原意是让她收敛锋芒,却不料她刚下山就想对上官府,我那时也是年少气盛,一时玩心起,便偷偷换掉了她的剑。"

"那后来怎么样了?"边亦远问。

"后来?后来她便一人一伞把那县衙给掀了个底朝天。"边王回忆道。

隔着二十多年的光阴,一切都还似鲜明如昨日。犹记得,她拆了县衙后便来寻他算账,然而却因为单纯和江湖经验不足,一次次地反被他捉弄……就这样的算账与捉弄间,一切的萌动与吸引都自然而然地发生了。

"那再后来呢,父王又是怎么与她分开的?是因为舒浣父亲的介入吗?"边亦远又问。他虽知道结局,却不知道过程。

边王摇头:"与舒远无关,是我对不起她在先,她后来能与舒远走到一起,我虽难受悲痛,却也衷心为她祝福。"

"那究竟——"

边王挥手止住边亦远,目中现出深浓的悲意:"一切都是天意,我与她相逢时太年少,分离时太容易太决绝,两人又各有自己的执著……缘分的一朝错失,便成终生之憾。"

边亦远默然无语,这些年来,父亲虽不说,但他心中的苦痛他都看在眼里。

"后来十几年间,我常常会想,初识时,我赠她青竹伞,相识赠'伞',相识分'散',难道一切早在那时便已注定?"边王低声长叹,"我与她终究是有缘相遇,无缘相守……"

从回忆中抽身，边王又向边亦远询问了些素菀的情况，边亦远一一回禀。

正说话间，去取药箱的宫人回来了。

边王打开药箱，取出其中的一个小瓷瓶，打开后倒出里面的药丸，放到瓷盏中，碾成粉末，然后又取出另一个较大的瓷瓶，拔开瓶塞，顿时冷香盈满房间。他将瓷瓶中的药水倒至先前的瓷盏中，取过小匙将两味药调匀。

调匀药粉后，他将瓷盏交给边亦远："让她服下。"

边亦远接过，走到床前，俯身，一手扶起素菀，一手轻轻将药汁灌入她口中。

等他灌好药，转头看去，边王已取了银针在手："你坐到她后面，依我口令，将内力灌入她全身穴道，逼药劲散开。"

边亦远依言扶素菀盘膝坐下，而后自己坐至她身后……

父子合力施为，一个时辰后，边王收起针药，边亦远则扶素菀重新在床上躺下。耗费内力过多，边亦远的额上沁出了细密的汗珠，宫人送上水盆，他擦了把脸，再看边王，他正在桌前开药方。

"她何时能醒？"他走过去问。

"哪有这么快，还需再观察两天。"边王搁下笔，掇起药方交给宫人，吩咐道，"去太医院按方抓药。"

宫人应声退下。

"你好好照顾她吧，我先走了。"像是耗去了太多的精神，边王的脸上满是疲惫。

"是。"边亦远点头，送他出门。

踏出宫门，看到刺目的阳光，边王的眼睛微微眯了起来，似有些恍惚。

边亦远跟在他身后，忙伸出一只手扶住他，有些担心地问："父王？"

边王甩甩手："我没事，只是今天想了太多以前的事情，治病时又费了些神，等回寝宫休息一下就好了。"说罢，踏步离去。

边亦远目送着他离开的背影，忽然觉得那背影很是寂寥，充满着孤独的意味。

# 第卅四章　还魂怜

深重得推不开的黑暗,将意识逼迫得没有一丝空隙。

仿佛站在深渊之底,四面八方全都是触不到的虚空,没有一丝的光亮,层层的黑暗凝重得像最黏稠的墨汁,一点一点地压将而来,压得胸腔闷闷的。拼命地睁大眼,却仍是什么都看不到,好似眼睛已经被人剜了去。

这是哪里? 她死了吗? 死亡就是这样的感觉吗? 昏过去前,见到的最后一个景象就是那飞速而来的长剑,还有那刃上闪着的寒芒。

而后,便是无边的黑暗。

痛、好痛……

原来死了后居然还有疼痛的感觉,可为什么还会有声音?

小小的、细细的声音,像是从一只小匣子里发出来的,模模糊糊的杂音,又像隔得很远,从遥遥的天际传来,幽幽渺渺地在耳边回响。

眼前的黑暗也在一瞬间变了,由沉沉的黑变成茫茫的白,如同一下子从深渊之底来到九天云端。

可,一样是什么都看不见,只有全然的黑,或全然的白。

细细小小的声音似乎大了一些,努力地想听清,但仅捕捉到只言片语。

"她怎么还不醒?"

"七分人力,三分天意……"

……

谁在说话? 口中"她"说的是自己吗?

拼命地挥手,想拨开眼前的这一片白茫茫。

无数的白色碎片飞舞、散开、消失……

207

素菀轻颤着身体,幽幽睁开了眼。

床前,人影晃动,还有一道惊喜的声音——

"你终于醒了……"

又将眼皮撑开了一些,模糊的人影慢慢清晰起来。

边亦远……

"是你救了我?"她张了张嘴,却发现发出的声音细微且嘶哑。

边亦远俯了身看她,眼睛亮亮的,惊喜之情溢于言表:"你昏迷了七天七夜。"

若不是自己一路上每日为她输度真气吊命,她现在恐怕早就香消玉殒了。

"昏迷了七天七夜?"她重复道,思维渐渐清晰起来,她转头看了看四周,只见床边除了边亦远外,另站了一个人,年纪大约四十,相貌与边亦远有几分相像。那人也正看着她与边亦远,眼中似有深意。

边亦远注意到素菀视线停注的地方,笑着对她说:"这是我父王,今次是他救了你。"

边王?当今边国之主?素菀大吃一惊,眼光扫向房中其他的地方,但见器物上乘,屏风旁还低伏着几个宫女:"这里是……"

"边国王宫。"回答的是边王,声音平和中有着一种上位者特有的威严。

"你的伤十分凶险,剑气伤到了心脉,幸而你本身的内力已有一定火候,否则换了常人,早就一命呜呼了。"看出素菀脸上的疑惑,边亦远向她解释道,"我父王医术高明,我在靳都救起你后,便带你回边国,请他为你医治。"

"多谢边王救命之恩。"素菀欠身向边王道谢。

边王手一摆,淡淡道:"你要谢便谢亦远吧!要不是他日夜兼程,赶在七日内将你送到,又一路上用真气为你延命,本王医术再好,也是枉然。"

闻言,素菀一怔,看向边亦远的眼中有着明显的错愕。边王说得清楚,她也听得明白:边亦远在两军交战之际,为了她离开靳国,一路又耗费真气为她延命,到了边国后,再请求他的父亲为她医治……他做这一切,为了什么?

说起来,相识至今,她与边亦远也不过就见过三面而已。

第一次是在靳国边境的青石镇,他扮作卖画的书生,将《千嶂里》交给她。

第二次是在宁国的桑州城,她赴他之约,江畔小舟上,相谈前缘,也就是在那一次,她才知道他的姓名身份,知道他的图谋。

第三次则是在靳都，他混在边国迎亲的使臣中，找她密议灭靳之事。

只此三面，他们互知底细，却是合作双方的关系，说不定，还有一丝互相利用的成分在里面。

靳都一役，自己的身份暴露，对于边亦远来说，她的利用价值也就没有了，那他为什么还要如此费心费力地来救她呢？

心念又转，素菀想起在桑州时，边亦远曾说过，他的父亲，也就是眼前的这位边王，与她的母亲乃是故人，他也曾于年幼时见过她母亲一面，难道……他救她是出于这个原因？

她料定，他如此费力救她，必定事出有因。

难道是为了《千嶂里》？可《千嶂里》本就是他赠还给她的，而且也明确说过不再讨还的话……可如果不是为了《千嶂里》，那又是为了什么呢？

边亦远自然没有想到，短短瞬间，素菀已想得如此深远，甚至将他俩相识以来的关系在脑中梳理了一遍。

眼见素菀移眸看他，他反倒微微有些心虚之感，似怕被她看破了心事。但若要说是何种心事，则连他自己也还糊涂着，只是纯粹有这样一种感觉罢了。

"感谢边世子救命之恩，素菀他日若有机会一定报答。"素菀说道。不管如何，他救了她的性命总是事实，他将来如果想要她做什么，只要不是太过分的要求，只要力所能及，那尽力报答他也是应该的。

边亦远微微一笑："不必客气，你是因为助我攻下靳都才受的伤，我救你也是应当。"

"不管如何，素菀还是要谢过边王与世子的大恩。"素菀垂了垂眼眸道。

边王静静看着，忽然开口对边亦远说："亦远，你随我出来，我有事问你。"转头又对素菀说，"舒姑娘刚醒，还请好好休息。"

素菀点头称是。

边亦远低头对素菀说："那你好好休息，有什么需要尽可吩咐下人。我过会儿再来看你。"说罢，转身随边王离开。

边亦远和边王一前一后走出素菀的房间，一路穿廊过院，走了好一会儿，边王却一直没说话。

终于，边亦远忍不住有些奇怪："父王，您不是说，有话要对儿臣讲吗？"

边王停下脚步，回头看他一眼，目光冷冷地带着几分寒意："你好像对她很关心？"

"父王还在怪儿臣为了救她而贻误战机？"边亦远也停下脚步，在边王的逼视下，低了低头。

"如果还怪你，便不会出手医治她。"边王轻轻一叹，放轻了声音，"我只是想提醒你，怕你陷得太深。"

"什么？"边亦远不理解。

"你向来自负聪明，原来……"边王又是一声轻叹，"希望你将来不要走上为父的老路。"

"嗯？"边亦远听得更加云里雾里了。

边王看着他，目光沉了沉，索性与他点明："你是否对舒浣有好感？"说的虽是问句，但意思中却很是肯定。

"啊？"边亦远被吓了一跳，下意识地反驳，"怎么会？我和她不过才见过几面而已。"

边王轻轻哼了声："你不用急着否认，好好问问你自己。"

边亦远仍是摇头："我没有。"

"你会为一个才见过几面的人放下靳国的战局，不远千里回来？会耗费诸多真气来救她？她昏迷时，会衣不解带地在旁照顾？"边王睨他一眼，不紧不慢地说，"你好好想想吧！"

"我……"边亦远张了张口，欲语还休。

边王一甩衣袖，背过身："不管你对她到底有没有意思，都有几句话送给你。"

边亦远垂手低眸道："父王请说。"

"我虽还不十分了解她，但观她方才言行，便可看出她为人很是谨慎自律，因为身世的原因，戒心又颇重，而且她对你显然还无意，你若喜欢上她，只怕是自讨苦吃。就算退一步而言，你与她之间互有好感，但以你的身份，你觉得她会愿意留在你身边，将来成为你的后宫之一吗？不要忘了，她是舒远和宁然的女儿，这两人教出的女儿，不管人前是什么模样，性子再怎么变，骨子里的孤傲和不羁，一样都不会少。"

边王最后再看边亦远一眼，见他脸上忽红忽白，心内暗叹，摇了摇头，启步离去。

　　边亦远呆立在原地，半晌，他抬头极目望向远空，目色复杂难言。

　　暮色西沉，边亦远再次来到素菀的房间。

　　上午与边王的一席话，让他内心震动不已。他扪心自问，难道他真的在不知不觉间动了心、动了情？

　　靳国青石镇，是他们的初见，但早在这之前，他便知道这世上有一个她。以他父亲与她父母的纠葛之深，他自小便对他们一家的情况多有了解，连带着也就知道了她。

　　少年时期，是在旁人的口中听说她，称呼是"那两人的女儿"，形容的词是"粉雕玉琢"、"淘气顽皮"，这就在心里留下了一个影子，淡淡的，模模糊糊的。

　　后来，听说她家遭逢剧变，全族无一人生还，那个影子就变成了一个小小的可怜的女孩儿模样，依旧是淡淡的、模模糊糊的，却让他一直记了十多年。

　　再接下来，就是青石镇的相逢，长街之上，他突然看到了她，惊讶于她的外貌和他记忆中的一个人如此相似，待到客栈中听到她和时泓还有靳涵薇说起舒家的往事，他几乎立刻就认定了她的身份，心中那个淡淡的、模模糊糊的影子一下子变成了眼前这个眉目清秀的少女。

　　画摊前的见面，是他蓄意的安排，一为《千嶂里》的安全带出，二为她。然后再是桑州城……靳都……

　　一步步走来，仿佛是命运的安排。

　　"你感觉怎么样？"他低头审视着她的脸色，"伤口还痛吗？"

　　"呃，已经好多了。"素菀睡了一下午，又喝了边王开出的药，自觉精神好了许多。

　　"想不到边王的医术如此高明！"她心有感叹，"我还以为这次必死无疑了呢！"

　　边亦远笑着道："说起父王的医术，恐怕天下间难有人比他更高明，只是寻常人请不动他看病罢了！"

　　"你是在说我福分非浅吗？"素菀也笑了笑，"要堂堂边王亲自为我问诊开药，我还怕会折福呢！"

边亦远从未见过素菀说笑，当即有些意外，又见她笑容清美无邪，虽是病中脸色苍白，却自有一股弱不胜衣的风韵，让人怦然心动。

他伸手将软凳拖到她床前，然后坐下。

素菀看着他的动作，略略踌躇，终于问出心中所想："你为什么救我？"

边亦远一笑："我上午不是说过了吗？你是因为助我攻取靳都才受的伤，我救你，本是份属当为。"

素菀抿唇不语，隔了片刻，才道："好吧，就算是这个理由吧，虽然这个理由实在是与你平日的作风不相符合。"

"哦？我平日是什么作风？"边亦远好奇问道。

素菀微微一笑，却不肯说了。

边亦远无法，顾念她身体虚弱，他也不便久扰，于是道出来意："你的伤既然已经转好，我也能够放心回靳都了。"

"这么急？"素菀微愣。

"战事未平，我不能离开太久。"

"嗯。"素菀点头。他为救她，扔下十几万边军，半途离开靳都，本就是犯了兵家大忌，确实需马上赶回去。

"你就安心留在这里，等战事结束，我便会马上回来的。"边亦远看着她的脸，眸深处似有什么东西在涌动。

"等我回来。"他说。

# 第卅五章　关山遥

岁月不居，时节如流。

算来素菀已在边王宫中住了月余，身上的伤早好了大半，每日里只是看书休息、休息看书，日子倒是过得前所未有的悠闲自在。

至于看的书，那都是从边亦远的书房里找来的，他临走时曾对她言道，若病中无聊可去他的书房寻书看，素菀原以为他的书房里的书大多是经史、兵法之类的典籍，却不想找到了许多野史杂文，甚至还有一些民间流传的话本子，读来十分有趣。

于是，渐渐地，去的次数就多了。

有一回，她拿着已看完的书准备去换本新的，进了门却意外地发现边王也在。

对于边王，她只在刚到边王宫时见过一面——他治好了她的伤，此后她一直住在世子宫中，与边王便再无交集，但记得边亦远在桑州时曾说过，边王认识她的父母，所以她对他一直有着份好奇，甚而下意识中对他有着几分亲切感。

这日，见了他，她先是一怔，继而有些不解，她来边亦远书房的时间一般很固定，世子宫中的下人也都知晓，若按常理，宫人知道边王在此，肯定会通知她回避，但她这一路上却并未碰到有宫人来阻止。

"舒浣见过大王。"素菀定下神后坦然施礼，未显一丝慌乱。

边王端坐在书桌后，正拿了支笔在纸上写着些什么，闻言抬头看了她一眼，微微颔首："舒姑娘重伤初愈，毋须多礼。"

素菀起身，低了头道："未知大王在此，舒浣鲁莽了。"

"无妨，我正想见见姑娘。"边王搁下毛笔，看着她，"姑娘来到边王宫中也有一个多月了，不知是否住得习惯？"

萧史

　　素菀留意到他的自称不是"孤"或"本王",而是"我",微感奇怪,不由抬起头多看了他一眼:"王宫中一应俱全,舒浣住得十分舒服。"这句话倒是的的确确的大实话,她重伤一场,不仅没有瘦下去,反而脸上圆润了不少,不得不感叹这边王宫中的水土确实够养人。

　　"还未谢过大王的救命之恩。"素菀想了想,又加了一句。

　　边王摆摆手,忽然叹了口气。

　　素菀莫名所以地看着他,只见他从桌后起身,负手踱至窗边,仰首望向窗外浮云。

　　"姑娘不必言谢,以我与你母亲的……交情,莫说这等举手之劳,就是再大的事,亦不在话下。"

　　素菀心头一动,忍不住就问道:"边世子也曾与我说过,大王与家母乃是故交,舒浣大胆,敢问大王与家母究竟是何关系? 你们是朋友,还是……"

　　边王回头看她,眼中划过一道暗光,似痛似悲。

　　当年初见她时,她也正值这般年纪,素衣雪容……他以为那是上天赐予的最美好的相遇,却料不到命运原就喜欢捉弄人,一生的恋最后竟成一生的痛!

　　青锋剑,一斩作别……往事重回眼前,今日之痛更甚当日之痛。

　　"我视令堂为今生唯一知交挚友。"他淡淡回道。

　　"那……"

　　"令堂十年前罹难,本王隐忍十年,未有一刻忘记这笔血账。"边王挥了挥衣袖转身。

　　他十年前闻知她死讯时即下定决心,三年前登位为王,直到一月前方夙愿得偿,只是——

　　情已结,仇已灭,到如今才发现只剩一身寂寞……琼楼秋思入高寒,看尽苍冥意已阑。棋罢忘言谁胜负,梦余无迹认悲欢。金轮转劫知难尽,碧海量愁未觉宽。欲拟骚词赋天问,万灵凄侧绕吟坛。[1]

　　素菀大惊,冲口而出:"你是为了给我娘报仇才出兵伐靳? "

　　边王默不作声,素菀却恍然大悟。

　　十载年华,今日兵戈,原来只为当年逝去的那一缕芳魂……这是怎样的一份感情?

自那日相遇后，素菀便会常常在书房里见到边王，几次三番后，初见时的隔膜逐渐消除，素菀也慢慢地开始将边王视作了一个寻常的长辈，两人的相处日益融洽。

又一日，素菀前去书房还书，进了门，边王已在，正对着一枰棋局，左手执一卷棋谱，右手落子。

这段日子以来，素菀对边王的性情爱好也渐有了解，知他于棋道甚是痴迷，常来书房弈棋，素菀也曾与他对弈过几局，奈何此道非她所长，两人棋力实在相差甚远，几次均是告负，于是再也不敢与他下了，边王无奈只得依旧自己与自己下。

素菀见他正凝眉沉思，当下也不打扰他，自取了一本书到一旁看起来。

一人下棋，一人看书，入户清风徐徐，但见书房内一片悄然静幽，只偶有"嘀嗒"的落子之声和书页翻动的细微声响。

如此这般过了半天，边王终于落下最后一子，而后看着棋局长长舒了口气。素菀闻声，从书上抬起头看他。

"舒丫头，本王身边的人除了你与亦远，甚少有人知道本王喜爱棋道，你可知这是何原因？"边王突然开口问。

素菀想了想后答："大王棋力高超，难寻对手，通常只能自己与自己下，绝少与人对弈，故而少有人知您爱好。"

边王轻缓摇头："上位者不能让别人知道自己的偏好，否则便等同于将一个弱点外示于人，所以我只能到此地无人之处一人下棋。"

素菀沉默了一下道："小时候娘曾对我讲，站在峰顶的人，看似居高临下，实则是困于一隅——不可进，不可退，连个转身之地都无。"

边王眸光稍暗，动手将棋盘上的棋子一颗颗收回。

素菀看着他的动作，接着说："大王今日一局棋下了近三个时辰，是遇到了什么难决之事吗？"

她虽在看书，然也一直在留意边王，他下棋时好几次神思飘移，心中显然是在想着旁的事情。

边王手势定了定，拾子的动作略缓，叹道："你心思细密，尤胜你母亲当年。"

他将扣在指尖的一枚黑子移至近前，端详着，隔了一会儿才又道："今早得到消息，淮国已出兵攻楚。强兵压境，楚国只怕撑不到三个月就会降了。"

素菀一愣，微感忿然："楚国原就积弱，又正值大旱，淮国此举无异于落井下石、趁火打劫！"

边王淡笑道："战场之上，只重胜败。"

素菀语塞，随即想道："那淮国的下一个目标肯定就是宁国。"

边王在棋枰上轻轻一击，只见棋盘上剩下的棋子全部被震飞至半空，而后他又一挥袖，将棋子全部扫进棋盒。"噼噼啪啪"的落子声中，他站起身："我会下令让亦远在三个月内拿下靳国。"

"那北澹呢？"素菀沉吟起来。当初边国与北澹合作不过是权宜之计，为的也是尽快取下靳国，可现在中原局势大变，难保北澹不会得陇望蜀，趁乱取利。

"北澹？"边王冷笑了一下，"这帮北蛮子早在一个月前就已背盟倒戈了！这原也是意料中的事，亦远本打算灭了靳国后先发制人，顺势收拾了他们，只可惜后来……还是错过了机会，反被北澹抢得了先机。"说着，他看了素菀一眼，轻轻叹了口气。

素菀心中大震："边亦远他……他……是因为我才贻误了战机？"他为了带她回边国救治，于战况正紧时离开靳国，不仅给了靳军残部以喘息之机，还错失了重挫北澹的时机？

边王又长叹了一口气："你无须自责，他救你时便应已想到会有今日之困局。"

"困局？"素菀心头一突，脱口而问，"他现在怎么样了？"

"北澹趁他送你来边国时，抢占了靳国数个战略要地，又暗中增派兵力，突袭我军，致使我军伤亡惨重，要不是亦远回去得及时，差点连靳都也会得而复失。"

"是时泓……"素菀喃喃自语。

边王看着她，接着道："而靳国国主在逃出靳都后也迅速召集了一些勤王之军，准备反攻靳都。"

素菀脸色更白："那你还要他在三个月内取下靳国？！"听边王形容，边亦远分明已到腹背受敌的境地，怎么可能在剩下的两个月中驱北澹、灭靳军！

"三个月是我能给给他的最大期限了，我不能等到淮国出兵宁国时再做准备。"

"可是……当初是你要出兵攻打靳国的！"素菀眉头拢起，强调道。他做的决定，怎么可以让边亦远一人承担！

"但，他也是立下过军令状的。"边王不咸不淡地道。

素菀抿唇不语，心里下了决定。她放下书，站起身向边王敛身一礼："舒浣向大王告辞。"

边王皱眉问："你想去靳国？"

素菀正色点头，眼中露出坚决之色："这次是我连累了边世子，我不能置身事外。"

"你可考虑清楚了？"边王提醒她，"你身上的伤还未痊愈，此去靳国路遥千里，关山险阻，只怕你的身体会受不了。而且，你有没有想过，现在靳境内局势复杂，即便你到了那里，凭你一个女子，又能改变些什么？"

素菀淡淡一笑，摇头道："不用多考虑了，我……不能再欠他更多了。"

不想多作耽搁，在向边王辞别的当天，素菀即选了快马，离开边王宫，向着靳都而去。

在边国境内，因为有通关文牒，一路顺畅，但是在入了靳境之后，她的行程却不得不缓了下来。原因无他，只是因为路上的流民太多了。

早在与靳涵薇离宫的那段日子里，素菀就见过逃荒的难民，然而那次见到的景象却与此次有着太大的不同。前次所见，其实并未亲眼见到灾区景象，只是看到灾民由楚入靳，虽瞧去也十分悲惨，但到底数量还是有限，可是这一次——

整个整个的村镇都空了，山间田头新坟处处，一路上碰到几批逃难的百姓，皆是成群结队，人群中没人说话交谈，脸上流露出的也不再是饥色，而是恐惧绝望，每个人的步子都沉重得像灌了铅……

素菀勒马避到路边，目送着这一群群饱经战乱、流离失所的人缓缓远去，仿佛看到死亡的气息如有实质般，低低地笼罩在他们的头上方。

愈临近靳都，这样的景象便见得愈多，甚至在一些地方还能看到战火留下的痕迹，那地上猩红的印记，那空气中的肃杀与冰冷，直直地烙进她的眼里心中。

再接着，见到的士兵也多了，有些是逃兵，有些是被冲散的散兵，还有一些是成队的北澹军，在头目的带领下，冲进村镇抢杀劫掠一番，与强盗没有分别。

素菀忍不住动手杀了几个，但心里的沉重感却没有减轻半分。不知道是第几次看到伏在路边的尸体，是一个半大的孩子，脑袋被利刃削去了一半，地上的血迹已经干涸，成了一片暗红色……

胸口泛起阵阵恶心，她趴到树下呕吐起来。

错了！错了！有什么错了！

一颗心在胸腔剧烈跳动着——

是她，是她引得靳国大乱，致使战祸连绵，百姓流离……可这一切不都是为了报仇吗？十年前靠王为夺《千嶂里》，设计害死她父母，诛杀她舒氏满门，此仇何深，此恨何重！她想方设法报仇又有什么错？但是，心为何像被沉沉的铁块坠着，胸口如有巨大的石块压得她喘不过气来？

为了报仇，她诓了纪晟刺杀靠王，结果送了他的性命；为了报仇，她欺骗靳涵枫，设计靳涵薇；为了报仇，她既利用别人的感情，也利用自己的感情，甚至不顾靳都内数十万人的生死，纵火烧了粮仓……

大错特错！

父母一生高风亮节，行事光明磊落，而自己却虚伪狡诈、满手血腥……

她摔倒在地上，满脸泪水。

四野，冷风如刃，无处可避。

注释：

【1】琼楼秋思入高寒，看尽苍冥意已阑。棋罢忘言谁胜负，梦余无迹认悲欢。金轮转劫知难尽，碧海量愁未觉宽。欲拟骚词赋天问，万灵凄侧绕吟坛。——近代·吕碧城《琼楼》

# 第卅六章　造化牵

月上中天。

靳国都城的城楼上，边亦远一人负手而立，目光深沉，远远眺视着幽渺的夜空。

一个多月前，他送素菀回边国就医，留下十五万大军在靳境内。虽然他在离开之前有作安排，但到底匆忙，况军中无主，致使后来北澹军队趁势倒戈一击，不仅使他的十五万大军损折近半，还占据了靳国诸多军事重镇，就连这脚下的靳都，若不是他回来得及时，只怕也已不保。

北澹虎狼之心，背盟原在预料之中，但他估不到变化来得如此之快，而另一方面，靳涵枫的成功脱逃并且迅速集聚起反攻势力，也成为他的另一心腹之患。

如今靳国境内三方势力互为制衡，他所占据的靳都正好处于最中心的位置，换言之，南北进退的道路皆被北澹与靳涵枫所断。乱局如斯，他现下必须尽快想出应对破局之策，否则坐困愁城，一旦粮绝，便有覆灭之虞。

只是，这对策……

他皱起了眉，眼中忧色加深——

若一着不慎，乱局即成死局！

城楼下守备的士兵忽然起了喧哗，他收拢思绪，朝下望去，只见一个巡逻小兵匆匆跑到城楼下，对着那里的守兵说了几句什么，紧接着一个守兵便脚步急促地向城楼上跑来。

"怎么了？"边亦远问他。

"禀世子，国都有使者到来。"

边亦远知他口中的国都乃是边国都城，微微拢了双眉。战事胶结，这个时候，派使者不远千里而来，父王此举会是为了什么呢？

兰宫

骑马赶回暂居的住所——靠近靳王宫北门城楼的一处官邸,他边往里走边问跟在身后的侍卫:"来人有几个,知道是谁吗?"

"是单身一人,小的不认识,不过看着挺年轻的。"侍卫老实答道。

边亦远眉头又拢了拢,自边国而来,一路上乱兵四处,还要突破北澹的防线进入靳都,来人应该不是寂寂无名之辈才对,这侍卫跟随他数年,见过的人并不在少数,父王手下会有哪个年轻高手是他所不认识的?

心中思索,脚下不停,片刻间便穿廊过院地到了书房。

接引的侍卫说,使者不肯稍作休息,坚持要在书房内等他。

边亦远示意侍卫走开一段距离守着,自己推门进了房。

房中,书桌旁,有一人正对着靳国的舆图在看,灯下情影宛然。

边亦远胸口一热,紧上前两步:"是你!"

"怎么? 不欢迎吗?"素菀抬起头看他。

"你的伤好了?"边亦远看着她,脸上的笑容才展开一半,又马上收敛起来,正色道,"父王怎么能派你来这里,而且还是一个人!"他心里焦急,言语中就不知不觉地埋怨起他的父亲来。

素菀笑了笑说:"你别怪边王,是我自己要来的。"

边亦远皱眉道:"这不是你该来的地方。"靳国内现在局势复杂,她这时候来实在太危险了。

见素菀收了笑,脸带不悦地转回头。他叹了口气又道:"好不容易才脱身离开,怎么就又回来了呢?"

她当初与他合作只是为报家仇,如今靳王已死,靳国也已四分五裂,她的仇也算报得差不多了,再回此处,又是为何?

"我傻呗!"素菀嘟了嘴,闷声闷气地说。

"你还想着报仇?"边亦远想当然地替她寻出理由,劝道,"靳国现已大乱,这仇恨你背负了这么久,也是时候该放一放了。"

素菀挑眉看他:"当初你说服我与你合作、为边国作内应时,可不是这么说的。"

边亦远一怔,低下头,望着桌腿,好一会儿才道:"那是因为我没想到你会因此差点连命都丢了,我……我不想再有一次那样的经历,看到你满身鲜血地出现在我面前……"

他这句话说得低低的,柔柔的,像是化作一片羽毛从心上轻轻刷过,素菀忽然间就觉得脸上有些发烧。她张了张口却不晓得说什么好,闷了半天才嘟哝了句:"我不是来报仇的,我是来报恩的,你救了我,我不能扔下你一个人。"

边亦远猛然抬头,喉咙口有些发紧:"这里有八万人。"

"你!"素菀跺脚,再次扭了头不看他,负气道,"那我走了。"站起身便往门口走去。

边亦远慌忙拉住她:"舒……浣。"

第一次听到他唤她姓名,素菀心头一颤,忘了挣扎。

"留下来……在我心中,八万人也抵不上你一人。"耳边,他的声音低低响起。

当日,边亦远安排素菀在府中住下,将目前的形势详细说与她听。

"现今靳国境内三方势力制衡,北为北澹,据有陈州、孜州等地,南为靳涵枫所率的靳军余部,占有渝州、琼州等地,而我则居中,占据着靳都与丰州。"

素菀静静地听他说完,才道:"边王命你在三个月内取下靳国,你可有把握?"

边亦远摇头:"莫说三个月,若无援军,只怕一旦粮绝,我军就连全身而退都是不易。"

素菀点头:"北澹擅长以战养战,靳军则为民心所向,你夹在他们中间,进退维谷,确是非常不利。"

边亦远沉吟片刻,分析道:"以我现有的兵力,想南北两线作战是不可能的,唯今之计是先联合其中一方共同对付另一方,否则等到他们南北夹击之际,我军处境就会更加危险了。"

"你准备与哪一方联合? 是先逐北澹,还是先灭靳军? "素菀问。

边亦远反问:"你觉得呢?"

素菀垂眸,静默半晌方道:"我来靳都的一路上,看到北澹士兵四处烧杀抢掠。"

"你要我联合靳涵枫?"边亦远十分意外,"你不想报仇了?"

素菀缓缓摇头,低声叹息:"我不知道……"

边亦远盯着她的脸:"一个多月未见,你似乎变了许多。"

"或许吧!"素菀苦笑道,"这几日间,我想了很多以前从未想过的事,我问自己,十年来我一直执著于'仇恨'二字,究竟该是不该? 为了报仇,我几乎不择手段,心心念念的是要让靳王国破家亡,结果却让这世上添了更多的孤儿、更多的仇

221

恨，若爹娘地下有灵，他们会怎么看？怎么说？"

边亦远长声叹了叹："你这样说的话，那我的罪孽怕是比你更多！但人生在世，有些事不是你参与，它便不会发生。身处乱世之末，只有尽快结束它，才能避免更多的杀戮。"

素菀睨了他一眼，嗤笑道："你的口气与史书上的那些个历代开国帝王，倒是像得很，大约现在各国诸侯王无一不是这样想的吧！可说到底，你们为的还不是想把一个完整的天下握于手中。"

想起一路上见到的百姓的惨状，她感叹不已："白骨砌成金玉座，只可怜了那些无辜士卒百姓的鲜血。"

边亦远脸上一白，直觉得想要反驳，却又不知道说什么，良久才道一句："待天下太平，边亦远若性命尚存，当退隐山间。"

素菀凝眸看他，低叹："你何必如此，我并不是在指责你，我又有何资格指责旁人。"

"大约，我不愿你像看旁人那样看我。"边亦远轻轻叹道。

素菀一怔："我的看法有什么重要的。"

边亦远眸光略暗，沉默下来。

"那你究竟决定与哪方合作？"素菀转回话题。

"北澹弃盟背约，我与时泓已无合作的可能。"边亦远答。

"那你是决定联合靳涵枫了。"讲出"靳涵枫"这个名字，素菀心里仍免不了微起波澜，"他会答应吗？"要与自己的仇人合作，靳涵枫会同意吗？

边亦远道："北澹于中原各国而言，到底是异族，又向来对中原虎视眈眈，若让他们打开中原门户、站稳根基，届时别说一个靳国，只怕整个中原都难再得安宁。以靳国原先的实力尚不能与北澹抗衡，何况现在，靳涵枫要想凭一己之力驱逐北澹实乃是妄想，他应该很清楚这一点，他若想重掌靳国，便只能与我合作。我会与他约定先逐北澹，再一较高低。"

"这样一来，一切又都走回到了原点。"素菀感叹，说完她又忽然想到一点，"你与靳涵枫实力相当，恐难在短时间内决出胜负，那边王的三个月之期……"

边亦远踱了两步，凝眉思索："父王定下三个月之期，主要是为防淮国乘机坐大，先灭楚再灭宁，宁国一旦落入淮国手中，边国东边屏障即无，到时若我不能及时率大军回防，战火便会直接燃进我国。"

素菀点头："淮国打的便是这'鹬蚌相争、渔翁得利'的算盘。边王预料楚国在淮国大军的压力下撑不到三个月，果然，在我来靳都的路上，就连连听闻楚国城池被攻破的消息，照此下去，别说三个月，只怕不出两个月楚国就会降淮的。"

"楚国一亡，接下去的宁国也难逃覆国噩运，这天下已呈一统之势。"边亦远转头深深看素菀，"这些事原本与你无关，你大可不必卷入其中。"

素菀淡淡一笑："早在当日你约我桑州相会时，或者更早，在时泓入靳王宫偷盗《千幛里》，碰巧遇到我时，我便已深入局中。"

边亦远叹道："入局易，出局难。说起来，时泓会知道《千幛里》还是我告诉他的，为的就是利用他偷出此图，没想到后来因此与你在青石镇上相遇。若早知今日，或许当初我便不该——"

素菀打断了他的话，说道："世事的发展，又岂是一开始就能知晓的，否则这世界上也就不会有那么多的遗憾了。"

"对，世事如棋时时新，未到最后又怎知会是遗憾。"边亦远忽然凝视着素菀，语中若有所指。

素菀有些不自在地转开目光。

两人沉默下来，过了好一会儿，素菀开口问："时间紧迫，你何时派人去见靳涵枫？"

"明日，我亲自去。"

"亲自去，会不会有危险？"素菀不由流露一丝关怀之色。

边亦远笑了笑："放心，靳涵枫暂时还不会杀了我，我若死了，三方势力的均衡被打破，无人在靳中拦住北澹，北澹乘机南下，靳国便要全部落入异族之手了。"

素菀不知道说什么好了，对局势的把握，边亦远远胜于她。

"我在靳都等你回来。"她最后说。

## 第卅七章　暂和议

十月十八日,边亦远单身赴渝州。

渝州乃靳国南部重城,当日靳涵枫领残部自靳都突围而出后,一路南下退至渝州,在此休整招兵,同时迅速召集各地的勤王之军。

靳涵枫因陋就简,将原先的渝州府衙改作了临时处理政务与指挥战事的中枢及居所。边亦远潜入渝州后,即到渝州府衙门前大擂鸣冤鼓。有守门的靳兵前来阻拦,均被他轻一挥袖撩翻在地。

一时间,鼓声大作,很快就吸引了街前来往的路人。边亦远双手执槌,不急不缓地敲击鼓面。合着某种奇怪的音韵,每一记击打中都暗含内劲,使鼓声远远送出。

很快,府衙门开,从内走出一队靳兵,领头是一个高大的青年男子,看衣着应是侍卫首领阶衔。

"何人敢在此放肆!"青年男子瞟一眼地上摔得横七竖八的靳兵。

几个守门的靳兵慌忙忍痛爬过身,指着边亦远道:"丙寅大人,是那人在捣乱!"

边亦远搁下鼓槌,转过身,正好对方的目光也落到他的身上。目光交接,丙寅面色大变,惊呼道:"是你!"他已认出眼前之人就是两个月前领军包围靳都的边国世子边亦远。

被认出身份,边亦远却依旧从容,从怀中取出一封拜帖递过来:"在下求见靳王,烦请大人通报。"

丙寅犹疑起来,边亦远乃是谋害靳国、陷落靳都的元凶,他此来是为何? 他抬眼扫视了下周围人群,然而匆忙间也看不出哪些人有问题。

见他此举,边亦远微微一笑:"大人不必多看了,在下为表诚意,乃是单身前来！"

丙寅一愣，更加拿不定主意。他素来处事谨慎、谋而善断，多得靳涵枫的信任，但此刻看着边亦远的笑，他竟是完全下不了决定。

是立刻抓了他，还是为他递帖？

"大人可先去传讯，在下就在此处静候。"边亦远瞧他满脸挣扎难决之色，再次出口道，"要不要见在下，相信靳王自有主意。"

也对，一切就让主子做决定吧！丙寅细想一下，吩咐手下看住了边亦远，转身进门。

门口，边亦远轻淡一笑。

半炷香后，丙寅回来引边亦远入府。

一路行去，穿庭过院，直至浓荫深处的一座竹亭。亭中，一人长身玉立，正是边亦远此来想见之人。

丙寅将人带到亭外，便先行退下了。

"边亦远见过靳王。"边亦远上前，微笑着抱拳一礼。

"边世子客气了。"靳涵枫点头回礼，"请坐！"

边亦远一笑，闲闲入座。

靳涵枫也坐下，两人间隔着一张竹案，案上置青竹酒筒，青竹杯。靳涵枫落落一挽袖，执筒将酒斟入青竹杯，顿时酒香四溢。"此乃渝州名酿，还请边世子一品。"

边亦远也不推辞，接过酒杯，一饮而尽，赞道："好酒。"

靳涵枫不掩目中赞色："边世子果然胆气过人。"

边亦远摇头笑道："非也，在下最是胆小不过，所以从来不敢冒险。"

"哦，那世子此来想必是信心十足。"

边亦远轻轻转动手中的青竹杯，嘴角笑意悠然："有信心者，乃是靳王。"

靳涵枫凝视他半晌，忽而一笑："愿闻其详。"

"内有三方势力胶结，外有强敌环伺于旁，靳王纵有天纵之资，也需要一个盟友。"边亦远双眼一眯，开门见山，表明心意。

"曾背盟弃约之人，还值得再次相信吗？"靳涵枫深深一眼，脸上显露出一丝冷笑。他可还未忘记，靳国落到今日局面，是拜谁所赐。

"彼一时，此一时。靳王是聪明人，应知取舍。"边亦远敛笑正色。

225

嫡女

靳涵枫静默下来，眉间凝重。

对于边亦远此来的目的，他很是明了，否则也不会让他有机会好好地坐在这里。只是对于是否要与他再次合作，他却着实有些难以决断。

边亦远看出他的犹疑，眸光清亮，直刺人心："以现在靳国的形势，靳王想要伺机而动，谋求全胜之局，恐怕不易，与其踯躅观望，莫若重掌主动。"

靳涵枫心头一凛，边亦远分析恰当，若再迟疑不决，时机一纵，再难追回。

他原就已输无可输，所余的渝州诸地，一无天险地利之固，二无名将强兵可依，现下还能保有，所靠者不过是边亦远固守靳都，挡住了北澹的南下之途，一旦边军失利，北澹乘势而下，靳国也就全部落入异族之手了。退一步而言，即便他存侥幸之心，寄希望于边亦远和北澹两败俱伤，将自己存亡的关键交至敌人的手中，但又如何可知，螳螂身后便无黄雀？淮国发兵伐楚，对靳国之乱作壁上观，难保灭楚之后不会北上。

看靳涵枫眼中阴霾阵阵，目色变化多端，边亦远耐心等候着。

良久，靳涵枫的目光移至亭外，看着树影婆娑，问道："世子准备如何做？"言下，已有合作之意。

"先逐北澹，再分胜负。"边亦远看着他，一字一句地道。

靳涵枫亦是心有灵窍之人，闻弦歌而知雅意——不过是暂时的合作关系，如此最好不过。

他转回头，目光湛湛："那世子又准备如何取信于我？"

"靳王害怕这是圈套？"边亦远神色安然，眼中却是少许揶揄之色。

靳涵枫淡淡笑开："边世子深谋远虑，翻手间便使我靳国四分五裂，如此手段，在下哪敢轻慢。"

"靳王谬赞了，亦远不敢当。"边亦远微欠身，嘴角衔了一抹似有若无的笑，"靳王能够从重重包围中脱身而出，同样使人赞叹不已。"

两人对视一眼，各自凛然。对座之人，风采气度均是顶尖，却偏偏与己立场相对，否则说不定便能相交为友。

停顿了片刻，边亦远再次开口："靳王让在下拿出取信于您的筹码，但实不相瞒，在下除一腔诚意外，再无其他。"

靳涵枫微微皱了眉："边世子是在消遣本王吗？"

边亦远温雅一笑:"不敢,在下乃是实话实说。在下想,靳王又非是贪财好色之人,财帛美人恐怕难以取信靳王,至于其他东西,别说在下没有,就算有,靳王亦不一定会全然相信,所以说到底,还是不如不拿的好。"

这般话,居然如此说出口,倒有些耍无赖的样子,靳涵枫也不由讶然:"边世子还真是坦荡。"

边亦远笑如春风,目光却如刀锋般锐利:"话已至此,靳王可一言而决。"

靳涵枫默然不语,执起青竹酒筒,将案上两只青竹杯斟满,而后端起其中一只:"世子请将您的计划——言明吧!"


古道斜阳,两骑缓缓而行,乃是靳涵枫亲自送边亦远离城。

落霞中,马上两人皆是风姿绰约,气质上有些相近,却又有各自的特点,一个白衣儒雅,一个青衫洒逸。

这几日,两人详细商议了合击北澹的具体的事宜,一直到诸事讨论完毕,边亦远方动身回返靳都。

走出城外半里,边亦远向靳涵枫抱拳作别:"靳王请留步,边亦远就此别过。"

靳涵枫拱手还礼:"那祝边世子一路顺风。"

边亦远微微颔首,拍马而去。

靳涵枫勒马站于原地,看着他的背影渐渐远去,变成一个小黑点,直至最后消失。

他拨过马缰,起身返城。几日的接触,他对边亦远的了解加深了不少,心里的感叹也随之越来越多,一方面他不得不赞赏边亦远的智计风采,另一方面又有些许无奈,当然更多的还是一种警惕——为了共抗异族,他们现在虽已暂时搁下前仇,但或迟或早,还是会有一天站上敌对的立场——这样的对手不容小觑。

回到府衙,远远便见丙寅在书房门口来回踱步,见他回来,忙迎了上前。

"怎么了?"靳涵枫看他脸色有些异常,动口询问,"发生何事了?"

"刚刚有靳都的探子传消息回来。"

靳涵枫点头,示意他继续说下去。

"消息说,靳都刚刚从边国来了一人。"丙寅斟酌着措辞,但因为紧张,偏偏有些辞不达意,"是边王派来的,但却是一个人,没带任何随从。边亦远离开靳都的这几天，便将靳都的一切事务交予她暂理。"

靳涵枫边听着边推开房门，丙寅跟着他走进房内。

"将一切事务交予此人代理？那想必也不是一般的人物，探子查出此人的身份了？"靳涵枫在书桌后坐下，随手翻开桌上的一卷公文。

丙寅点了点头："探子绘出了这名女子的画像，随消息一起送来了。"

"是个女的？"靳涵枫从公文上抬起眸，略有些诧异。

丙寅从袖子里取出一张折得四四方方的纸片，递到靳涵枫面前："大王请过目。"

"我认识她？"靳涵枫微微皱起了长眉。

他接过纸片，慢慢展开，但见纸上寥寥数笔，却将人物的脸容神态勾勒得活灵活现，显见绘图的这个探子在丹青一道上颇有几分天赋，可靳涵枫此刻却完全没有心思留意到这些，他的注意力已经全部被纸上的这张脸给吸引住了。

这般熟悉的容颜，他难以错认。目光定定地胶结在纸上，再难移开半分。

见靳涵枫良久不语，眼睛一动不动地盯着纸片，仿佛想把整张纸给看穿看透，或是想把纸上的这张脸刻进心里，丙寅担心地唤道："大王，您没事吧？"

靳涵枫抬起头，眼中忽然闪过一丝茫然："是她？她没有死？"

对于此事，丙寅也觉奇怪："或许人有相似？"

靳涵枫突地站起身，抓着纸，向前迈出数步，口中喃喃道："我要去……"

"大王，您要去哪里？"丙寅问。

靳涵枫侧头看他，猛然清醒过来，他颓然坐回椅中，挥手道："你先下去吧，本王想一个人静一静。"

丙寅弓身退出房外，靳涵枫一人枯坐半晌，说不清心里是喜是悲。

她没死，她原来没死！她这段日子在边国？她又为何会回到靳都？她与边亦远……是什么关系？她当日背叛靳国、背叛自己，是为了边亦远？还是说，她本就是边国安插在他身边的内奸？可是，她与他相识以来的种种绝不像是刻意安排啊！

他不明白，真的不明白，这一个多月以来，他想了一千遍、一万遍，却还是想不明白……她为什么要这样对他？她对他，是不是从一开始就是欺骗？是不是从一开始就是一桩阴谋？她对他，从头至尾，究竟有无半分……真心？

想起那一夜的火光,依旧心痛如绞。那一剑,刺在她的身上,却也斩去了他的半条性命,他以为她必死无疑,原来她还尚在人世,并且再次回到了靳都……

靳涵枫看着纸上的画像,喃喃自语:"靳都? 在边军之中? 我会去的,我一定问清楚,否则我绝不甘心!"

# 第卅八章　情仇终

靳都城楼上，素菀远远眺着城外道路。

边亦远去渝州前，曾与她约定在十月二十五日前回来，今日已是十月二十五，且霞光西隐，却依旧不见他的身影出现。

难道……他出事了？

素菀迅速地按捺下这个念头。去之前，他言辞凿凿，靳涵枫绝不会难为他，她相信他，而且以她对靳涵枫的了解，对力也确实不是那种意气用事、只图一时痛快的人。

再次望向远处，这一回终于见到道路尽头有人影出现。

会是他吗？

素菀凝神看去，来者乃是一人一骑，风中青衫翻飞。

果真是他，素菀淡淡笑开，看着那人影越来越近。

城外，边亦远催马急奔。靳都已在眼前，他稍稍松了口气，一路奔行，总算能够按时到达。

偶一抬头，隔着远远距离，他一眼看到了她。

城楼上，她悄然静立，秋风吹得她衣袂扬起，发丝轻舞。天空已经快暗了，青苍色的天边只余最后一点落霞，她便站在那霞光下，淡淡光晕拢在她身上，翩若惊鸿。

转眸间，她也看到了他，唇边慢慢显出一抹微笑，如月下清荷淡雅绽开。

霎时，一种莫名的悸动涌入心底。轻扬鞭，他加快马速，飞奔至城楼下，然后突地勒马驻足。

城里城外，楼上楼下，他与她两两相望，眸中浮起的是同样的欣喜。

对视良久，素菀展臂朝他挥了挥手，指指脚下城门，随后飘然转身，从城楼上离开。

　　待她跑到城门下，边亦远已先到了那里。他跳下马，将缰绳交予守城门的兵卒，转眼间便到了她跟前。

　　"我还以为你赶不及回来呢！"素菀冲着他浅浅一笑。

　　边亦远亦是一笑："还好赶得及，否则岂非让你白等一场。"

　　素菀与他并肩而行，边走边说："看你神色，此行想必很顺利。"

　　边亦远点头："接下来便是连场恶战了。"

　　"你有几成把握在两个月内将北澹尽数驱出？"

　　"原本还无十足把握，不过这几日与靳涵枫相处下来，我想我方胜算已达十成。"

　　素菀脚下一顿，侧目看他："看来，你对靳涵枫的评价很高。"

　　边亦远心有感叹："是后怕，前次若无你作内应，这靳都绝不会如此轻易到手，说不定反还会吃下大亏。"

　　闻言，素菀却是眸色微黯，默然一瞬后，又问："你与他准备何时动手？"

　　"兵贵神速，也为防合作的消息外泄，我三日后便会挥军攻孜州，他则暗中行军北上。"边亦远沉声道。

　　素菀抬头望了望四野天空，天色已经褪成墨蓝色，她幽幽叹了口气："我希望我们能够一举功成。"如果战火是难以避免，那就只有期望它可以尽快结束。

　　"你也要随军出征？"边亦远皱了皱眉问。

　　"这个自然，我已身在战场，难道你要让我做逃兵不成？"素菀眉尖微挑。

　　边亦远停步看她，和她接触得多了，多少也知道些她的脾性，知道她决定的事，旁人再怎么劝也是无用的，只得另寻他法："你做好准备再见他了？"

　　素菀呆愣了下，随即明白边亦远口中的"他"是指靳涵枫，当下有些忡怔。

　　这一点她倒确实未及考虑到，她要再见靳涵枫吗？见了面，她又该如何来面对他？

　　对她而言，他是仇人之子，舒家满门的血债，她真的能够就此放下吗？

　　对他而言，她则是害他城破国倾的死仇，是欺他骗他的内奸。

　　她与他的再见，又有怎样的下场？上次那一剑，让她差点进了鬼门关，要是再

231

次相见,是否仍是那种你死我活的结局?她无法断定。

边亦远看出素菀的犹豫,道:"怎么样?无法决定吗?"

素菀轻叹一声,低头看向路面上凸出的半块青砖,伸出脚尖轻轻在上面踢了踢:"既来之,则安之,到时候再说吧,万军之中又不一定能够碰得上。"

边亦远知道她主意已定,叹了叹气说:"那随你吧!"

他也希望她别再碰上靳涵枫。

十月二十八日,边亦远亲率六万大军进攻孜州,只留二万人马驻守靳都。

十月末,地处北方的靳国境内早已进入深秋时节,四野之中,视线所及皆是一片蓬断草枯的萧瑟景象。

素菀随行军中,倒无任何不适,身上的伤也好了十之八九。不过,边亦远还是将她置于后勤军中,并不让她上前线。对此,素菀也无甚异议,反正她坚持随军出征,并不是真的要上场杀敌,如今留在后勤军中负责粮草补给等,倒也不错。

十一月初,边亦远兵围孜州雍城,经过一日一夜的激战,雍城破。边军稍作整顿后,再次拔营前往下一座城池。初六,边军攻下平城。初九,再下合城。

短短十余日,边军连下三座城池,势如破竹。北澹主帅时泓亲自领精兵十万来拦阻,另派五万北澹军前去靳都,围而不攻。

十一月十五日,时泓所率的北澹军与边亦远的边军相会于骆野山附近,两军呈对峙之局。

同日,靳涵枫忽率五万靳军出现在靳都之郊,如同突然从地底下冒出来的一般。五万靳军与城内两万边军内外夹击,大败北澹军。而后,靳军火速行军,一路绕过庆城、拈城等地,直扑骆野山而来。

十一月十八日,时泓与边亦远首度交锋,双方互有损伤。

十一月二十日,靳涵枫率军抵达骆野山,与边亦远会师。

十一月二十三日,北澹军与边、靳联军再度交锋,时泓布下奇阵,边军与靳军中无人识得,亦无人能破。战事陷入胶结状态。

……

连场大战,素菀一直安心待在后勤军中,除了俘虏,再没见过其他北澹兵的影子。这一日,她饭毕,正准备去寻军中的一个老兵学制箭,却意外地碰上了一个人。

她是知道靳涵枫也已经到了骆野山,但她料不到他们会这么快遇上。

靳涵枫见到她却并没有太大的惊讶，素菀原本还以为他会认为自己遇上了鬼，哪知他只是轻轻一语："果然是你。"

看来他是早就知道了什么消息……

素菀有些无措，在想清楚该如何种态度来面对靳涵枫前，她是绝不希望再遇上他的。不过她也清楚，有些事终归避不过，该来的总会到来。

她张了张口，却不知道该怎样称呼他，以前她称呼过他"世子"，他登基后则称他为"大王"，可她原不算靳国子民，更使他国将不国，再这样叫，未免太过讽刺，客气地称一句"靳王"却让她想起他的父亲……

"你真的没死。"靳涵枫望着她，目色深沉如海，看不出任何情绪。

素菀强笑了下："靳……公子，好久不见。"

靳涵枫一愣，继而放声大笑起来："靳公子……"他凝眸看着她，眼瞳中沉沉的全是黑色，"素菀，你故作生疏，是想告诉我，你已经把以前的事都忘了吗？"

他一步步逼近她，眼底的风暴渐渐聚起："可是我却忘不了！"

素菀咬着唇，心里有苦涩的味道泛起。

"是我害了你，你如果觉得恨我会好过些，那你便恨吧！"她撇过头道，"或者，你还想再刺我一剑？"

回想起当日她倒于血泊中的样子，靳涵枫眼中一痛。他深深吸了口气，稍稍平复下胸中的激动："你害我靳都失陷，但我也刺了你一剑，如此已算是两清，只是你尚欠我一个解释。"

素菀转头看他："你想知道什么？"

"你是边国派来我靳国的探子吗？"靳涵枫提出第一个问题，如果她是因为立场问题，为了忠于自己的国家而选择伤害他，那么，他心中的恨和痛或许能减轻些。

岂料素菀摇了摇头："不是，我当日虽与边军里应外合，但我和边亦远仅是合作关系，我非他的下属。"

靳涵枫有些不解："那你为何……为何要害靳国遭受亡国之祸？"

素菀眼中寒光轻闪，迟疑了片刻，张口道："为了报仇。"反正现在也没什么好隐瞒的了，索性说个清楚。

"报仇？"靳涵枫疑惑更深，"你与靳国有什么仇？还是我靳涵枫有什么对不起你的地方？"

233

素菀凝目看他，眸色忽明忽暗："并不是你对不起我，而是你的父亲对不起我全族。我本姓舒，家父名舒远，你该听说过这个名字吧！"

靳涵枫脸色大变，惊呼出声："你是荆南舒家的后人？"

素菀点头："正是！十年前，你父亲为夺我家的《千嶂里》一图，设下毒计，害死我父母，为避免消息外泄，更捏造叛国罪名屠尽我全族，上上下下，老老少少，合计三百一十七人，若非我命大，也早做了这第三百一十八个。"回想往事，她心中的愤恨再次翻滚起来，眼中冷冽如寒冰。

靳涵枫不禁退后数步，惊讶于这个事实。原来如此，竟会是这样的缘由！

"那你从一开始进靳王宫，便是……"

"便是别有用心。"素菀接上他的话，"我千方百计进宫，为的就是寻机会刺杀靳王，我是说，你的父亲，可惜一直没有寻到适当的机会。"

靳涵枫想到一事，插口道："那我父王在太和行宫被刺……不对，那刺客被逮住了……"

素菀看他一眼，继续说："后来，我意外随你妹妹来到宫外，其间碰到了边亦远，这才有了后来的合作一事。好了，你还有什么想问的？"

至此，靳涵枫终于得知了前因后果，他长长叹了口气，语声苦涩："我本以为是你对不起我，却原来是我靳国先对不起你，一切都不过是因果报应，天理循环！"

素菀也轻轻叹了叹："这世上有些事本就算不清。如今我已想开了，希望你也能早日从过去中走出来，若你想要报仇，也尽可动手……"

靳涵枫苦笑着说："我如果还想杀你，刚才看到你时，便已动了手。只是我没想到，我与你之间会有着如此多的仇恨牵绊，你与我之间最后会是这样的结局。"

"对不起。"素菀轻声一语，转身离开。

"等一下！"靳涵枫叫住她，"最后一个问题。"

素菀顿下脚步，回头看他："你问吧！"

靳涵枫看着她，眸中波涛起伏："你对我究竟有没有……"他嗫嚅着嘴唇，最后却黯然低下头，"算了，你走吧，我……什么都不想问了。"

有答案又如何，没答案又如何，今日一番交谈，他和她的前仇已然作结，而其他的……本就是由仇恨牵扯起来的两个人，仇恨既已消去，又还能留下些什么呢！

## 第卅九章　相别意

营帐内，素菀一人相对残烛，正神思不属之际，帐门却被轻轻揭开了。

"堂堂边国世子何时也学会不请自入了？"素菀闻得脚步声，头也不回地道。

边亦远微微一笑："你心情不好，是因为靳涵枫吗？"

素菀霍然转头，眼中现出一抹怒色："你监视我的行踪？！"

边亦远悠悠然地弹了弹衣袖，缓缓说："我今日下午去寻靳涵枫议事，他却不在，一直等到黄昏时分才看到他一脸失魂落魄地回来，现下你又这副模样，我不难联想。"

素菀目光闪了闪，低头不语，相隔良久才轻声问道："他还好吗？"

边亦远瞟了她一眼，唇角勾起一道弯弯的弧度："靳涵枫吗？似乎不太好，他今日回来时，满脸恍惚的表情，连我对他说话，他都好像没听见。说起来，你也真是厉害，竟能将好好一个精明的靳王弄成那般模样。"

素菀咬住唇，眼中似愧似痛。

边亦远望住她："你已经对他说清一切了？"

素菀低低一叹："总得做个了断……"

看她脸色郁郁，边亦远忽觉得心里有些不是滋味，眉头一挑，他语带调侃地说："靳涵枫这般的人才样貌，还真是有些可惜。"

"你！"素菀猛地抬头，盯视着他，斥道，"出去！"

"恼羞成怒了？咄咄，这可真不像你，该不会是被我说中了心事？"边亦远一笑，反而走近了几步，大大咧咧地在她旁边坐下。

素菀皱眉，哽声道："我能有什么心事？"

边亦远含笑看她，却不答话，一副"你心知肚明"的样子。

素菀"哼"了一声,别过头不理他。

"喂——"边亦远探身凑近她一些,将两人间的距离拉近至一尺,笑道,"靳世子是没希望了,但其他世子也是不错的。"

一语既出,乍如石入静水。

素菀倏地转头,惊觉边亦远的脸就在近前,气息相闻,脸上挂着淡雅的笑容。眉头皱起,她伸手推开他,同时站起身,退开一步:"你这话是什么意思?"

边亦远顺从地移开身,依旧含笑看着她:"我以为我的意思已经很清楚了。"

素菀眉头拧得更紧,再次逐客:"我现在没心情和你开玩笑。"

边亦远接得无比迅速:"那我等你有心情时再说,一天的时间够不够?"

"以前怎没觉得你如此无赖?"素菀咬唇。

边亦远笑道:"怎么会是无赖,你出去问问,何人不赞本公子乃是如玉君子。"

"那是他们被你这皮囊外壳给骗了。"

"本公子风度翩翩,乃是自内而外。"

"是自内而外的奸诈吧!"素菀甚少与人斗嘴,但此时因为边亦远有意撩拨,也变得牙尖嘴利起来。

你来我往间,她犹自不觉自己的心境已渐渐从沉郁感怀中走出,边亦远却看得清楚,他忍不住唇角轻勾:"原来佳人对本公子的评价如此之差,实在让人伤情啊!"说罢,叹声连连。

素菀撑不住,一下笑出了声。

边亦远放下手,凝眸看他:"怎么样,心里舒服些了吗?"

素菀清眸一转,挑眉道:"若我说仍不舒服,你准备怎么做?"

边亦远的嘴角抽了抽:"你莫不是真要本公子彩衣娱亲?"[1]

素菀的眸光一下亮了起来:"这主意不错哩!"

边亦远懊悔地直想自打嘴巴,连叫:"不行,不行,换别的。"

素菀撇嘴道:"老是一件青布衫,我还真想看看你要是换了五色彩衣,会是什么模样。"

唔,一定很好看……她瞧向边亦远那张清俊温雅的脸,双眸越来越亮:"穿一次就好,到时姐姐给你糖吃。"

边亦远冷汗淋漓。

"穿了彩衣，头上再扎几个小辫，那就更好了。"素菀笑得眯起了眼，伸手便想去拉他的衣服。

边亦远看她手一动，脚下急往门口掠去。

"你敢跑！"素菀恶狠狠地叫道。

边亦远乖乖止住步，回头苦着脸道："要不我让你打一拳？"他今日方知表面温婉的女子，一旦扯去这贤良淑德的外衣后，那就是异乎寻常的凶悍。

素菀摇头。

边亦远一咬牙："三拳？"

素菀慢吞吞地坐下，也不说话，只是用一双眼直直地看住他，眼里的意思再明白不过。

边亦远垂死挣扎："五色彩衣真不行，但如果是别的颜色……"

"那就穿红衣吧！"素菀极迅速地跳起身，脸上漾起极温情且温柔的笑，"你在这里等着，我去给你寻衣服。"

边亦远明显被口水噎了一下，呆看着她扔下话后一溜烟地跑了出去。

少顷，她回来了，手中多了一件红绸衣，那颜色鲜艳得扎人的眼，也不知她是从哪里找来的。

"穿吧！"素菀抖开手中的红衣，笑吟吟地看着他。

"我……"边亦远艰难张口。

"嗯？"素菀挑起一边眉毛。

"你先出去，我换好衣服再叫你进来。"边亦远有气无力地说。

"真麻烦！"素菀咕哝一声，开门出去。

在门口等了又等，却好半天听不到声响，她正打算破门而入时，门内轻轻一声唤："进来吧！"

她急忙掀开门帘而入，进了门却立时呆立在了当场。

"快把门帘放下了！"边亦远急叫道，生怕门外有士兵经过，将自己的这副样子瞧了去。

素菀默默放下门帘，而后继续盯着边亦远呆看不已。

边亦远被她怪异的目光看得心中发怵："怎么了？你看够了吗？看够了，我换回来了。"

237

"别!"素菀蓦地回神。

"你以后都穿红衣吧!"她幽幽道。真是太……美了!看他穿青衣时素洁如莲,没想到换上红衣后,竟会如此的、如此的妖冶!

边亦远一愣,反应过来后,顾不得她还在帐中,快速去解衣扣。让他以后都穿这样子的衣服,这女人简直是异想天开!

"你干什么呀!不是让你别脱吗!"素菀叫嚷起来,抢上前去阻止他。

眼见他手下不停,又一把将腰带拉开,她忙扯住他的衣襟,不让他脱。

两人拉扯起来。

半晌后,只听"嘶"的一声——

素菀低头看着手中的半幅衣领,愣了一愣。边亦远却低低地笑了起来。素菀恼羞成怒,白了他一眼:"笑什么!不许——"看清他的样子,未完的话一下子卡在了喉咙里。

边亦远见她双眼突然睁得大大的,脸色先白后红,不禁奇道:"怎么不说了?"

素菀红着脸别过头,哼道:"看看你自己吧!"

边亦远低头看自己,只见那件撕破了的红色外衣正半挂在身上,里面的中衣则完全散开了衣襟,使得底下的大半个胸膛露了出来……

他脸上一热,急忙整理衣服。

素菀听着耳边簌簌的穿衣声,脸颊上的红云一直烧到了耳根,想到刚才和他拉扯的样子,更是窘迫得恨不能在地上挖个坑钻进去。

真是太丢脸了!

"我去外面看看明日会不会下雨。"随便寻了个理由,她落荒而逃。

边亦远穿衣的动作一顿,看着她夺门而出的背影,眼中慢慢浮起一丝别有深意的笑意。

边亦远换好衣服,踏出营帐,目光四下里一扫,便看到素菀正倚靠在左近的一根旗柱上,旁边是一盆照明的篝火。也不知是因为火光的映照,还是潮红未退,她的脸上红扑扑的,眼波却明亮如春水,下颌微垂,脸上细腻柔和的细条被火光勾勒得分外清晰,从他的角度看去,竟是难得的妩媚艳色。

边亦远走到她面前,打趣道:"夜观天象,可瞧出明日是晴是阴?"

素菀抬眸睨他一眼，耸耸肩，回答："月朗风清，应该会是晴天吧！"

边亦远负手一笑，闲闲站在她身旁。

素菀又瞥了他一眼，见他意态闲适，忍不住问："你不用回去处理军务吗？"自出征以来，两人虽是军中同行，但因各有各的事做，宿的帐营也相距甚远，所以常常数日也见不到一回，即使见到了，也往往是匆匆一面，难得今夜边亦远逗留了这么久，而且还不见有任何离去之意，素菀不由有些奇怪。

照理说，这几日战事胶结，他该十分烦恼才是，怎么还如此悠闲？

脑中灵光闪过，她脱口言道："你已想出破时泓那阵法的法子了？"

边亦远惊讶于她的敏锐，移眸看了看她，他不紧不慢地回道："虽已有了些眉目，但成与不成恐怕还在未定之天。只可惜此战必须在冬天来临之前结束，不然有更多的时间揣摩，我的把握会更加多些。"

素菀怔了怔："你没有十足的把握就动手，会否太冒险了点？"

仿佛知道她会这么问，边亦远轻轻一笑："冒险是冒险了点，可遣兵作战的事哪有十拿九稳的时候，战场之上瞬息万变，谁胜谁败，往往不过一线之差，而且今日我若不早下决定，待他日一旦发生其他的变故，可就晚了。"

素菀眉心微蹙，抓住了他句中的重点："发生其他的变故？会有什么变故可能发生？"

边亦远伸手扶上旗柱，漫不经心地道："不过是随口一说罢了。"

素菀将信将疑："那你今日去找靳涵枫也是为了商议破阵一事？他如何说法？"

边亦远唇角弯成一道优雅的弧度，手指缓缓划过旗柱上的一道细微的裂痕："他？以他今日那副神思不属的样子，别说是商议战局，就连一般的说话，也是前言难搭后语，还能有什么说法！"

闻言，素菀神色一黯，垂了头，沉默下来。

边亦远醒悟过来，自己居然又勾起了她的伤心事，懊悔得直想自打嘴巴，连忙转开了话题："你身上的伤如何了？"

"已经痊愈了。"

"那就好。"边亦远点点头。

素菀抬起头看他，目中有为难踯躅之意，嘴唇动了动，似乎有话想说。边亦远注意到了:"怎么了?"

　　素菀将头微侧,眼神中带着歉意:"我本想等此间战事了结后,再向你告辞,但今天意外见到靳涵枫,却不得不提前了。"

　　边亦远吃惊道:"你要离开?"

　　"我当初重回靳都,是因为听说你为了救我致使自己陷入困境,现在你既然已经脱出困局,也该是我离开的时候了。"素菀缓缓说着,她的语调轻柔,说出的话却使边亦远的心头一点一点地凉了下去。

　　她当日不远千里回到靳都,来到他身边,这仅是出于报恩的心理,他心里其实十分清楚这一点,但没听到她亲口说,他内心底便仍存一点小小的期待,眼下这期待终于全盘落空。

　　"我本还担心你破不了时泓的阵法,如果那样的话,我便无法安心离开,但现在你已经想到了办法,那样我也就能放心走了。"耳边,素菀继续徐徐说道,"其实,我留在这里也不能帮上你的什么忙,反而说不定会给你添些麻烦。"

　　"你是真的想离开,还是……"边亦远转身站到她面前,看着她的眼,道,"还是想逃避、躲开靳涵枫?"

　　"我不知道。"素菀无奈地摇摇头,嘴角微微现出一丝苦涩的笑意,"或许这两方面的原因都有一些吧!我承认我现在还无法面对他,甚至无法面对我自己……"

　　"舒浣……"边亦远低声唤道,辨不清语声中包含的是不舍还是失落。

　　素菀抬眼看他,轻轻地说:"将北澹逐出中原后,你与他之间的合作关系也同时宣告终结了,接下来便是你与他之间的战争,我不想看到这样的局面,但没有理由和办法来阻止什么,所以我只能选择离开。"

　　边亦远长长叹了一口气,转过身,与她并肩而立:"离开也好,我一直希望能远离战场。"

　　"那你准备前往何处?"边亦远闭了闭眼,无力地问道。

　　"天下之大,总能找到一个容身之所吧!不过,在此之前,我得先去一趟淮国,去见一个人。"素菀的目光移向远处。

　　"那你我何时能够再见?"边亦远也随着她,将目光落在远远的夜空。

　　素菀沉默一瞬,而后静静道:"随缘吧!"

注释:

【1】彩衣娱亲——典故,出处:汉·刘向《列女传》:"老莱子孝养二亲,行年七十,婴儿自娱,着五色彩衣,尝取浆上堂,跌仆,因卧地为小儿啼,或羡鸟鸟于亲侧。"

## 第四十章　悔不及

　　淮国京都,城南将军府。

　　卯时的鼓声刚刚打过,秦怀锦就醒来了。

　　从床上坐起身,抬头看着微明的窗户,她模糊地想着,又是一天到来了。

　　下了床,推开窗户,湿冷的雨气扑面而来,十一月末的秋雨已是凉意侵骨。

　　抬眼望去,滴雨如帘,雾霭弥漫,视野内,一切尽隐在一片烟雾茫茫中,院中的树木、远处的楼阁,俱是看不真切。

　　秦怀锦闭上眼,任清冷的雨意漫过心头。四周寂然,唯雨声籁籁,似何人在叹息沉吟,又有瓦檐上泻下的雨水滴打在青石板上,铮琮有声。

　　再次张开眼,有一瞬时的恍惚,昔年旧景,浮光掠影,他还站在她眼前,年年岁岁,永如初见。

　　雨花溅上她的脸,凉意透骨而入,浮光顿时远去,只余心上一点冰凉。

　　"纪晟……"口中轻喃出声。

　　满腔柔情,他只作是小妹妹的一时迷恋;三年追逐,他只当是娇小姐的无聊游戏;到最后,好不容易盼得他回头一顾,却怎料"携手江湖"的痴想终究还是化作泡影,他就那样再次离她远去,而且,这次非是生离,乃是死别!

　　往事已成空,还如一梦中。[1]

　　她痛苦地蜷起身,双手抓在窗棂上,十指紧入木中,听着雨声绵长,如泣如诉。

　　伤心之际,房门外却突然响起她的贴身丫鬟银杏与桑梓的呵斥声:"什么人!居然大胆擅闯将军府内院!"紧接着,便是打斗的声音。

　　秦怀锦茫茫然地抬起头,打斗的声音却停了,剩下的是银杏与桑梓的喝骂:"你是谁? 快放开我们,这里乃是将军府,你这狂徒,莫不是不要命了!"

243

蘭　飞

拭去脸上的泪珠，秦怀锦拉开房门，果然廊下的打斗已经告一段落。

她张眼看去，顿时呆住。只见她的两个侍女被一条白绫捆作一堆，歪着身子倒在地上。

银杏半身压在桑梓身下，眼风扫到秦怀锦，连忙急着大叫道："小姐！救命！"

桑梓听到了，不及转头，也跟着叫嚷起来，叫的却是："小姐，快跑！"

"是你！"秦怀锦移眸去看来人，又是一惊。她一眼认出来人正是桑州城中初见，后来又在靳王宫内再遇的素菀。她此时又作男装打扮，难怪银杏与桑梓会如临大敌。

"秦姑娘。"素菀点头为礼，手腕一翻，将缚于两名侍女身上的白绫收回袖中。

银杏、桑梓一得自由，马上跑到秦怀锦面前站定，两双眼戒备地紧盯住素菀。

秦怀锦伸手在她们肩上轻轻一搭："银杏、桑梓，你们先下去吧！"

"小姐，你认识这个人？"桑梓小心问道，眼睛仍不离素菀左右。

素菀抱拳作礼道："两位姑娘，实在抱歉！我是来找你们家小姐的，刚刚你们不等我说明，就动了手，我迫于无奈，才出手制住两位，真是不好意思！"

银杏、桑梓稍稍侧头看向秦怀锦，秦怀锦微微颔首，挥手示意她们离开。

银杏、桑梓左看一眼素菀，右看一眼秦怀锦，满心好奇地走了。

待廊下只剩下两人，素菀开门见山地道出来意："秦姑娘，今日冒昧来访，乃是有一事相求。"

"哦？"秦怀锦微讶。她要求她做什么事？还有，她不是在靳王宫中的吗？靳国现在战事纷杂，她怎么会突然跑来了淮国？

见素菀脸上风尘仆仆，她侧身让开门口："进房再说吧！"

房内，素菀细细道明来意，秦怀锦沉吟不语。

"还望秦姑娘能够成全。"素菀欠身一礼。

秦怀锦在心下计较了下，缓缓启唇道："我可以带你去见家父，不过我得提醒你，家父对淮国向来忠诚不二，你想要劝服他，恐怕没那么容易。"

素菀浅浅一笑："不试一试，又怎么知道会不成功呢？秦姑娘愿意相助，在下感激不尽。"

秦怀锦摇头："你不必谢我，我不过是还你两次相助的人情罢了！"顿了顿，她又道，"况且，我也希望家父能够尽早急流勇退。"

素菀笑着点头："秦姑娘既有这样的想法，那我便又多了一分说服令尊的把握。"

"昨日宫中传来消息，家父已一路打到了楚国咸城，你想要什么时候出发？"

"越快越好。"

"那今日便走吧！"秦怀锦站起身，当下吩咐下人去准备干粮和快马。

秋雨不绝，但为赶时间，两人心意相同，不坐马车，选择冒雨骑马，并驱向楚国淮军前线赶去。

一路马不停蹄，越三日，两人终于到达楚国的咸城，两日前淮军刚刚攻下此处。

来时路上的战后萧条凄悲景象已使两人歔欷不已，此刻见到咸城城墙上的血迹未干，空气中的血腥味也还未散去，两人更觉心情沉重。

当然，素菀于沉重之外，比之秦怀锦，还多了另一重心思。

咸城乃是楚国都城的最后一道屏障，如今咸城已失，淮军的下一个目标肯定就是楚都，楚国的命数也再难有扭转的机会。

来到城门前，一队淮兵拦住两人："你们是何人！"

秦怀锦下马，向城门处的淮兵亮明身份。淮兵见她自称是主帅千金，当即不敢怠慢，忙回报上级。未几，前去通传的士兵领着一个年轻将领过来。

这位年轻将领显然曾经见过秦怀锦，看到她，顿时满脸的惊讶之色："秦小姐，真是你，你怎么会跑来咸城的？"

秦怀锦答得十分简单："顾都尉，我有要事需见我父亲，烦请让我入城。"

"这个自然。"顾都尉点头，轻轻一挥手，示意士兵放行，"但主帅正在城署与几位将军商议事情，我先带小姐去别处休息如何？等到主帅议事完毕，属下再为小姐通传。"说这话时，他移目看了一眼素菀，却并未有太大的在意，只想这位姑娘既然是陪同秦怀锦前来的，大约是她身边的侍女丫鬟。

秦怀锦想了想后说："不必了，城署在何处，我去那边等着就可以了。"

顾都尉微一踌躇，点头，引两人往城署走去。到了城署，他先行去问明情况，而后回来告诉秦怀锦道："主帅还在与几位副将商议中，不便打扰，小姐不如先到旁边的厢房休息一二。"

秦怀锦颔首，将马交给一旁的士兵，与素菀进厢房休息。

"主帅议事完毕后，属下就为小姐通传。"问明她们的需要，顾都尉告身退下。

245

待他走远，素菀关上房门，心有所感，回头对秦怀锦道："早听闻淮军兵精将良，今日一路行来，见城中巡卫的士兵，个个军纪严明，没有任何扰民之举，方知传言无妄。"

"父亲曾说过，能攻城略地者，更要学会如何安定民心。"

"令尊不愧为天下名将。"素菀点点头，移步到床榻边坐下，"赶了几天的路，先休息一会儿吧！令尊的这场议事少说也得三四个时辰才能结束。"

秦怀锦瞥她一眼："你想好待会儿怎么说服我父亲了吗？"

"你到时便知道了。"素菀淡淡回道，脱靴和衣躺下。接下来就是一场唇枪舌剑，她得养精蓄锐。

秦怀锦也在另一边的榻上坐下，瞧着素菀闭目、放缓呼吸，果然不到片刻就一派安然地睡去。

"唉……"她摇头叹了叹，怎么她看来比自己还轻松泰然，难道真的是智珠在握？

犹豫了下，她也闭上眼睛，在榻上躺下。

虽然心事重重，但到底是连日来路途劳累，头沾上枕头，没多久，她也迷迷糊糊地睡着了。

等她再次醒来，是被素菀摇醒的。

"走吧，该去见你父亲了。"素菀对她道。

秦怀锦看看窗外渐渐暗下的天色，问："什么时辰了？"

"快到戌时了。"

居然一觉睡了这么久！秦怀锦拢了拢松散的发辫，翻身下床。

素菀眸光深深："你父亲这场议事如此之久，看来淮军出兵楚都和发兵宁国只在朝夕之间。"

秦怀锦略想一下，便明了："新一轮的战事又要起了，希望我们来得还不算太迟。"

"待见到你父亲后，一切自见分晓。"素菀沉声说。

"如果他坚持己见，未被你劝服，你准备怎么做？"秦怀锦看着她幽深的眸，黑漆如墨，突然想到一个可能。

素菀睇她一眼，即猜出她心里的担忧，挑眉道："你怕我对你父亲不利？我还不至如此不自量力。"

在淮军密布的咸城刺杀他们的主帅,除非是疯子或是不要命的,才会做这样的事情,更何况,素菀很清楚自己的武功——对上成名已久的秦汲业,她是毫无胜算的。

秦怀锦也想到了这一点,心中的担心散去:"嗯,你不会有这样的机会。"

素菀淡淡一笑:"凡是见过纪晟剑艺的人,大约都不会有这样的念头来行刺他的师父。"纪晟的剑法出自秦汲业,这是她后来才想到的,那样快的剑,天底下除了秦汲业,也确实别无二家。

乍闻纪晟的名字,秦怀锦心中一股钝痛,脸上微微变色。素菀注意到自己的失言,低头道歉:"对不起,我不是有意提及。"

秦怀锦勉强一笑:"无妨。刚知道他过世时,我痛不欲生,恨上天太残忍,但我现在会想,能有这样的痛也是一种幸福,他生前不能和我在一起,死后,我却可以将他永远安放在心里,时常想着他,他就好像还活在我身边一样。我现在常常会回忆他和我初相识的那段日子,快乐虽然短暂,但如果放到心里,常忆常新,瞬间的幸福与甜蜜也就成了永恒。"

素菀眸中浮起深沉的愧疚,痛意深入骨髓。对靳涵枫的所作所为,她尚可以以家仇作借口,以一剑作偿还;但对纪晟,她却是全然的亏欠,且再也不能作任何的偿还,因为即便以命还他,她也难以还清,只余心中最深最痛的悔恨。

她转过身,背对着秦怀锦,一是怕她看出自己的失态,二是她无法面对此刻的秦怀锦。心中长叹,她幽幽说道:"纪晟有你这样的红颜知己,是他的福气。"但遇上自己,却是他最大的不幸。

"可是他更多的是将我看做妹妹,一直到他死前,我仍不能确定他的心意。"秦怀锦嘴角逸出一丝苦笑,"最后见他时,他答应我,只要了结前缘,便同我游历江湖,或许只是想让我同意放他去刺杀靳王。"

"秦姑娘……"素菀想要安慰她,然而一时间也不知说什么才好。世上千万事,唯有感情事最是说不清、道不明。

"算了……只要我清楚自己的心意就可以了,至于其他的,想太多也不过虚妄。"秦怀锦甩甩头,平静下心情,看着窗外道,"时间不早了,我们去见我爹吧!"说罢,向门口走去。

素菀低低一叹,跟在她身后。

推开房门,便见那名领她们来城署的顾都尉已远远候在廊下。

秦怀锦走过去:"顾都尉,我们可以去见我父亲了吗?"

顾都尉点头:"主帅命属下带小姐去议事厅。"

"只我一个? 那她呢?"秦怀锦指着素菀说。

顾都尉一愣,疑惑道:"这位姑娘不是小姐的侍女吗? 她也要见主帅?"

秦怀锦翻了翻眼珠,不理会他,回头对素菀道:"你随我去议事厅,到时候在门外稍候,我先进去,然后再让家父见你。"

"嗯。"素菀点下头。

当下,两人跟着顾都尉前去议事厅。

注释:

【1】往事已成空,还如一梦中。——南唐·李煜《子夜歌》

## 第四十一章　论天下

秦怀锦先入议事厅，素菀在厅外等候。

议事厅中，会议已毕，只秦父——秦汲业一人在，正对着桌上的布阵图凝眸思索。

听到脚步声，他从布阵图上抬起眼。

"爹。"秦怀锦上前轻轻唤了声。

秦汲业点点头，看着女儿满脸风尘之色，想来这一路乃是催马赶来，当即道："近千里的路途，你急急赶来，应该不是仅为看看你老父，说吧，有什么要事。"

"我想让爹见一个人。"

"见人？男人？女人？年老？年幼？貌美？貌丑？"秦汲业微微皱了眉头。

"你是要为父亲引荐谋臣良将呢？还是——"他略一顿声，"还是带了俊俏郎君来见未来泰山？"

秦怀锦一怔，随即脸上一红，急道："爹，你怎么又来打趣女儿？你又不是不知道我对纪晟……"提到纪晟，她的话音又低了下去，眼中显出一层薄雾。

秦汲业看着她，眸光转了转："你这丫头从小就喜欢认死理，我早就对你说过，纪晟虽好，但绝非良配，你偏不听，如今落得一片心伤，又是何苦来哉！"

"我甘愿。"秦怀锦抿着唇说。

秦汲业叹了口气："真是拿你没办法，想我秦汲业的女儿先是让人连连拒绝，再是成日追着男人跑……这些也都罢了，可现在纪晟已死，你却还是如此念念不忘，难道真准备守个牌位过一辈子？真是气煞老夫了！"

见秦汲业越说越起劲了，秦怀锦想起素菀还等在门外，连忙转回话题："好了，爹，先不说这个了，你要教训女儿，以后有的是时间，现在咱们先说正事。我要你见的人,既不是什么要引荐的谋臣良将,也不是什么俊、俊俏郎君,她是个女的,现在正等在门外呢!"

"女的?"秦汲业眉头皱得更紧了,古怪的目光扫过来,"你带个女子来见爹?女儿啊,你老父军旅生活虽苦闷,但还不需要——"

"爹,你又想到哪儿去了!"秦怀锦被气得有点要吐血的感觉。

"人家要见你是为了正经事……"她脑中突然灵光一闪,"爹,你该不是故意在和我插科打诨,其实早就知道我和她的来意。"

秦汲业眉毛高高挑起:"你爹还没这么神,不过你突然不远千里从淮都跑到咸城,一见面又急着让我见什么人,在这个节骨眼上,我猜也猜得到肯定没好事。"

"那你到底是见,还是不见?"秦怀锦怔了怔,然后不依不饶地问。

"我若不见,你今天能和我罢休?"秦汲业叹了叹,"让她进来吧!"

秦怀锦满意地点头,去门口叫素菀进来。

素菀踏进了门坎,目光极快地四下一扫,已然看得清楚。

秦怀锦将她引到秦汲业面前:"爹,就是这位姑娘。"

素菀敛衽一礼,恭声道:"晚辈见过秦将军。"

秦汲业细细打量素菀一眼,目光从头扫到脚,慢慢说道:"姑娘从何处来?"

"靳国骆野。"

"姑娘是北澹人氏?"

素菀摇头:"不是。"

"那姑娘来此是为谁?"

"为秦将军。"

秦汲业笑了起来:"哦? 看来姑娘也是个妙人。"

"谢将军夸赞。"素菀低头又是一礼,"将军问了晚辈三个问题,晚辈能否也问将军三个问题?"

秦汲业微微颔首:"可以,姑娘请问。"

素菀缓缓启齿,声音清如珠玉溅地:"将军认为人生在世何者为重?"

秦汲业认真答道:"大丈夫在世当奋力为国,先国后家。"

素菀轻轻点头,又问:"我听闻,将军少年时原是秀才出身,然而后来为何弃文从武,等到剑艺大成后,却又抛却剑客的身份,改习兵备谋伐之术?"

秦汲业眸光闪动："看来姑娘对老夫的往事很是清楚……"他慢慢回忆道，"我五岁开始进学，十三岁中乡试头名，十五岁弃文从武，二十五岁剑艺方成，二十七岁始学兵法，三十二岁登坛拜将……弃书习剑，是因为看到乱世之中，一介书生连自身都难保全，礼乐诗书在盛世时乃锦上之花，在乱世刀光面前则不过是一场笑话；而封剑习兵法，是因为我发现剑艺再高，也不过一人一剑，难以靖平天下。"

"将军志向高远，晚辈钦佩。"素菀再点头，问出最后一个问题，"晚辈最后想知道的是，待天下靖平后，将军最想做的事是什么？"

"最想做的事？"秦汲业重复道，凝眉想了片刻，方回答，"以前也有一个人问过我这个问题，我当时答她，等天下安定后，我就陪她仗剑四海、遍游五湖，但直到她去世，我也没能实现这个承诺……至于现在——"

他移眸看向秦怀锦："最想做的，大约就是给锦儿找户好人家，而后含饴弄孙吧！"

秦怀锦一直静静听着父亲与素菀的对答，在秦汲业说起自己的往事时，她还感叹不已，这些事中好些是父亲从未提起过的，连她都从不知晓，心道，父亲原来有着这样曲折的过往，想他一路走到今日的地位，一定受了许多不为人知的苦……

正这么感叹着，突然听到秦汲业提到自己，说他的心愿是给她找婆家，她顿时呆住了。

呆了好一会儿，她才缓过神来，张口欲待说些什么，心口却是一痛：父亲的这个心愿，她还有帮他实现的机会吗？

素菀也似微有错愕，随后微微笑了笑："秦将军果乃慈父，令晚辈十分羡慕秦姑娘。"

秦汲业哈哈一笑。"姑娘的问题问完了，也该道明来意了吧！"他敛了笑，正色看向素菀，眼中晶芒闪闪。

"是。"素菀也不想再转弯抹角了，对于秦汲业这样的人，就算她绕上再多的弯子，也一眼就能被对方看破，还不如索性直来直往。

"晚辈今次前来，乃是想劝秦将军挂印归隐。"她轻轻说道。

秦汲业一愣："姑娘是在开玩笑吗？"

素菀摇摇头："晚辈不敢。将军挂印而去，会有两个后果：其一，三军无主帅，淮王要另外选人，一来一回，淮国攻楚伐宁之事必会耽搁；其二，淮国诸将除将军

251

外，能为皆有限，淮国失柱石，想一统天下，恐难功成。"她吐字清晰，语音温婉，说的明明是军国大事，却好似在说一件无甚重要的事情。

"你还漏说一个。"秦汲业定睛看着素菀，"楚、宁两国得到喘息之机，靳国战事平定，边国回调大军。这才是你此来想达成的最大的目的吧！"

素菀点头，老实承认："是，将军说得分毫不差。"

"姑娘觉得老夫会答应吗？"秦汲业逼视着素菀，目光冷如电。

一旁，秦怀锦听得心惊，看得动魄，生怕父亲会动手擒住素菀。怎料素菀不避不闪，落落大方地与秦汲业对视："将军要为淮国一统天下，现在的确是最好的时机，但将军有没有想过，一旦您功成，所谓功高震主，您会有怎样的下场？"

秦汲业一挥手："姑娘如果是想说鸟兽尽、良弓藏的话，就大可不必了。"

素菀摇了摇头："晚辈若说这样的话，实在是看低了将军，将军志在将天下重归一统，能达成这样的心愿，又怎会顾念个人的荣辱得失。"

秦怀锦听到此处，再也忍不住，叫道："爹，您这是何苦，就算淮王对你有知遇之恩，你总不能连自己的性命也不顾惜吧！"

秦汲业大声道："大丈夫但求有助社稷，安惧生死！"

秦怀锦摇头哀叹。

素菀点点头："将军果然满怀壮志豪情，男儿热血。"

秦汲业审视地看着素菀，见她脸上没有丝毫胆怯，目光澄澈，眼中无一丝面对位高权重者的自卑与畏缩，这令他十分疑惑。眼前之人明明只是个年不过十七八岁的小丫头，为何会有这样的坦然与自信？

他感出些许趣味来："那你准备如何说服老夫？"

素菀淡淡一笑，口中慢慢吐出两个字："淮王。"

"什么？"这下不仅秦汲业一愣，连秦怀锦也听得稀里糊涂。

"淮王年已六十多，重病缠身，他膝下子嗣众多，其中年纪最长的已经四十多岁，而最小的不过六岁，众王子在朝中各结党羽，之间的明争暗斗，想必将军也有所耳闻。再说淮王身边的重臣，他身边有两大肱股重臣，一为将军，二为左相文石潘，而左相正是淮王幼子的亲舅，将军试想，若淮王发生什么意外，这淮国的权柄将落到何人的手中？"

见秦汲业面色微改，素菀继续说道："左相想扶持自己的亲侄子登位，却也没这么容易,众多成年的王子绝不会就此甘心,到时兄弟反目,相互间的争斗必是祸延朝堂。"

"淮国之乱已是可以预见,只怕还不等将军历尽艰苦、一统天下,淮国就已祸起萧墙。"素菀句句锋芒逼人,"当然将军也可以防患未然,那样的话就需要清理掉一些王子了,但只怕并不容易,淮王想方设法让您与左相互相牵制便是明证。"

一番话下来,秦汲业眸中的寒光褪去,剩下一片怆然,秦怀锦则暗暗心喜,看出父亲已被素菀有些说动了。

"与其将来陷入这样的泥沼,将军为什么不现在就抽身而退呢?"素菀最后说。

"难道这天下真的还未到一统之机?"秦汲业长声一叹。

"爹,天下要一统的时候自然会一统,否则你再掺和也没用。"秦怀锦插话道。

秦汲业斜斜瞥了她一眼,秦怀锦吐吐舌,退到一边。

素菀视线下垂:"天意难测,淮国有天机、地利,却失人和,但难保其余诸国中没有三者齐备者。"

"呃,姑娘指的应是边国吧!老夫果然没猜错,你确是边国派来的。"秦汲业目光锐利,沉吟道,"若边国能成功灭靳,原是有问鼎天下之能,但现在……还得再看骆野之战的结局。"

对秦汲业的猜测,素菀不置可否,只说道:"若边国得《千嶂里》,将军认为边国在这场天下之争中,又会添几分胜算呢?"

"《千嶂里》是什么东西?"闻言,秦怀锦忍不住问,然而厅中另两人的注意力都不在她身上,也就没人理她。

秦汲业的瞳仁缩了缩:"《千嶂里》不是早就失踪了吗?而且世人对此图只知其一,不知其二,《千嶂里》虽绘尽天下兵家险地,但内中另有机窍,常人即使得到图也不一定能看懂。"

素菀淡淡一笑,眸中却显出异样的光彩:"《千嶂里》已重现,而且这世上也还有一人能看懂此图。"

"是谁?"

"我。"

"你?"秦汲业惊愕。

"晚辈姓舒,单名浣,家父舒远。"她咬了咬唇,轻声说道。

"舒远……"秦汲业大惊,失色道,"你是他的后人?"

一惊之后,他目光定定地看着素菀,幽幽叹道:"想不到舒家居然还有后人在世,难怪,难怪……"

素菀展颜微笑:"将军乃是家父故交,所以知道《千嶂里》内有机窍,论辈分,晚辈该称您一声伯父。"说着,跪下身,磕了一个头。

这下,事情变化之剧看得秦怀锦彻底呆住。

秦汲业则抚须,连连点头,甚感快慰:"好,好。"

"天下五分,何人能一统,胜败既在未定之天,也在人为。舒浣决意助边世子得取天下,大胆请伯父急流勇退,以免将来兵戈相见。"素菀依旧跪在地上,抬起头,眼中是一片削冰断玉般的坚定。

## 第四十二章　故园行

清晨，薄雾将散未散。

咸城外，秦怀锦送素菀离开。

"想不到，你父亲与我父亲居然是好友，连带着你我也有姐妹之谊了。"忆及昨日之事，秦怀锦依旧感慨不已。

素菀牵着马，与秦怀锦并肩缓缓而行："我没有一早告诉你这件事，你该不会怪我吧？"

秦怀锦摇摇头："怎么会，好歹我们也一起经历过了那么多事，我怎么会为这点小事就和你计较呢，我只是感叹世事变化太快。"

素菀也有些伤怀之意："伯父虽然考虑再三后，同意退隐，但他心里面肯定很不舒服，他原本成功在望，却要在此时放弃他毕生的心愿，对他来说，也确实过于残忍了。"

"爹虽然不能亲手达成天下一统的愿望，但他能急流勇退也未必不是一件好事。"秦怀锦回望了下身后的咸城，城墙上的战痕在阳光下格外明显，"就像你说的，功高震主，他如果真的顺利拿下楚国，甚至宁国，只怕会招来淮王的疑忌，最后难有好的收场，还不如就像现在那样，退隐民间，自在江湖。"

素菀点点头："那你们准备何时离开？"

秦怀锦道："爹打算五日后挂印离去，我送你走后，得马上赶回淮都，赶在消息传到淮国前，通知亲族离开。"

"那你们一切小心，淮王知道后一定会大力搜捕你们，你们暂时不要回淮国了。"

秦怀锦点头答应。

素菀看了看天色："今日一别，也不知下次何时能再见。"

秦怀锦也移目远方，清晨的薄雾已渐渐散去，大地尽头与天际连成一线："会合亲族后，我和爹准备去北海之滨隐居，你若有空便可来那里找我们。"

"好。"素菀轻轻颔首，翻身上马，"我该走了，保重。"

"保重。"

一扬马鞭，素菀向着朝晖起处奔去。

十二月初，边亦远联合靳涵枫在骆野山大败北澹，斩敌三万，俘虏一万五千，北澹残兵退至陈州，边、靳联军一路追逐，连下许城、湘城等五座城池，又歼敌两万余人。

十二月十二日，北澹提出和议，三方约定在苍陌坡一地和谈。

未几日，从楚国和淮国传来消息，淮国大将军秦汲业突然挂帅印于堂上，人却不知所终。淮王闻知消息后大怒，立刻下令查抄将军府，同时缉捕秦汲业的亲族，却怎料将军府中早就空无一人，连守门的大黄狗都不见了，而秦家的三族九亲也好像全部在一夕之间消失无踪。

素菀得知这些消息时，正在靳楚边境的一家小饭馆里用餐，听到边、靳联军大胜北澹，她心中一喜；听到秦汲业挂印而去，她又深为感佩；待听到淮王查抄将军府，却发现早就人去府空，甚至连只狗都没留下时，她终于忍不住笑出了声。

周围谈论的人群却都没注意到她，因为每个人都很是兴奋。靳人为靳军的大胜而高声叫好，楚人则为秦汲业的离开而倍感侥幸，因为他们可以不用那么快就听闻楚都被攻破的消息。

素菀边用饭，边在脑中梳理一切。

秦家父女已经归隐，伐楚的淮军暂驻在咸城一地，攻打楚都的计划暂时因为主帅的突然离去而搁浅了，但相信淮王很快就会指派新的将领来接任，届时楚都还是险矣。

时泓已然大败，只要苍陌坡的和谈不出意外，北澹在短期内也难以再侵入中原。靳国和边国的合作告一段落，那他们之间接下来是会战呢，还是会和？恐怕还是战的可能性更多一些吧！

她细细想着自己接下来该做什么，该去往何处。

楚国还处于战乱之中，虽然暂时赢得了一点喘息的时间，但最后灭国的命运却难挽回，而且自己才刚从那里离开，再回去显然也不现实。

宁国则和楚国差不多，虽然还没打仗，不过却也快了。

淮国的话，淮王正到处搜捕秦家父女，自己曾与秦怀锦一起出现过，万一有人认出自己，那也麻烦，所以也可以排除掉。

靳国嘛，自己虽对秦伯父说过要助边亦远夺取天下，但那也只不过是为了坚定他离开淮国的决心罢了，若真要帮助边亦远，不说其他人，光是他的其中一个对手靳涵枫，她就不知道应该怎样去面对，所以靳国还是不去的好。

最后剩下的边国大概是目前各国中最安定、对自己也最没什么危险的地方，但自己离开边国也没多久，而且离开时，对边王说，要与边亦远"同生共死"，可现在自己却扔下边亦远孤身跑回去，实在是……不太厚道！

唉，要么是不能去，要么是不愿去……

素菀长长叹气，究竟她该去哪儿呢，难道以天下之大，就没有一个自己可去的地方？

用筷子拨弄着盘中的菜，她的眉头皱了又皱。

"姑娘，小店的菜不合您的口味吗？"跑堂的小二看到了，本着殷勤待客的原则，忙凑过来询问。

"没有没有。"素菀连连摇手，"很好吃。"怕对方不相信，她还夹起一筷豆干送入嘴中，津津有味地嚼了起来。

"噢，那姑娘您慢用。"有点莫名其妙，小二摸摸头走了。

素菀咽下口中的豆干，终于有了决定，既然无处可去，不如就先到那个地方去走一圈吧！

十多年了，也该是时候去那里看看了……

荆南郡，原属皇域，土地肥沃，物产丰饶。五十年前，当时靳国的诸侯王娶皇室公主为妻，皇帝疼惜公主，便把荆南郡当做嫁妆，送给了靳王。荆南郡从此成为靳国的一部分。

257

荆南郡最有名的是当地人所制的竹器，荆南郡盛产竹子，当地人砍下竹子，将其制成各种器具，远销各地。其中有箱箧器盒、竹凳竹椅竹席之类的生活用品，也有供人把玩消遣和小孩子游戏的竹制艺品，还有一种便是乐器，例如现在素菀拿在手上的这根竹笛。

"姑娘,可还满意?"乐器店的老板热情地招呼着,"店内还有其他款式、竹质的,要不要换一支看看?"

"不用了,就这支吧!"素菀付完钱,带着竹笛离开乐器店。

继续一路走一路看,阔别十年的故乡,再次回来,她觉得怎么也看不尽、逛不完。

记忆的大门也随着熟悉的景物而被打开,童年的过往一点一滴涌上心头。

听着人们用熟悉的乡音相互交谈,街头小贩们用带有浓郁地方特色的吆喝声招徕客人,小孩子玩着自己曾经玩过的游戏……就连空气的味道也是那般的熟悉与醉人,勾起她心底最深的感触。

那是一种归属感,不管是在靳国的王宫,还是在其他任何一个地方,都无法找到的感觉,心之归属的感觉。

她来自这里,出生于斯,长于斯,这里有她最熟悉的人、事、物,有她最深的羁绊,有她最热切的想望……这里是她的根。

穿过热闹的市集,循着记忆中的道路,一步一步往前走去。

她的心微微有些颤动起来,抓着笛子的手也越来越抖,无法自控。

将会看到怎样的景象?十年了,那里会依然是一片断壁残垣,还是湮没在荒草无迹中?

当年舒府的火烧了一天一夜才熄灭,可复仇的火却在她心中烧了整整十年!

当年漫天的火光与地上的鲜血共同织成一片红色,这红色成了她十年来挥之不去的梦魇!

终于,就要回到这一切缘起的地方,她的心情如何能平静!她的手如何能颤抖!

往前转过一道弯,终于到了!

抬眼望去,她的脚步倏然停住——

这……是怎么一回事?

她奔上前,左右望了望……并没有走错啊!

正好一个老者从眼前走过,她急忙拦住他:"老人家,请问,这里是否就是以前的舒家的所在?"

老者瞅瞅她,拧着眉头道:"小姑娘家的,打听这个作什么!小心惹祸上身,你不知道这个问题在这里是禁忌吗？"

素菀一脸诚恳："还望老丈相告！"

老者细细打量她一眼，然后望望四周，压低声说："就是这里，不过，唉，舒家十年前就没了，可怜那么好的一家子，特别是那当家的和他娘子，那都是神仙一样的人物啊！"

"那这里怎么会变成这样子？"素菀转头看眼前这座白墙青砖的庙宇。

老者"嗤"了一声，气呼呼地说："还不是靳王下的令，说是这里死的人太多，阴气太重，得压一压，其实乡亲们都说，他是怕舒家的英灵不散，找他的麻烦。"

原来如此！素菀心中一记冷笑。

东狱庙……供奉十殿阎罗和牛头马面的庙？亏靳王想得出来！

"多谢老丈相告。"她低头作谢。

老者端详着素菀，越看越奇，眼前这位姑娘的样貌好像和当年的那位舒家女主人有点……

"小姑娘，你打听舒家作什么？你……和舒家……"

素菀淡淡一笑："好奇心罢了。"抬头再望一眼东狱庙，她转身离开。

离开已成东狱庙的故居，素菀来到郊外的荒山上，登上峰顶，再往下看，山下的景物便一览无遗。

已是初冬，落叶的树木都只剩下了光秃秃的枝干，只有冬青和杉树却越发青苍，连缀在一起，似一道黛色的长墙。

她找了一块光洁的岩石坐下，取出刚买的竹笛，抬起就唇，宫商暗转，一曲清音自唇指间流泻而出。

高山上，清脆的笛音遥遥传了出去，随风飘入云霄。空中，回音寥落，如云水空茫。

素菀迎着天光远眺，天际，一群白鸟似被笛音惊起，振翅飞过，在云间划过，留下一道道淡墨般的影子。

一曲已毕，素菀颊上泪痕宛然。

握笛在手，她低声说："爹娘，我回来了，这曲《芳情》我吹得可好？"

峰顶，无人作答，只有山风掠过树石，如泣如诉。

## 第四十三章　两心知

在荆南郡过了两个月最平静的生活后，素菀终于选择离开。

故园虽好，她却还不能久留。还有一些事，是她必须去完成的，等到一切都尘埃落定，她就会再次回来。

两个月的日子让她想通了许多事，心中的迷惘渐渐散去，取而代之的是一股坚定。

在荆南郡的时候，她有意不去打听有关外界的消息，不想知道外间局势的变化进展，如今再次出去，这些自然需要重新去了解、掌握。

一般的消息只要去一趟茶楼酒馆，就能知道个七七八八。那种地方人流最大，消息流通也最快，去那里打听消息最是方便不过。

素菀这次就先选择了一家茶楼。

进了门，她选了一个僻静的角落，点了一壶茶并几碟茶果，一边品茗一边吃茶果一边听茶楼中各茶客的交谈。

她耳力甚好，别人就算刻意压低了声音说话，在她的有心探听下，说的那些话也均一字不差地全入了她的耳朵。

本来升斗小民对于国家大事都是没什么可关心的，但适值乱世，战乱频繁，国家事攸关自己的生死，老百姓谈论的次数自然而然就多了起来。

不多久，素菀果然听到了她想听的东西。

不过短短两个月，居然就发生了这么多的事。她感叹不已，果真是山中方一日，世上已千年！显然，她在荆南郡悠闲度日的时候，那些人没一个闲着。

第一个震动的消息是，久病缠身的淮王在受了秦家父女一气后终于在他众多儿子的期待中，去世了。然后，他的十几个儿子便对那方空出来的宝座进行了兄不友弟不恭的争夺,直至目前为止,这场争斗也还没有结束。

第二个消息比较第一个消息,那便是意料之中的了。北澹、边国、靳国的苍陌坡和谈十分顺利,三方签署和约,北澹答应退出中原,至于还有没有其他附属条件,升斗小民们无从得知,素菀自然也无从得知。

第三个消息还是和边、靳两国有关的,这个就有点意外了。边亦远和靳涵枫合作逐出北澹后,居然没有立即翻脸,还保持着比较友好的关系? 这两个男人果然十分能忍耐、十分能沉得住气! 素菀暗自评价道。

第四个消息是关于楚国和宁国的。这两个小国家在饱受邻居们的欺凌和胁迫后,终于决定走到一起了,呃,是终于决定合作了。楚国因为淮王的一命呜呼再次很好运地赢得了喘息的时间,那二十万淮军团团围住楚都,却还没有攻下。

第五个消息就比较简单了,边王发十万大军开驻边、宁两国的交境处,却还没有发动进攻。他在等什么时机? 素菀疑惑,看来这个中年男人要比边亦远和靳涵枫这两个年轻男人更沉得住气。

优哉游哉地喝完剩下的茶水,吃完剩下的茶果,素菀起身离开茶楼。走到大街上,抬头看看风云变幻的天空,她对自己说,接下来便该重回靳都了吧!

哪里开始,哪里结束。

目前占据靳都的是靳涵枫。

苍陌坡和谈不仅是边、靳联军与北澹的和谈,也是边、靳两国的和谈。边亦远和靳涵枫达成协议,边国归还靳都,并退兵出靳国,靳国则割让边境四座城池给边国。

对一般百姓来说,化干戈为玉帛,如此不知道算不算是皆大欢喜,但素菀却晓得整场战事中损失最大肯定是靳国,是靳涵枫。不仅整场战争是在靳国的土地上打的,死伤最多的是靳国的百姓,而且最后还割让了四座城池。

重回靳都时,不知道他的心情如何? 是愤恨,是悲痛,是屈辱,还是兼而有之?

不过,素菀重回靳都,却并不是为了他。

在骆野山时,两人间已说得很清楚了,情仇既已终,再多牵扯又何必呢!

她来是为了靳涵薇,这一个曾经很亲近又很遥远的女子。

说亲近是因为她们曾经一同出宫,青石镇、桑州城千里同行,后来在靳都、启山行宫又数月相伴。

261

说遥远是因为她们的心从来都没有真正贴近过。她了解靳涵薇,却不能付出情谊,因为她是仇人之女;而靳涵薇则从来没有了解她,从不知道她的温顺和亲切底下隐藏着的是重重的心机和刻骨的恨意。

　　自己身份暴露时,靳涵薇并不在当场,不知道后来有没有人告诉她,她身边那个一直恭顺体贴的小宫女其实是敌国的内奸,所谓的恭顺体贴不过是戴着面具在演戏……当告诉她这一切后,她又会有怎样的反应? 会失望,还是会愤怒? 或者是有一点点的失落?

　　先前在骆野山时,素菀害怕面对靳涵枫,其实她内心更害怕面对的是靳涵薇。

　　她一生亏欠的人有许多,其中亏欠最多的有三个,第一个是纪晟,第二个是靳涵枫,第三个便是靳涵薇。

　　三人中,她与靳涵薇的接触最多,也最久。千里同行,数月相伴,有太多值得回忆的东西,可这些回忆对于如今的靳涵薇,想必俱已成了讽刺。

　　她已给了靳涵枫一个解释,那么对于靳涵薇呢,她也该再去见她一面,也该给她一个解释。

　　回靳都的路早就驾轻就熟了,入了城,素菀先去城中的一家客栈投宿,而后静静地等待着夜幕的降临。

　　以她如今的身份,显然不能再大张旗鼓地入宫去见靳涵薇,况且她也不想惊动任何人,尤其是靳涵枫,那么最好的办法莫过于夜探王宫。

　　以她对王宫的熟悉,要在不惊动旁人的情况下进到晴翠宫、见到靳涵薇,应该不是什么难事。

　　拿定主意,她便安心等着夜晚的到来。

　　子时一到,她穿上夜行衣,翻出窗户,辨清方向,直往靳王宫而去。

　　到达宫墙边,她脚尖轻点便跃上了墙头,蹲在墙头,望了一眼四周,确定没有人后,她再从墙上跳下,落地无声。

　　远处亮着几盏照路的宫灯,但更多的还是黑暗,而且今夜无星,只有一点极黯淡的月光透过乌云照下。

　　素菀在黑暗中隐了身形,轻功暗提,快速往晴翠宫方向飞掠去。

　　到晴翠宫的路也是极熟的,走过无数次的。到达晴翠宫的宫门口,发现宫内一片漆黑,只小院后的廊下挂着几盏灯,小小宫灯的灯光与大片的黑暗相比根本无甚作用。素菀潜到靳涵薇的寝殿的窗下,侧耳细听里面的动静。

按以前的情况,公主寝殿的外间必有值夜的宫女宿在那里,不过这对素菀来说,并不是什么大问题,只要点了那宫女的昏睡穴就可以了。

她正准备翻窗进入殿中时,突然听到墙内传出一声轻轻的咳嗽,未多久,又是一声。

素菀微愣,听出是靳涵薇的声音。她生病了吗?

前殿当中,忽然有人起身的声音,接着灯也亮了起来。素菀忙伏低身子,怕灯照出窗上的影子。

灯光移进内殿,伴着宫女的说话声:"公主,您又咳了,是不是身体又不舒服了?"

素菀心里一突,靳涵薇果然病了,只是不知道病得严重与否?

殿内又传来说话声,这次是靳涵薇的声音:"还好,我没事,你去睡吧!"

"公主您已经连续咳了好几晚了,这哪成,还是去请御医来看看吧!"

"不用了,我咳一会儿就没事了。"靳涵薇的声音细细柔柔的,说完又是一阵咳嗽。

素菀听得心惊。

一阵咳嗽声过后,忽听见宫女惊叫道:"啊,公主,你咳出血来了。"

素菀再也顾不得什么,身子一动,破窗而入。

"你——"宫女的惊叫声卡在了喉咙里便软倒在地上。

素菀收回发银针的手。

"是你。"床上靳涵薇伏着身,仰头看她,一头青丝垂下,迤逦了一地。

"公主。"素菀移步上前,扶她在床上躺好。

"你还来做什么?"靳涵薇看她。

"我来道歉。"素菀垂下眼眸。

靳涵薇张了张口,想要笑,却忍不住又咳起来。

素菀忙扶起她,轻抚她后背,帮她顺气。

靳涵薇喘息平复,张目道:"不必了,我已听哥哥说过关于你的一切,知道了你的身世……所以你什么都不必说了,也不用特意来向我道歉。"

"你不怪我?"素菀问。

263

兰于

"我为什么要怪你？"靳涵薇嘴角微牵，涩声道，"怪你欺骗我？还是怪你没对我坦白你的身份？你那时要是坦白身份，岂不是自寻死路？其实细细想来你也没有什么地方骗我的，只不过我没问、你没说而已。"

"我放火烧了靳都的粮草，还助边亦远攻城，差点害得靳国亡国，你就不恨我吗？"

"恨你？"靳涵薇摇摇头，"我没有多余的力气去恨一个人，恨一个人太累了。"

闻言，素菀蓦地愣住了。

靳涵薇侧过头看她，又道："我以前恨过我父王，结果等他死了，我才发现其实我一直想要的是他的关爱；我也恨过我哥哥，结果等到靳都城破的那一天，我才发现只有他才会一直陪在我身边。素菀，我不想再恨了，你明白吗？恨是一把双刃剑，刺中别人的同时也割伤了自己。"

素菀心中剧震，半晌才低声回道："我明白了，公主。那我不再对你说抱歉，我对你说感谢，感谢你让我明白了一些事，我也想对你说希望，希望我们下一世可以做朋友。"

靳涵薇展颜微笑："为什么要等下一世呢？我们现在就已经是朋友了，不是吗？"说罢，她搭上素菀的手。

素菀一怔，随即笑着反扣上靳涵薇的手。

## 第四十四章　相付重

见过靳涵薇，还剩一件事要做。

离开晴翠宫后，素菀又去了沁香园。

又是一个熟悉的地方，在这个园子里，她待了一年，遇上了几个人，有绮容，有时泓，有靳涵薇，还有……靳涵枫。这些人都或多或少地改变了她的人生。

重新走在树林间的青石板路上，素菀不知不觉地放慢了脚步。

夜半的沁香园，一个人影都没有，寂静非常，只有寒夜的冷风刮过，在空气中留下阵阵的"呜咽"声。

素菀漫步走到园中的一处偏僻的角落，她先仔细估摸了一下周围的地形，然后从怀中掏出一把匕首，开始在一处地上进行挖掘。

一阵忙碌后，素菀终于起出了在这里埋藏了很久的一件物什。细心地将外面的粗布揭去，一只画匣显露在眼前。

正是当日青石镇上边亦远亲手交给她的那只，匣内装着的就是《千嶂里》。自从桑州回到靳王宫后，她便暗中将它埋藏在了此处。

素菀摩挲着匣上的刻字，脸上微微露出笑意。

这件东西也是时候该交给适当的人了，待完成了父亲的这个心愿，她便能重回荆南郡，去过一些平凡宁静的生活。

重新用布将画匣包好，然后缚在背上，素菀辨明方向，借着夜色的掩护，沿着来时的原路潜出靳王宫。

在从宫墙上跳下、立身墙外的那一刹那，她的心头忽然涌起了一阵复杂难明的心绪。

这座宫廷在她的生命中留下了太多的印记，终她一生，恐怕也难将这印记抹去。

回头再望一眼，沉沉夜色中，九重宫阙只有一个模糊的轮廓。

素菀轻轻一叹，迈开脚步离去。

天亮后，她挤在第一批出城的人群中，离城而去，随后骑了马一路往西而行，但见沿路刚刚经受战火洗礼的村庄还显现着破败的景象，不过已有逃难的村民返回，开始重整家园。

这次不需要催马赶路，素菀便白天行路，晚上就在沿路的城镇或村户人家投宿。如此，走了半个多月，方抵达边国、靳国的交境。

往前再过一座关隘便能出靳国，而后就能到达边军的驻军之地。

想到即将见到那个人，素菀的心情有些莫名的起伏，是期待，还是悸动？见到他后，她又该说些什么？

心里又是一阵淡淡的落寞——

他仍处身在天下纷争的战局之中，而她却已经决定要抽身而退了……此次相见之后，日后是否还有再见之期？

边军驻地，边亦远在议事厅中询问下属军中事宜。

昨夜，一场骤雪，军中有不少牲畜冻死了。

正问得两句，一名副将跑了进来。

"怎么了？"边亦远眉头微拢，他不喜欢有人在他议事的时候突然闯入。

"世子，素菀姑娘来了。"副将答。出兵靳国时他一直跟在边亦远左右，对于素菀，他自然是认识的。

"你说谁来了？"边亦远下意识地反问。

"是素菀姑娘。"副将再次禀告，同时补充道，"她就在帐营外等您。"

边亦远站起身来，匆匆地往门外跑去。

年过四十的副将在后面轻轻摇了摇头，感叹着："年轻人，就是不一样。"万里征途，阵前谈情，哪是一般人所能消受得起的！

边亦远跑到外面，果见前面佳人俏立。她身上披着一件白色斗篷，领口翻出一圈驼色兽毛，四周一片白雪茫茫中，更显得她风姿清雅，淡若烟华。

她看到他出来，远远对着他便是一笑。

"舒浣。"边亦远心口一热，走上前去，"你终于来了。"他细细端详她，三个月未见,她似乎哪里发生了些变化,整个人似笼着淡淡光华,令人移不开眼。

"我来送你一样东西。"素菀浅浅一笑,解下身后背着的包裹。

"哦?"边亦远有些疑惑,三个月未见,她一来就说要送他东西,会是什么?

素菀一手托住包裹,一手解开上面的束布。

布角揭开,边亦远看着布下露出的画匣,一愣:"这是?"

"《千嶂里》,里面另有一张书简,是我亲手写的看图之法。"素菀边说边启开匣子,取出匣内的画轴。

"这图是你帮我取回的,如今我再赠还与你。"说着,她将画轴递至边亦远面前,"不过,这盒子我得留着做个纪念。"说完她俏皮一笑。

"你要把《千嶂里》送给我?这不是你家传之物吗?"边亦远终于从震惊中回过神来。

"家传之物便不能送人了吗?这幅图在你手中比在我手中,更能发挥它的用处,况且,家父在作此图时,也是希望有朝一日能够将它送与真正配拥有它的人。"素菀又把画轴往前推了推。

"你觉得我配拥有这幅图?"边亦远又是一怔。他知道当年她的父亲舒远在完成此图时曾说过这幅图只有真正具有王者之风的人才配拥有和使用,这才有了后来"欲得天下者先得《千嶂里》"的传言。

"是啊,我都说得这么清楚了,你怎么还问!"素菀撇撇嘴,"还不快接过去,我一手托着这么重的画匣,一手拿着这么粗的画,手都酸了。"

边亦远只得接过。

素菀吁了口气:"好了,任务完成,我该走了。"

边亦远一惊,不由伸手拉住她,急问道:"你又要走?要去哪里?什么时候再回来?"

素菀抬眸看了他一眼,目光亮亮的,眼波流转:"还是那句话,若有缘,我们自然会再相见。"说完,她挣开他的手,飞奔离去。

她怕自己再多停留一刻,便会失去离开的勇气。

边亦远只感到掌中一空,再拉时,她已跑开很远。

他呆呆地站在原地,看着她离去的背影,心中茫然,若有所失。

良久,他回转帐中,看着手中的《千嶂里》,暗暗下定了一个决心。

267

蘭卜

## 浮生歇

三月阳春，花红柳绿，草长莺飞，正是万物滋长之时，亦是放纸鸢的好时节。田间河畔，几名村童手中执着棉线，相互追逐打闹。

远处，一名村姑模样的女子一手牵着一名孩童，一手挽着个木盆往河边走来。

那名女子大约二十多岁的年纪，容色清丽，穿着乡间最常见的蓝底白花的布衣，那个孩童则大约五六岁，身穿一件花色小袄，一双大眼睛滴溜溜地转着，一会儿看看空中的纸鸢，一会儿再看看前面奔跑嬉闹着的小孩们，眼中流露出羡慕的神色。

那名女子注意到了，微微一笑，拍拍他的肩道："去玩吧！"

孩童一声雀跃，立即欢呼着往前跑去，加入到放纸鸢的孩童们中间。

女子轻笑着摇摇头，挽着木盆走到河边，找了块圆石，开始搓洗衣服。她一边洗一边回头望望那群孩子们，见他们玩得兴高采烈，她脸上的笑容又加深了许多。

这名女子正是归隐荆南郡的素菀，呃，她此时已恢复了原名——舒浣。

河水清澈，和煦的阳光铺满水面，现出粼粼的跃动的波光。好风如水，风中夹着醉人的花香。

她感到心中无比和乐，乡间的生活果然令人过得忘了时间，年光飞逝，一转眼，居然已经过去六年了。

乡间消息闭塞，不过对于一些大局势的变动，她还是偶有耳闻的。

半年前，边庭在相继灭掉宁国、楚国、淮国后，事隔六年再度兵临靳都城下。

围困两个多月后,靳王靳涵枫选择出降,天下终于一统……

水底的游鱼悠然游过,舒浣正看得出神,忽然耳边听到一声惊呼。她霍然转过头,却看到惊心动魄的一幕。

一只蝴蝶式样的纸鸢挂在树梢,她带来的那个孩童正攀在树枝分叉处,伸长了手去够那纸鸢。

舒浣急忙起身飞奔过去,然而已经晚了——

孩童身子一个晃动,从树上跌了下来。

距离太远,饶是舒浣轻功高明,却也是来不及。正当她一颗心直直往下坠去时,横里一条人影飞出,赶在孩童落地之前,一把抱住了他。

好生惊险的场面! 那名孩童这时才晓得害怕,一下子放声哭了起来。

舒浣连忙跑过去,从那人怀里抱过孩童,轻轻拍着他的背安慰道:"没事了,没事了……阿韦乖……"

一边拍着,她一边抬头,想向救人的人表示感谢。

头抬起,目光轻接——

她一下愣立当场,连拍手动作也停了。

"边……"她喃声道。

那人嘴角衔着一抹温柔的笑意:"我猜你会在荆南郡归隐,果然在这里找到了你。"

他的目光移向她怀中的孩子,眼中飘过一丝淡淡的疑问:"这孩子是你的……"

"这是我邻居家的小孩,小名叫阿韦,谢谢你刚才救了他。" 舒浣终于回过神来,笑了笑说。

边亦远笑着点头:"我在荆南郡走了一圈,这里果然是个隐居的好地方,你还真会享福。"

舒浣又笑了笑:"可不是,可惜你没有这样的福气。"

"谁说没有……"边亦远看着她,眼眸明亮,熠熠生辉,"只要你不赶我走就好。"

水畔,芳草斜阳,天际一行白鸽飞过。